렌
즈

KB220178

이담 장편소설

렌즈

바른북스

건설적인 의견으로 글이 발전할 수 있도록 도와준
DK와 RH에게 고마움을 전한다.
특히 RH는 나의 열렬한 지지자로서,
우리가 소중한 우정을 가꾸어 나가길.
마지막 퇴고 때 함께해 준, 우연이 인연이 된
제주 묵다여관 식구들에게도 감사하다.

사랑하는 어머니께 이 책을 바친다.

프롤로그

 블랙홀의 열다섯 번째 시합은 23시간 33분 후에 시작될 예정이다. 안정적인 호흡에 맞춰 부풀었다 가라앉기를 반복하는 그의 몸은 초원에서 톰슨가젤이 나타나기를 기다리는 치타처럼 날렵하고 유연해 보인다. 남자는 침대를 내려다보며 블랙홀의 숨 한 조각이 몸속으로 들어와 세포를 강인한 힘으로 채워주는 상상에 잠긴다. 수백 년 동안 무르익은 고목과도 같은 단단한 근육이 뼈를 감싸면 그도 전사가 될 수 있을 것이다.

 블랙홀의 영광스러운 경험이 영원히 렌즈 속에 담기게 된 건 나 덕분이지! 남자는 그것이 무척이나 자랑스럽다. 더 이상 명예를 실추하지 않도록 도와줬으니 그는 블랙홀의 구원자나 다름없는 것 아니겠는가.

남자는 할로세인을 묻힌 천 조각을 블랙홀의 코 밑에 갖다 댄다. 펜토바르비탈 20g이 들어 있는 주사기도 정맥에 찔러 넣는다. 약물이 혈액 속에 은은히 퍼질 때까지 기다리는 동안 한국에서 열렸던 지난 경기를 떠올린다. 손등에 떨어진 땀방울도 생생하게 그릴 수 있을 정도로 매 순간을 음미했던 그 시합은 채람 플레이어 속에서 울고 웃었던 둘의 소중한 기억이다.

"복제 렌즈와 채람 플레이어만 있으면 다른 사람의 경험을 옷 입듯 입어볼 수 있으니 얼마나 훌륭한 세상이야. 안 그래, 블랙홀?"

블랙홀의 감긴 눈꺼풀이 미세하게 떨린다.

"너는 가도 네가 링 위에서 느낀 모든 순간은 네 동그란 눈에 씌워진 렌즈를 통해 사람들에게 고스란히 전해질 거야. 그 안에서만큼은 누구라도 경험 판매 1위 블랙홀이 될 수 있지. 삭막하고 어두운 세상에 네가 그런 재미라도 주고 간다는 걸 다행으로 여기면 좋겠군."

블랙홀의 몸이 부르르 떨린다.

"왜 이래? 목숨값을 가지고 장난친 사람은 너 아니었어?"

남자는 블랙홀의 눈꺼풀을 들어 올려 동공 인식으로 잠긴 휴대전화를 푼 뒤, 채람 렌즈 앱을 클릭한다. 그리고 2034년 1월 22일 01시 타임라인을 찾아 누른다.

***

언제나 그렇듯 시작은 00:59에서 01:00로 바뀌는 LED 시계이다. 7만 명의 함성이 묘한 흥분 상태를 불러온다. 왈츠를 추는 듯 경쾌한 발걸음으로 걸어 나가는 블랙홀에게 관중은 환호를 보낸다. 전광판에 머리를 높게 묶은 그의 얼굴이 나타난다. 넓은 턱에서 느껴지는 투지가 강인하고 끈질겨 보인다.

왼쪽 팔에 부처 문신, 오른쪽 팔에 예수 문신이 있는 송호철이 모습을 드러낸다. 긴 팔을 흔들며 오케스트라가 깔린 웅장한 음악에 맞춰 느리게 걷는 그는 동물원에 갇혀 애정을 갈구하는 고릴라처럼 불룩 튀어나온 가슴을 쿵쾅거린다. 반짝이 턱시도를 차려입은 핑크색 머리의 사육사, 아니 사회자가 등장한다.

"MMA를 사랑해 주시는 신사 숙녀 여러분, 메인 이벤트입니다. 준비되셨나요?"

박수 소리가 경기장을 뚫을 기세다.

"한국 MMA 연맹, KMF가 허가한 이 경기 주심을 소개합니다. 피터 톨슨, 벤 웨버, 그리고 루카스 맥그리거! 옥타곤 위에 오르게 될 우리의 공정한 심판은 기영진입니다. 챔피언 타이틀 매치를 지원한 스폰서는 채람 코퍼레이션이죠. 박수 주세요."

전광판에 치읓(ㅊ)과 리을(ㄹ)이 기하학적으로 엉킨 채람 로고가 나타난다.

"전 세계 UFC 팬들을 위한 오늘 이 경기는 오픈 3분 만에 7만 석 매진을 기록한 서울 챔피언스 아레나에서 라이브로 진행됩니다. 선수 전원에게 렌즈 삽입술을 지원한 채람 코퍼레이션에서 추첨을 통해 승리 경험을 1,000개나 무료 제공한다니 많은 성원 부탁드립니다. 최신형 플레이어를 보유한 채람 카페 한 달 무료 이용권도 경품에 포함되어 있다고 하네요. 휘황찬란한 서울의 밤입니다. 이제 축제를 시작해 볼까요?"

팬들은 더 큰 응원으로 보답한다.

"라이트 헤비급 최강자를 가리는 자리입니다. 블루 코너의 첫 번째 선수. 13연승 무패의 주인공이죠. 198cm, 92.9kg. 북극을 마주 보는 터럼에서 온 챔피언, 블랙홀! 정! 우! 주!"

두 팔을 벌리고 눈을 감고 있던 블랙홀이 합장한다.

"레드 코너의 두 번째 선수. 뱀의 혀처럼 교묘히 들어오는 잽으로 유명한 선수입니다. 챔피언에게 도전장을 내민 189cm, 92.4kg의 신예. 이 아름다운 곳, 대한민국 서울에서 온 승리의 전사, 송! 호! 철!"

이전 함성에 훨씬 못 미치지만 송호철은 만족스러운 눈치다.

"덤벼, 블랙홀!"

승리의 전사라는 자가 앞날도 모르고 제 입으로 장송곡을 부르고 있다. 야유와 응원을 보내는 관중 소리가 한데 섞이고, 승리를 위한 염원 뒤에 숨겨진 송호철의 눈빛에 패배의 그림자가 드리운다.

"오늘 새로운 역사가 시작될지, 챔피언이 되겠다는 도전자의 목소리가 아성에 그칠지 귀추가 주목됩니다. 열기, 함성, 모든 게 완벽하군요. 그럼 한 치 앞도 예측할 수 없는 승부의 세계에 몸을 맡겨봅시다. 굿 게임!"

1라운드 시작. 심판의 파이트 사인이 떨어진다.

주변 소음이 사그라지고 저음의 진동 소리가 귀를 채운다. 블랙홀의 움직임은 무의식의 춤을 추는 것처럼 빠르고 절도 있다. 발재간을 부리던 송호철이 기습적으로 레프트 훅을 날린다. 블랙홀은 뒤로 살짝 물러난다.

턱에 라이트 훅이 들어가자, 송호철이 얼굴을 일그러뜨리며 휘청인다. 블랙홀은 성큼 다가가 관자놀이와 턱에 돌주먹을 빠르게 꽂아 넣는다. 원투!

송호철은 휘청거리다 바닥으로 고꾸라진다. 재빠르게 배에 올라탄 블랙홀은 허벅지로 올가미를 쳐놓고 파운딩 공격을 퍼붓는다. 적의 숨이 끊어지기를 바라는 마음이다. 그렇지 않으면 금세 전세가 역전되어 그가 상대의 손안에서 죽을 테니까. 송호철의 얼굴에서 터져 나온 피가 바닥에 튄다. 블랙홀이 주먹을 두 번 더 꽂아 넣는다. 송호철은 흰자위를 보이며 몸을 늘어뜨린다.

실망이 가득한 얼굴로 두 팔을 넓게 펼치며 경기를 종료하는 심판. 6.49초 만에 블랙홀의 TKO 승리. 그제야 관중의 환호 속으로 아드레날린 비행기가 착륙한다.

**

"예전의 영광은 온데간데없군. 그래도 챔피언이었잖아. 뭐라도 해보라고!"

그러나 블랙홀은 입을 벌린 채 깊은 수면에 빠져 있을 뿐이다. 경기장을 날아다니던 무적의 전사가 죽음의 문턱에 도달한 때를 알아보지 못하고 축 늘어진 모습이라니.

남자는 블랙홀의 왼쪽 눈꺼풀을 들어 올린다. 잭나이프가 안구 윗부분에 푹 들어간다. 뜨거운 피가 눈 한가득 고이면서 익숙한 비린내가 코를 찌른다. 갓 썰어낸 눈알은 지구본처럼 탐스러운 모양을 띠지만, 애석하게도 신경 줄기들이 눈알의 마지막 순간을 붙잡고 있다. 양파 뿌리 같은 신경을 베어내고 오른쪽 눈알까지 도려내자, 침대가 선홍색으로 물든다.

"네 기억, 경험, 감정, 모든 건 내 거야. 이제 내가 블랙홀인 거지. 날 능가하는 자는 없어!"

미친 사람처럼 웃기 시작한 남자는 호텔을 유유히 걸어 나온다. 블랙홀의 눈알에서 벗겨낸 렌즈를 손에 쥔 채.

01

사형수. 이보다 이노아를 잘 표현해 주는 말이 있을까?

교도소에 있는 것은 아니었다. 이름 대신 수인 번호를 명찰처럼 붙인 죄수복도, 허리에 매달려 바닥을 무겁게 끄는 쇠사슬도, 애인처럼 옆구리에 끼고 다니는 난폭한 교도관도 없었다. 하지만 그는 마음의 감옥 속에 갇힌 사형수였다.

혈관을 파열하는 전기의자나, 천장에서 떨어지는 밧줄에 의해 죽지는 않겠지만, 삶의 강제 종식은 여느 날과 다를 바 없는 평범한 날에 찾아올 것이었다. 총살이 될 터였다. 노아가 늘 지니고 다니는 9mm 반자동 권총 글록19로 말이다.

사형수라. 멋진 자기소개군. 루지를 찾는 날 그는 미련 없이 머리통을 날려버릴 예정이었다. 대단한 것 없는 역설을 품은 삶의 마지막 날은 빠르면 빠를수록 좋았다. 그의 삶은 뇌사 판정을 받은 환자에게 산소호흡기를 씌워놓은 것이나 다름없었으니까. **내가 떠나면 수키는?** 이 질문에는 쉽사리 답할 수 없었지만.

루지는 2014년 12월 1일에 사라졌다. 그전까지 백발에 파란 눈을 가진 이노아와 이수키, 이루지는 백색증으로 태어난 이란성 세쌍둥이로서 무엇이든 함께하자는 동맹을 맺은 동지들이었다. 생김새만큼은 서로 달랐지만 피부가 창백하게 질려 있고 눈썹과 속눈썹을 비롯해 온몸의 털은 하얗게 세, 마치 요정이나 상상 속의 괴물 사이의 무언가처럼 보이는 것은 셋 다 마찬가지였다. 어머니는 임신 18주에 태아경 검사를 통해 세쌍둥이 모두 백색증이라는 것을 알았고 셋 중 한 명을 선택적 유산하라는 권유를 받았지만, 꿋꿋하게 모두를 지켜냈다고 했다.

아프리카의 어느 마을에서 사람들은 백색증을 지닌 아이에게 특별한 능력이 있다고 믿는다. 아이가 잠든 틈을 타 동네 사람들이 몰래 와서 팔이나 다리를 잘라 가기도 하고, 심지어 부모가 자식의 절단한 신체를 팔아넘기기도 한다.

세쌍둥이가 태어난 마을에서는 그들을 마주치면 나쁜 일이 일어난다고 믿는 눈치였다. "너희가 태어나면서 마을 전체에 불운이 찾아온 거야.", "한 명도 아니고 셋이나… 무슨 이런 저주가 다 있담!", "저리 가. 피부암 옮을라." 따위의 말은 정겨운 인사말이나 다름없었다.

열성 유전자인 aa 유전자형에 의해 발현되는 백색증은 부모 각각으로부터 a 유전자를 하나씩 전해 받아야 한다. 정상 유전자인 A가 하나라도 섞여 있다면 즉, AA나 Aa 유전자형이라면 백색증이 아니다. 부모님은 머리 색깔이 까맸던 걸로 봐서 Aa 유전자형을 가지고 있었을 테지만, 자식들에게 각각 4분의 1의 확률로 a 유전자만을 나눠줬다.

이란성 세쌍둥이를 자연 임신 할 확률은 약 10만 분의 1이다. 그렇다면 Aa 유전자형을 지닌 부모 밑에서 이란성으로 태어난 세쌍둥이 모두 백색증일 확률은 약 0.00015% 정도라는 것이다. 이는 부모 중 한 명이라도 AA 유전자형을 지녔을 경우는 고려하지도 않았기에, 실제로 세쌍둥이는 그보다도 더 낮은 경우의 수로 태어났을 것이다.

대략 64만 분의 1의 확률로 태어날까 말까 한 아이 중 한 명이 어느 날 소리 소문 없이 증발할 경우의 수는? 웃기지도 않은 수치가 나오겠지. 요즘 같은 세상에 숫자로 이해되지 않는 일도 있다고? 하지만 사실이었다. 홀로 사라진 루지는 21년이 넘도록 나타나지 않았으니.

루지와 노아만이 아버지 차를 타고 등교한 날이었다. 받아쓰기 시험이 있는 날이기도 했다. 수키는 학교에 가기 직전 배가 아프다고 데굴데굴 구르는 바람에 어머니와 병원에 갔다. 귀띔도 없이 미꾸라지처럼 빠져나간 수키가 어찌나 얄밉던지. 받아쓰기를 피하고 싶은 건 오히려 루지나 노아였으니까.

의사가 포기하는 것이 좋을 것 같다고 했음에도 엄마의 희생과 강인함 덕분에 태어난 수키는 집안의 응석받이였다. 자기도 모르는 사이에 죽음의 문턱을 건너온 생명력 강한 아이. 저체중으로 힘들게 태어나 가족의 관심을 독차지한, 그리하여 노아와 루지의 탄생 신화마저 빼앗아 가버린, 엄마의 이름을 물려받았으면서도 엄마의 기를 쪽쪽 빨아먹은 역설적인 그 아이는 셋 중 가장 똑똑했다. 원하는 것은 쟁취하는 야무진 아이였다. 수키의 배는 원할 때 아파줄 수 있었다.

  운명의 신은 짓궂었다. 일기예보도 미처 예상하지 못한 폭설이 내린 탓에 휴교령이 떨어진 것이었다. 온 세상이 녹은 마시멜로처럼 부풀어지고 푹신해지는 것을 바라보던 노아는 수키를 놀려주자고 루지를 꾀었다. 학교가 일찍 파했다는 것을 들으면 수키가 심통을 부릴 게 분명했으니까. 아무리 수키라 해도 복통 카드는 언제고 써먹을 수 있는 게 아닐 터였다.

  자동차 수리를 보느라 학교에 늦게 올 예정이라던 아버지는 좀처럼 도착하지 않았다. 소변이 마려워진 노아는 루지에게 가방을 맡기고 학교 안으로 들어갔다. 텅 빈 건물을 차지한 그는 바람 빠진 축구공을 가지고 복도에서 드리블을 몇 차례 하다가, 1층 중앙 문 앞에 있는 전신거울 앞에서 권투 선수처럼 펀치를 날리는 시늉을 했다. 교장 선생님 사진 앞에서 한바탕 만담을 펼친 뒤에는, 교실 칠판에 낙서하며 낄낄거리기도 했다. 한참 후에야 화장실에서 일을 보고 나왔다.

무언가 잘못되었다는 두려움은 곧바로 엄습했다. 루지가 온데간데없이 사라진 것이었다. 운동장에는 노아의 가방만이 덩그러니 놓여 있었고, 가방 쪽을 향하는 어른의 발자국, 그리고 아이와 어른의 발자국이 나란히 교문을 빠져나가는 것이 찍혀 있을 뿐이었다.

하지만 그것은 사실이 아니었다. 노아는 루지가 한 남자의 손을 잡고 교문을 나서는 것을 봤다. 루지가 교문 밖에 세워진 파란색 트럭 안으로 사라지는 것을 가만히 서서 쳐다보고만 있었다는 것이다. 그들의 발자국을 함박눈이 완전히 덮을 때까지. 그것이 노아가 지금껏 털어놓지 못한 진실이었다.

마을에 파란색 트럭은 두 대뿐이었다. 쉐보레 2세대 2013 콜로라도 픽업트럭은 동급생 남도진의 아버지가 몰았고, 포드 2012 F-150은 교장 선생님의 것이었다. 노아가 최면을 통해 트럭 후면에 박힌 쉐보레의 십자가 모양을 기억해 냈을 땐, 앰버 경보가 발동된 지 이미 70시간을 넘긴 상태였다. 경찰이 곧바로 남도진의 집에 갔지만 아무 것도 찾아낼 수 없었다.

그것은 불행을 알리는 신호탄이었다. 어머니는 백색증이라는 유전적 질병 외에는 닮은 구석이 하나도 없는 수키를 붙잡고 루지의 이름을 목 놓아 부르다가 정신병원으로 보내졌고, 대학교수이던 아버지는 생업을 중단한 채 아이를 찾으러 돌아다녔다.

그는 전국 방방곡곡에 플래카드를 걸어 붙이고 전단을 만들어 사람들에게 돌렸다. 나중에 아버지의 일기장에서 알게 된 사실인데, 바람이 많이 부는 대다수의 날에는 자신이 나눠준 전단이 하늘에서 꽃가루처럼 흩날리는 것을 보며 무릎을 꿇고 신에게 애원했다고 했다. 루지를 다시 만날 수 있다면 무엇이든 하겠다고.

결국 루지의 실종은 미제 사건으로 분류됐다. 아버지는 그로부터 3년 뒤 췌장암으로 명을 달리했고, 남편의 죽음을 예감했는지 어머니는 독방에서 난리를 치는 통에 사지가 묶인 채 진정제가 투여됐다. 그게 여러 번 반복된 결과, 그녀 또한 약물 과다복용으로 사망했다. 그렇게 노아 인생에서 루지와 함께 모든 행복이 송두리째 잘려 나갔다.

한순간에 다섯 식구가 둘이 되어버렸다. 모두의 흔적이 남아 있는, 저주받은 그 집에서 응둥이였던 수키는 별안간 어른의 역할을 하기 시작했다. 아무도 시키지 않은 일이었다. 그녀는 산탄총을 들고 초대받지도 않은, 어른들의 사냥 모임에 나가더니 고깃덩어리를 집으로 가져와 손수 요리를 하기 시작했고, 노아의 숙제와 학교 준비물을 점검했다.

밤새 악몽에 시달린 노아가 학교에 갈 수 있게 이불과 커튼을 걷어준 것도, 밥을 다 먹을 때까지 두 눈을 부릅뜨고 자리를 지킨 것도 그녀였다. 하지만 그날 일에 관해서만큼은 그 어떤 질문도 던지지 않았다. 엄마, 아빠가 보고 싶다고 어리광을 부리지도 않았다.

노아는 그녀만큼 일상을 유지할 수 없었다. 나약함 그 자체였던 그는 뻥 뚫린 가슴을 두 손을 모아 기도 하는 것으로 달랬다. *만약 수키와 나, 둘 중에 누군가가 또 사라져야 한다면 이번에는 내가 사라지게 해주세요.* 그러나 그 구멍은 모든 것이 운동장에서 한 발짝도 떼지 못한 자신 때문이라는 자책이 메웠다. 거울 속에 비친 모습을 보면 루지가, 모든 역할을 짊어진 수키가 떠올랐다. 그리고 그 사이에서 아무것도 하지 않았던, 죄책감 속에서 허우적거리는 비겁하고 소심한 자신이 생각나 견딜 수 없었다.

그는 수키가 자는 틈을 타 화장실에 들어가 칼로 손목을 그었다. 초등학교 입학 선물로 받은 필통 세트 속에 들어 있던 작은 커터 칼을 사용해서였다. 문에 등을 기대고 주저앉은 그는 수키가 모든 것을 잊어주길 바랐다. 하늘에 가면 홀로 남은 수키를 보살펴 주리라고 다짐했다.

그러나 눈을 떴을 때 마주한 것은 내세가 아니었다. 증오와 경멸의 눈초리로 노려보며 배신자라고 손가락질한 수키가 있을 뿐이었다. 철옹성 같던 그 아이는 노아가 쥐려고 했던 죽음의 환상 앞에서 해변의 모래탑보다 쉽게 부서졌다.

순조로워 보였던 수키의 역할놀이 뒤에 두려움에 가득 찬 어린 아이가 숨어 있었다니. 노아는 자신이 모두를 실망하게 만들었다고 확신했다. 죄책감은 그의 가슴을 파고 들어가 구멍을 더욱 크게 만들었다. 화염은 그의 눈물마저 꺼버렸다.

죽음을 잠시 뒤로 미뤄두기로 했다. 평안은 루지를 찾는 데 몰두한 고통의 시간이 지나고 누려도 늦지 않을 터였다. 그는 손목에 자리 잡은 칼자국을 어루만지고 TV를 켰다. 살인사건을 접할 때마다 루지가 떠올랐지만, 뉴스는 매번 다른 사람의 사망 소식을 내보냈다.

이번에는 호텔에서 안구가 적출된 채 발견된 UFC 선수 블랙홀, 정우주라고 했다. 노아는 사망자를 확인한 후, 다시 마음의 독방으로 들어갔다. 홍도웅 경찰청장이 전화를 걸어온 것도 그때였다.

02

"치프 호텔로 가."

"네?"

"정우주가 묵었던 치프 호텔로 가라고. 정우주 살인사건 특별 수사본부에 합류해."

홍도웅 경찰청장의 명령에 노아는 잠시 명찰을 가만히 들여다봤다.

젬마 서부 경찰서 수사 3과 렌즈 보안과 팀장 이노아

경찰대를 수석으로 졸업했다 해도, 국가 정책 반대 시위를 주동한 입장으로서는 전혀 기대하지 못한 팀장 자리였다. 그인사 발령이 *렌즈 삽입술을* 반대한 청년 경찰을 달래고 여론을 잠재우기 위한 쇼라는 사실을 모르는 이는 없었지만.

렌즈 삽입술이 도입된 지 4년 만에, 가장 빈번하게 발생한 사건은 *성 경험 불법 유통 사건*이나, 다른 사람의 인생에 중독되어 그것이 자신의 삶인 줄 아는 리플리들이 벌인 신종 사기 범죄였다. 경험 도난 사건은 결국 일어날 수밖에 없는 일이었다. 그런 면에서 경험 판매 1위 정우주가 두 눈이 파여 발견된 현장에 렌즈 보안과 팀장 이노아가 투입된 것이 완전히 터무니없는 일은 아니었다. 하지만 성 경험 불법 유통 사건은 어떻게 처리할 것인가?

노아는 유일한 팀원 문로한과 벌써 1년 가까이 그 사건을 수사 중이었다. 사기가 떨어지는 일이긴 했다. 동료들의 서명이 담긴 청원서와 신종 범죄에 대한 보고서를 여러 차례 올린 상태였기 때문이다.

그럼에도 불구하고 대통령은 경제 발전을 내세워 렌즈 삽입과 관련된 국가 정책을 밀어붙였고, 노아는 결국 렌즈 보안과라는 그럴듯한 신생팀으로 발령을 받았다. 그 대가로 경찰청장은 훗날 장기 미제 사건 전담 수사팀으로의 발령을 약속했지만, 그게 아니었어도 노아는 허수아비 노릇을 했을 것이었다. 렌즈 삽입술이라는 판도라의 상자를 연 이수키 때문에.

수키는 노아가 경찰대를 졸업하던 해, 초고화질 카메라가 탑재된 0.001mm의 투명 렌즈를 개발했다. 그러나 정부가 렌즈 삽입 시술을 의무화하는 *채람 프로젝트3540*를 발표하기 전까지, 노아에게 이 사실을 알리지 않았다.

수키의 오랜 연인이었던 구하늘은 수키의 렌즈 기술을 빼돌려 특허권을 먼저 신청했다고 했다. 구하늘은 감정을 이해하고 복제하는 AI와 렌즈 재생 기기를 개발하고, *채람 코퍼레이션*이라는 IT 기업을 설립했다. SNS에서 인지도를 쌓은 채람 코퍼레이션은 굴지의 국제 기업으로부터 투자금을 받은 뒤, 유명인들과 계약을 체결하고 렌즈 삽입술을 지원했다. 영화배우나 운동선수, 인플루언서 등 인지도가 높은 사람들은 자신의 특별한 경험을 렌즈에 기록하기 시작했다.

정우주도 그중 하나였다. 숱한 승리의 경험들이 렌즈 아카이브 속에 생생하게 보관되어 있던 턱에 그의 복제 렌즈는 불티나게 팔려 나갔다. 특히 정우주의 2034년 1월 22일 TKO 승리 경험은 폭발적인 인기를 누리고 있었다.

"모두가 정우주 같은 영웅으로부터 자신감을 얻을 수 있습니다. 그의 승리 경험에 반복적으로 노출되기만 하면 승자의 입장에서 세상을 바라볼 수 있기 때문이죠. 채람 코퍼레이션의 기술은 사회적으로도 큰 의미가 있습니다. 사고의 전환과 패러다임의 변화를 불러올 거니까요. 이 나라에 패자는 없습니다. 국민들은 원한다면 모두 승자가 될 수 있습니다. 이 같은 사고방식은 우리나라 **터텀국**의 발전에도 크게 기여할 수 있다 믿습니다."

구하늘은 뉴스 인터뷰에서, 경험 거래에 대해 질문을 받자 궤변을 늘어놓았다.

한국계 이주민들이 살고 있는 *터텀국*은 북위 72° 0′ 2″ − 77° 7′ 7″, 서경 135° 6′ 9″ − 140° 3′ 4″에 위치한 인구 3만 명의 섬나라다. 보석이라는 뜻의 라틴어인 *젬마*를 수도로 두고 있는 이 북극권의 나라는 척박한 토양과 매서운 추위 때문에 1970년 이후로 사람이 살지 않는 버려진 땅이 됐다. 1978년 한국은 국제 경매를 통해 비밀리에 터텀을 낙찰했다. 당시로서는 주변에 매장된 석유에 대한 가치를 보고 내린 결정이었으리라.

그러나 본국의 개발과 독재 타도에 힘쓰던 1980년대 한국은 저 멀리 떨어진 속국의 석유 시추에 드는 비용을 충당할 수 없었고, 정부가 시추선을 들이기로 예산을 세울 즈음에는 환경단체의 반발이 심했다. 결국 한국 정부에게조차도 버려진 터텀은 투쟁 끝에 1999년에 독립을 선언하고 정부를 수립했다. 애석하게도 중범죄율이 70%를 웃돌고 주변국들로부터 여행 위험 지역으로 선포되는 불명예까지 안게 된 후였다.

*채람 프로젝트3540*은 국민들의 눈에 초고화질 블랙박스를 심어 안전한 나라를 만들겠다는 터텀 정부의 야심 찬 5년 계획이었다. 자발적 참여자와 공무원들이 먼저 렌즈 삽입술을 해야

했다. 그들은 24시간 내내 눈에 씌워진 렌즈를 통해 모든 것을 기록했다. 백색증으로 인한 시력 저하 우려 때문에 정부의 정책에서 예외가 되긴 했지만, 이 모든 것이 수키의 렌즈에서 시작했다는 것을 들은 노아의 죄책감은 다시금 고개를 내밀었다. 모든 순간을 눈 안에 기록하겠다는 수키의 발칙한 상상은 루지의 실종이 아니었다면 실현되지 않았을 테니까.

"내 말 듣고 있나? 장기 미제 팀 인사 개편이 있을 예정이야. 정우주 사건이 해결될 즈음에 말이지."

침묵이 길어지자 홍도웅이 수화기 너머로 말을 이었다.

"이번 사건 끝나면 장기 미제 팀으로 갈 수 있습니까?"

"어떻게 끝나는지 봐야겠지. 행운을 비네."

그리고 홍도웅은 전화를 끊었다. 노아는 목록에서 문로한의 번호를 찾아 통화 버튼을 눌렀다. 기다리기라도 했던 것처럼 전화는 곧바로 연결됐다.

"저희가 이 사건 맡는 겁니까?"

"무슨 사건?"

"정우주 경험이 사라졌잖아요. 감히 정우주의 경험이!"

"쓸데없는 소리 말고 메일이나 확인해 봐."

"무슨 내용인데요?"

"본래 우리가 맡은 사건. 성 경험 불법 유통 모임 현장이다. 도대체 그 정신 나간 참가자가 누군가 했더니 여당 최고 의원 조민수 의원이었지 뭐냐?"

"조민수 경험을 훔치셨어요?"

로한이 수화기 너머로 속삭였다.

"그렇다고 봐야지."

"설마 해킹?"

"그럴 리가."

"그럼요?"

"난 정보원을 보호해야 할 의무가 있어. 우리에게 온 제보의 팔 할은 익명이지만."

보나 마나 수키였을 것이다. 3시간 전 노아의 메일함에 3월 2일 01시 33분에 저장된 워드 파일과 '조민수 렌즈'라는 이름이 붙은 27분 34초짜리 동영상 파일이 담긴 메일이 도착했다. 로한이 컴퓨터 자판을 두드리는 소리가 들렸다.

"성 경험을 어떻게 구했답니까? 채람에서는 판매하지도 않는 건데."

"모임 주최자인 해커가 렌즈 삽입술을 할 사람을 찾아. 주로 돈이 궁한 가출 청소년들이야. 얘네들이 렌즈를 눈에 달고 저희끼리 포르노를 찍을 거 아냐? 그러면 해커들이 실시간으로 서버를 파. 걔네 렌즈에 촬영된 걸 그대로 옮길 임시 저장소인 거야. 그 후에 그 서버를 채람 플레이어에 연결하는 거고. 그럼 채람에서 정식 유통하는 복제 렌즈가 없어도 원하는 경험을 재생할 수 있어. 모임이 끝나면 서버는 불꽃 터지듯 펑! 하고 사라지는 거고."

"추적을 어떻게 피했는데요?"

"주소지를 짧은 기간 동안 돌려 사용하면서. 그래서 우리가 못 잡아냈던 거야. 그렇게 되면 렌즈 구매 이력 없이도 익명으로 미성년자들과 성관계할 수 있는 거지."

"이제 조민수 집 근처에서 잠복하는 일만 남은 겁니까?"

"유감스럽게도 방금 변화구가 날아들었다."

"제기랄. 뭡니까?"

"정우주 살인사건 특별 수사본부가 차려졌대. 내가 거기로 발령 났고."

"조민수 모임 현장만 덮치면 마무리되잖아요! 청장님도 아세요?"

"로한아, 난 정우주 살인범을 잡으러 갈 거야."

"팀장님!"

"청장한테 알리면 괜히 우리가 쥔 패만 보여주는 꼴이잖아."

"그럼요? 여기에서 수사를 중단해야 한단 겁니까?"

"그럴 수는 없지. 내가 떠난 게 오히려 기회가 될 수 있을 거야. 곧 누군가가 나타날 테니 잘해봐라. 이래 봬도 꽤 능력 있는 녀석이거든."

로한이 한숨을 토하는 소리를 듣고 전화를 끊은 노아는 총과 배지를 챙겨 집 밖으로 나갔다. 자신이 아는 사람 중 가장 똑똑하지만 제멋대로인 누군가의 도움이 필요할 것 같아서였다.

03

검은색 가발을 쓰고 넥워머와 고글로 얼굴을 가린 노아는 정오에 출발하는 사노 강 유람선에 탑승했다. 찬 바람이 부는 고요한 바다지만, VR 안경을 쓰면 네모난 스크린 안에서는 형형색색의 물줄기가 음악에 맞춰 춤을 추는 진귀한 쇼가 펼쳐지고 있을 것이었다. 저 멀리 페이지 매거진의 백이든 기자가 남편, 아들, 딸과 담소를 나누는 것이 보였다.

아이들은 얼굴 크기의 반을 차지하는 VR 안경을 쓰고 주변을 두리번거렸다. 10살과 4살쯤 되어 보이는 그들은 허공에서 손으로 무언가를 움켜쥐며 활짝 웃었다. 실제로 잡히는 것은 아무것도 없을 테지만, VR 세계에서는 순금 물줄기나 무지개 폭포를 손에 댔을 것이다.

백이든과 눈이 마주치자, 노아는 나선형 계단을 타고 2층으로 올라가며 전화기를 귀에 가져다 댔다. 수키에게 거는 다섯 번째 전화였다. 그녀는 이번에도 응답하지 않았다.

구하늘에 관해 쓴 백이든의 칼럼을 읽고 나서 먼저 연락을 한 건 한 달 전 노아였다. 칼럼에서 구하늘은 경제를 살린 영웅이자 청소년들에게 귀감이 되는 젊은 CEO에서 특허권과 기술을 도둑질해 돈을 벌고 탈세를 밥 먹듯 하는 부정한 시민으로 전락했다. 사실을 기반으로, 꽤 구체적으로 쓰였지만 그 기사는 대중의 관심을 불러일으키는 데 완전히 실패했는데, 왠지 그 때문에 노아는 이든을 지지해 주고 싶었다. 언더독 편에 서는 건 그의 고질적인 병이었으니까.

노아는 사각형 기둥 뒤 후미진 곳으로 따라온 이든에게 USB를 건네고 고글을 벗었다. 갈색 컬러 렌즈가 그의 파란색 눈 위에서 겉돌고 있었다.

"여기에 담겨 있는 렌즈 아카이브가 조민수 의원 거란 거죠? 형사님 정보원이 그걸 해킹해서 보내준 거고."

이든이 물었다. 그녀는 가발과 렌즈 속에 숨은, 노아의 윤기 나는 백발과 터키석처럼 맑은 눈동자를 기억했다. 혈관까지 비치는 하얀 피부, 쌍꺼풀이 깊게 드리워진 눈알을 이리저리 굴릴 때면 대롱대롱 매달려 있는 길고 하얀 속눈썹까지. 이런 신비스럽고 아름다운 외모를 숨기고 다녀야 한다니.

"맞아요. 해커 수준이 어느 정도인지 기자님도 아시겠습니까? 이런 암세포 같은 모임까지 주최하고 있으니 우리 사생활이 얘네 손에 들어가는 건 시간문제겠죠."

노아가 주변을 경계하며 말했다.

"현금은 얼마던가요?"

"4억이요."

"추적은 안 될 게 뻔하고… 두 번째 영상은 모임이라고요?"

"네. 첫 번째 현금이 고스란히 두 번째 모임 주최자한테 들어간 걸로 보여요. 우리가 한창 수사 중인 사건이죠. 그래서, 맞아요. 돈은 추적 안 될 거예요."

"모임 주최자가 누구인지 알아요?"

"알아보는 중이니까 아직 기사를 쓰지 말아 줘요. 지금으로서는 이 2개의 영상만 가지고 할 수 있는 게 아무것도 없어요. 오히려 공무원 렌즈 해킹했다면서 사이버 범죄 수사대에 끌려갈 게 뻔하죠."

"그럼 왜 보자고 한 거예요?"

"오늘 나는 내 정보원으로부터 조민수 의원과 관련한 중요한 정보를 전달받았어요. 그런데 하필 그때 정우주 살인사건 특별 수사본부로 발령이 났고요. 무엇 때문일까요?"

"무엇 때문이죠?"

"렌즈 보안과가 사건을 맡는다면 몰라도 굳이 나만 차출해서 수사본부로 발령 낼 이유는 없어 보여요. 안 그래요?"

"렌즈 보안과를 찢어놓고 시간을 벌 심산일까요? 형사님이 조민수의 기억을 손에 쥐고 있는 걸 알아냈기 때문에?"

"그럴 수도 있죠. 범인이 잡히길 바라는 모두의 소망과는 달리 청장은 정우주 사건이 미제로 남을 거라 생각했을 수도 있고요. 그럼 그걸 빌미로 눈엣가시인 날 팀장 자리에서 내릴 수 있을 테니까요."

"또다시 좌천이라고요?"

"좌천에 좌천을 거듭해 줄 테니 자신 있으면 버텨라, 겠죠."

"대단하네요, 홍도웅 청장."

이든이 눈썹을 꿈틀거리며 말했다.

"구하늘은 최근에 화이트 해커를 2명 더 고용했다는데 나는 거기 좀 쑤셔볼게요. 그가 과연 이 사실을 아는지, 대응할 생각이 있는지 말이에요."

노아로부터 대꾸가 없자 그녀가 말을 이었다.

"당연히 알죠. 물론 쉬쉬할 놈이지만."

"렌즈 기술을 되찾을 생각이래요?"

백이든은 취재 사흘 만에 초기 렌즈를 개발한 것은 수키였다는 것을 알아낸 기자답게 정곡을 찌르는 재주가 있었다.

"무슨 말을 하는 건지 모르겠네요, 기자님."

"수키 씨 말이에요. 형사님 정보원, 수키 씨 아네요?"

"파고들면 곤란합니다. 나에겐 정보원을 지켜야 할 의무가 있어요."

"여기에는 내 커리어뿐 아니라 조국의 미래가 달려 있어요."

이든의 말에 노아가 그녀를 빤히 바라봤다.

"본격적으로 일에 착수하기 전에 들어야겠어요. 왜 이제 와 나랑 손잡기로 한 건지. 몇 달 전에 구하늘 특집 기사 쓴다고 했을 때는 거들떠보지도 않으셨잖아요, 두 분 다."

이든 또한 노아를 응시한 채 말을 이었다.

"그때는 기자님이 제 도움 없이도 잘해낼 것 같았으니까요."

"내 기사가 꽤 마음에 들었나 보군요."

이든은 대답을 기다렸지만 노아는 잠자코 있었다.

"정보원을 어느 정도까지 믿어야 하는지 나도 알아야죠. 거기에서 나오는 정보 또한 얼마나 신빙성이 있는지도요."

"그래요. 난 구하늘 편이죠. 그 자식이 내 동생의 렌즈 기술을 빼앗아 회사를 차려 떵떵거리면서 잘살고 있는데도 말이죠. 난 벨도 없이 이중 첩자로서 백 기자님의 정보원을 자처하는 중이고요."

노아가 비아냥거렸다.

"난 그저 매사에 조심하는 것뿐이에요. 기사는 내가 세운 잡지사 이름으로 나가게 될 거니까. 연락을 취한 건 형사님이지만 나도 사실 확인을 할 자격이 있다고요."

"이봐요, 기자님. 내가 채람 프로젝트3540을 찬성하는 것 같아요? 반대 시위를 주동한 내 과거는 특이한 머리색과 눈알 색깔 때문에 전 국민이 다 압니다. 나는 외모가 지문인 사람이라고요. 그런데도 구하늘한테 불리한, 렌즈 속 기억이라는 확실한 증거를 들고 이렇게 기자님한테 왔고요. 뭐가 더 필요하죠?"

이든은 노아를 쳐다만 볼 뿐 대구하지 않았다.

"정 불안하면 발 빼도 됩니다. 다른 기자를 알아볼 테니."

노아가 이어 말했다. 이든의 침묵이 길어졌다.

"제길, 알겠어요. 믿어요. 믿는다고요."

마침내 그녀는 항복한다는 듯 두 손바닥을 들어 올리며 노아를 노려봤다.

"지독한 사람 같으니라고."

노아는 이든의 말에 어깨를 으쓱 들어 올렸다.

"이루지예요, 렌즈가 아니라…"

노아가 입을 떼자, 이든이 눈을 치켜떴다.

"되찾아야 하는 게 있다면 루지라고요. 이수키와 내 쌍둥이 동생. 수키한테 렌즈 기술 따위는 필요 없어요."

진동이 울리는 흰색 아이폰을 바지 뒷주머니에 찔러 넣은 이든은 호기심 어린 눈길로 노아를 바라보았다.

"갑자기 증발해 버린 지 21년이에요. 엄마는 루지를 찾다가 말 그대로 미쳐버렸고 아빠는 병에 걸려 돌아가셨죠."

매일 밤 샤워기를 틀어놓고 울부짖던 아빠가 떠올랐다. 넋이 빠져서는 집 안 곳곳을 돌아다니던 엄마도. 가족들 몰래 새벽마다 루지를 찾으러 돌아다녔던 자신의 그림자도. *나는 한동안 수키와 눈도 마주치지 않았지. **그러다 화장실에서 새벽에… 그***

런 일을 벌였고 말이야.

"루지 씨와 채람 코퍼레이션이 무슨 관계가 있다는 거죠?"

"채람 코퍼레이션에서 벌이는 말도 안 되는 짓거리가 수키가 만든 렌즈 때문이잖아요. 렌즈는 루지로부터 비롯된 수키의 열망이었어요. 이수키답죠. 돌연변이로 태어난 백색증 세쌍둥이 중에 제일 돌연변이에요. 괴짜 같은 녀석."

노아는 하루 온종일 붙어 지냈던 수키와 루지를 떠올렸다. 쌍둥이 텔레파시의 비밀을 파헤치겠답시고 서로의 머리에 한참 동안 손을 대 생각을 읽어보기도 했고, 부모님 몰래 그들만 아는 언어가 있어야 한다며 골방에 틀어박혀 몇 주일 동안이나 머리를 맞대 새 언어를 만들어 내기도 했던 동반자들. 말이 새로운 언어지 사실 24자의 알파벳을 한국어로 치환해서 간단한 영어로 대화를 한 것이었다. 치환은 연상 작용을 사용했고 규칙을 외우는 데만 또 며칠이 걸렸다.

알파벳 'R'은 그들의 언어로는 '감'이었다. R(알)은 알감자를 연상시켰기 때문이다. 'E'는 '발'이었다. 알파벳 E(이)는 이발소를 연상시켰기 때문이다. 그들만의 허술한 외계어를 만들어 가는 과정은 루지가 실종되면서 멈춰버렸다. 'E' 하면 둘은 이루지를 제일 먼저 떠올렸다.

"수키도 구하늘이 렌즈 기술을 빼돌릴 줄은 몰랐을 거예요. 감정을 복제해 내는 AI 기술이나 플레이어를 개발할 줄도요. 거기에 *비단 바구니*란 뜻의 *채람*이란 이름까지 붙여줬더라고요. 근데 누굴 탓하겠어요? 특허권을 신청하지 않았던 이수키의 미련함 때문인 것을… 특허권만 쥐고 있었어도 구하늘이 쉽사리 렌즈를 못 건드렸을 테고, 그랬다면 채람 플레이어도, 감정을 분석한다고 나대는 AI 채람도 없었을 텐데."

노아는 턱에 힘을 잔뜩 주며 말했다.

"왜 구하늘과 같이 가지 않았을까요? 수키 씨 입장에서는 그게 더 편하지 않았을까요?"

노아는 이든을 지그시 바라보았다.

"의심하는 건 아녜요. 단순한 호기심이죠."

이든이 재빨리 덧붙였다.

"그건 나도 이수키가 아니라 잘 모르겠습니다. 쌍둥이라도 우린 서로에 대해 모를 때가 많으니까."

"구하늘에게 복수할 거래요? 그게 목적이래요?"

노아는 그녀의 집요함이 이상하게 마음에 들기 시작했다.

"왜냐하면 채람 코퍼레이션은 지속될 것 같거든요. 물론 채람과 계약한 사람들이 사생활을 보장받을 수 있게 해커의 *위대한 기술력*을 널리 알려 서버 강화를 재촉해야 하겠지만요. 나는 기자로서 정부의 채람 프로젝트3540에 관심이 더 많아요. 정부는 온 국민이 렌즈 삽입을 하면 루지 씨 같은 실종자들이 줄어들 거라 믿고 있어요. 렌즈에 찍히는 것이 두려워서 범죄를 안 저지를 거라는 논리죠. 서로 감시하는 사회니까."

"그래도 범죄는 여전히 발생하겠죠. 모두가 눈에 렌즈를 삽입하면 범죄의 경험을 다크 웹에서 거래하라고 정부가 판을 깔아주는 거나 다름없고요. 수키도 채람 프로젝트3540이 빛을 보면 안 된다는 입장입니다. 구하늘한테 복수하는 건 뭐, 보너스 정도 될까?"

이든이 고개를 끄덕였다.

"기자님을 필요로 하는 사람들이 많나 보군요."

노아가 진동이 계속 울리는 이든의 바지 뒷주머니를 향해 고갯짓하며 말했다.

"형사님도 아버지가 되어보면 알겠죠. 남편 역할과 아버지 역할은 하늘과 땅 차이랍니다. 남편은 나 없이 30분 이상을 못 버텨요. 나는 아내 역할에, 엄마 역할, 이렇게 기자 역할까지 하면서도 즐거운데 말이죠. 오늘 만남은 여기까지 해야겠어요. 급한 일 있으면… 알죠?"

전화기를 흔들어 보이며 윙크를 한 이든은 모퉁이를 돌아 시야에서 사라졌다. 노아는 실재하지 않는 분수대를 향해 VR 안경을 쓰고 손을 뻗고 있는 사람들에게로 시선을 돌렸다. *이제 인간은 현실을 있는 그대로 바라보는 능력을 상실한 채 가상 세계 속에서만 편안함을 느낄 수밖에 없는 걸까?* 곱게 빚어 놓은 심장의 표면에서 부유하는 사람들은 심장을 뛰게 하는 법을 망각해서 순간의 유희에 몸을 내던지며 위안을 얻는 중일지도 몰랐다. *수키는 이런 고민을 구하늘과 했겠지? 지금은 서로 대척점에 서 있지만.*

배에서 내리는 이든의 가족을 먼발치에서 바라본 노아는 한참을 걸어 택시를 잡아탔다. 의자 등받이에 기대 눈을 질끈 감았다. 왠지 불길한 일이 일어나기 시작할 것이라는 막연한 추측이 피어나는 것을 애써 무시한 채였다.

04

 높게 솟은 자작나무가 바람에 불안하게 흔들리는 숲길을 달려온 노아는 택시에서 내린 뒤 고글을 꺼내 쓰며 눈 쌓인 정원을 걸었다. 10분 정도 지나자, 디귿 자(ㄷ)로 시작해 3개의 리을 자(ㄹ)로 연결된 옅은 회색빛의 호텔이 나왔다.

 하루가 멀다고 몸집을 불려가는 채람 코퍼레이션과, 그와는 반대로 노아의 발령으로 인해 위태로운 존재감을 거듭 확인한 렌즈 보안과 때문에 마음 놓고 휴가 한번 갈 수 없는 실정이었지만 1박 2일만 전화기를 꺼놓고 푹 쉴 수 있다 한들 눈앞의 치프 호텔은 감히 넘볼 수 있는 곳이 아니었다. 이 회색빛 건물의 하루 숙박료는 석 달 치 월급과 맞먹었다.

 정문에 모여 서성이는 기자들을 발견한 노아는 신축성 없어

보이는 자신의 짙은 청록색 일체형 방한복에 흡족함을 느꼈다. 여전히 가발까지 쓰고 있으니 쉽게 알아보지는 못할 것이었다.

홍도웅 경찰청장으로부터 다시 전화가 걸려왔다. 그의 연락을 받는 것은 여름에 고장 난 라디에이터 때문에 수리 기사에게 전화를 걸 때와 마찬가지로 최대한 늦게까지 미루고 싶은 귀찮은 일 중의 하나였다.

"나수호 형사. 젬마 남부 경찰서 수사 3과 지능 범죄 수사팀 팀장. 베테랑 중 베테랑이다. 정확하고 화끈한 성격이지."

"압니다. 별명이 *개코*죠. 부패가 거의 안 된 시신의 냄새를 100m나 떨어진 곳에서 맡아내는 건 나 팀장님한테 일도 아니니까요."

"특별 수사본부로의 발령은 5년 만이야. 지난 발령 때는 카일럼시 부녀자 살인 사건을 해결했어. 이번에 해결을 못 한다면…"

"제 탓이겠죠."

노아는 홍도웅이 연 말문을 친히 닫아줬다.

"그건 생각하기 나름이고. 수사본부 차려지기 전에 북부서 형사 1팀 팀장이 외국인 투숙객들 DNA부터 일일이 채취했다더군. 전화 한 통 해주는 게 좋겠어."

북부서에서 어려운 부분을 처리해준 것에 있어서는 고맙게 생각하는 노아였다. 그 DNA들이 얼마나 쓸모 있을지 모르겠지만. *범행을 저지른 놈이 DNA 채취에 퍽 순순히 응했겠다!*

오로지 취미생활을 위해 국경을 넘나들 수 있는 재력가들을 상상해 봤다. 살인사건을 수사 중이라며 면봉을 갖다 대도, 다이아몬드를 물기라도 한 듯 입을 꾹 다물고 변호사 타령만 할 것이 분명했다. 아마도 법인 카드로 휴가를 즐겼거나, 낯선 나라에 와서 성매매했거나, 혹은 기쁨의 알약을 삼켰거나, 무엇이든 켕기는 것을 하나쯤은 했을 것이다.

역겹군. *범죄의 소굴다워.* 하지만 그들이 저지른 범죄까지 일일이 수사하기에는 인력과 자원이 터무니없이 부족했다. 터텀국민이 직접적인 피해자로 있지 않은 이상 범죄와 적당히 공존하며 외화나 거둬들이는 것이 나았다.

"담당 검사는 누굽니까?"

"황성희 검사."

채람 프로젝트3540 열렬한 지지자로 유명한 여자였다. 노아는 한숨을 내쉬었다.

"왜 그래? 실력 발휘를 할 수 있는 절호의 기회 아닌가? 필요한 거 있으면 나나 황 검사한테 즉각 얘기하라고."

노아는 수화기 너머로 피식 웃는 홍도웅에게 가운뎃손가락을 날리며 휴대전화를 바지 뒷주머니에 집어넣었다. 그러고는 호텔 입구에 서 있는 제복 경관들에게 경찰 배지를 보인 뒤, 뛰어오는 기자들을 뿌리치고 호텔 안으로 들어섰다. 접수처 앞에서 스키복 차림에 모자를 눌러쓴, 두 손을 주머니에 넣고 삐딱하게 서 있는 나수호 형사가 보였다. 그는 노아와 눈이 마주치자 고개를 갸우뚱거렸다.

"이노아입니다. 정우주 살인사건 특별 수사본부에 발령받은."

"몰라보겠네. 원래 자네는 흰머리투성이 아닌가?"

역시 나를 알고 있군. 어떻게? 국가 정책에 반대하는 반골 기질의 시위 주동자로? 아니면 권력 앞에서도 뜻을 굽히지 않는 올바르고 건실한 청년으로?

"가발입니다. 외모가 거의 지문인지라 기자들 좀 피해서 편히 들어오려고요."

노아의 대꾸에 수호가 고개를 끄덕이며 더욱 찬찬히 뜯어보았다. 모두에게 투쟁꾼으로 낙인 찍히는 수모를 겪었지만, SNS의 파급력과 언론 플레이 덕택에 조직에서 잘리지 않고 그나마 좌천으로 마무리된 것이 다행인 줄 알라는 표정 같았다. 아냐, 괜히 자격지심에 일을 그르치지 마, 이노아. 나 팀장은 그런 거 전혀 신경 안 쓸 수도 있잖아.

"청장님은 무슨 생각이람? 사건이 해결되기를 원하는 건가?"

수호가 푸념하듯 혼잣말을 내뱉었다. 그럼 그렇지. 조직 생활 내내 올라갈 수 있는 꼭대기는 렌즈 보안과 팀장이 전부일 텐데 회색분자인 내가 아직 경찰에 남아 있는 목적이 뭘까 생각하고 있었나 보군. 뭘 기대하겠어?

"그러게 말입니다. 수사본부에 제가 발령 나다니… 의아했습니다."

노아의 말에 수호는 건성으로 고개를 까딱거렸다.

"북부서 팀장님하고는 통화해 보셨습니까? 외국인 투숙객 DNA를 채취했다던데."

"들었네."

노아는 그가 북부서 팀장을 통해 알아낸 정보를 공유해 주기를 기대했으나 수호는 입을 다물었다. 대신 그는 호텔 직원을 불러 투명 통유리로 둘러싸인 1층 로비의 블라인드를 내리고 엘리베이터 작동을 중지하라고 했다. 한 직원이 중앙 방송을 통해 모두가 로비로 내려와야 한다고 말하는 동안 다른 직원이 그의 말을 영어, 스페인어, 일본어로 통역했다. 투덜대며 비상구를 통해 하나둘씩 내려오는 사람들에게서 시선을 거둔 수호는 직원에게 1층으로 모여야 할 인원이 몇인지, 그리고 투숙객 중 외국인이 몇 명인지 물었다.

"어제 20개의 객실이 차 있었고 투숙객은 41명이었습니다. 정우주 씨 빼면 40명이군요. 근무했던 직원은 교대 근무자 포함 11명이고요. 그래서 총 52명이 호텔에 있었던 걸로 보입니다. 이 중 외국인은, 잠깐만요, 17명이네요."

다행히 일찍 체크아웃한 투숙객은 없다고 했다.

"호텔 구조는 어떻게 됩니까?"

노아가 물었다.

"저희는 2층부터 28층까지 한 층에 객실이 한 개씩밖에 없는 작고 프라이빗한 호텔입니다. 공용 층인 7층, 14층, 21층에도 객실이 없죠. 7층엔 미팅룸, 사우나, 수영장이 있고 14층엔 세탁소, 직원휴게실, 비품실이, 그리고 21층에는 스카이라운지, 연회장, 헬스장이 있습니다."

"CCTV는 몇 개고요?"

"호텔 입구에 한 개, 공용 층 복도에 2개씩, 이렇게 일곱 대가 있습니다."

"면적에 비해 터무니없이 적군요. 치안이나 보안 문제가 없었나요?"

"네. 한 번도 문제 된 적 없었습니다. 오늘 전까지는요."

"CCTV 없이 보안이 어떻게 된단 거죠? 더군다나 고객들이 VIP급인데."

"호텔 입구에 도어맨들이 있는 데다가 일단 저희 호텔에 들어왔다 해도 아무나 객실로 갈 수 있는 게 아니니까요. 4개의 엘리베이터는 객실별로 운영되고, 이를 위해서는 키 카드와 비밀번호가 필요하니 보안이 철저하게 이루어진다고 보시면 됩니다."

"철저요? 아무도 모르게 사람 하나가 죽어나갔습니다. 저기 벌떼처럼 모여든 기자들은 단체로 워크숍 왔나 보죠?"

수호의 공격에 직원의 턱 근육이 수축했다. 보안과 치안에 있어서 섣불리 안심하고 장담하는 것에 대해 거부감이 있는 건 노아도 마찬가지였다. 그래도 호텔의 협조가 필요한 때에 굳이 직원의 심기를 거스를 필요가 있을까?

"엘리베이터가 객실로 운영된다는 건 구체적으로 어떤 방식입니까?"

노아가 입을 떼자 직원과 수호가 동시에 그를 쳐다봤다.

"어제도 도어맨이 있었겠죠? 렌즈 삽입을 했습니까?"

노아가 재빨리 덧붙였다.

"체크인할 때 저희가 키 카드를 드립니다. 투숙객은 엘리베이터 탑승 시 필요한 비밀번호를 설정해야 하고요. 한 자리로 하든, 네 자리로 하든, 열다섯 자리로 하든 제한이 없고 저희도 알 길은 없어요. 비밀번호와 키 카드의 조합이 맞아야 버튼이 활성화됩니다. 그리고 도어맨은 어제도 있었지만 렌즈 삽입자는 아니었어요."

노아를 바라보는 직원의 표정이 한층 누그러졌다.

"직원들이 비밀번호를 알 수 있는 방법은 없나요?"

"말씀을 해주지 않는 이상 절대 모릅니다. 그게 저희가 투숙객들을 보호하는 방식이죠."

직원이 수호를 응시하며 말했다.

"직원들은 마스터키가 있으면 객실에 갈 수 있는 거 아닙니까?"

수호가 삐딱하게 되물었다.

"그건 맞습니다만 마스터키는 청소가 끝나면 반납하기로 되어 있습니다. 어제도 마찬가지였고요. 마스터키는 제때 모두 회수됐어요."

"정우주는 방을 누구와 같이 썼죠?"

"28층 꼭대기 스위트룸을 혼자 쓰셨고, 일행분들께서는 27층에서 다 같이 머무르셨습니다."

"키 카드가 분실된 적 있습니까?"

"없습니다."

컴퓨터 화면을 바라보고 몇 번의 클릭을 하던 직원이 고개를 저으며 답했다.

"키 카드 사용 방식이 어떻게 된다고요? 아까 그 비밀번호 어쩌고저쩌고… 좀 더 구체적으로 말해줘 보세요."

수호가 자동 음성 인식 메모 앱을 열며 물었다.

"물론이죠. 공용 층과 1층으로 갈 때는 키 카드가 필요 없습니다. 그냥 버튼만 누르면 됩니다. 그런데 객실로 갈 때는 목적지의 키 카드와 비밀번호를 알아야 합니다. 예를 들어서 28층 정우주 씨 객실에서 7층 공용 층으로 간다고 하면 버튼만 누르면 되지만, 7층이나 1층에서 28층 객실로 간다고 하면 엘리베이터를 탄 후에 28층 객실 키 카드를 태그하고 비밀번호를 눌러야 합니다. 그럼 객실 중에는 28층 한 층만 활성화가 되죠."

"한 자리로 하든, 네 자리로 하든, 열다섯 자리로 하든 투숙객 외에는 아무도 모르는 그 비밀번호요?"

노아가 묻자 직원은 고개를 끄덕였다.

"아까 여기 맨 처음에 도착한 형사들한테 CCTV 영상 넘기셨죠? 제 메일로 다시 보내주시고 마스터키 카드 좀 주세요. 28

층에 올라가 봐야 하니까."

직원이 컴퓨터를 다시 들여다보는 동안 수호는 쪽지에 자신의 메일 주소를 남긴 뒤, 노아 쪽으로 몸을 돌렸다.

"키 카드와 비밀번호를 확보하고 있어야 들어갈 수 있는 최고급 호텔 밀실에서 건장한 UFC 선수의 경험이 도난당했다. 측근들이 바로 아래층에서 잠을 자고 있었던 때에. 키 카드는 사라진 적 없는 데다가 객실 비밀번호는 자릿수마저 미정이라 무한대의 조합이었고 말이야. 어떻게 들려?"

수호의 말에 노아는 두 눈을 질끈 감았다.

"힘을 내야지, 제군. 우리 2명으로 충분히 해결할 수 있는 사건이라고! 안 그래?"

수호는 노아의 어깨를 툭 치며 말하고는 큰 보폭으로 움직였다. 노아는 그 뒤를 따라 계단을 오르기 시작했다.

05

춥고 비리고 을씨년스러웠다. 영하의 날씨에도 복층으로 된 28층 로열 스위트룸의 에어컨은 7도에 맞춰 틀어져 있었기 때문이다. 부패를 늦춰 냄새가 새어 나가는 걸 막기 위함이었을 것이다.

투명한 통유리창을 통해 잔잔하고 평화로운 북극해가 한눈에 들어왔다. 깨끗하게 갠 하늘에서 새어 들어오는 햇살이 일상의 흔적을 비추고 있던 탓에 노아는 객실 어딘가에 시신이 뉘어 있다는 것이 좀처럼 믿기지 않았다.

사실 그는 줄곧 '믿을 수 없다.'와 같은 말은 진실을 마주할 용기가 없는 회피자들이나 입에 올리는 표현이라 여겼지만, 아무리 현실감각을 가지려 해도 불과 몇 시간 전에 이곳에서 누군가의 생명의 불씨가 꺼졌다는 것을 받아들이기란 쉽지 않았다. 힘줄을 자랑하며 두 주먹을 불끈 쥐고 상대 선수를 죽일 듯 노려보던 블랙홀의 모습이 아른거렸다. 피가 터지고 멍든 얼굴에 챔피언 로브를 두르고 경기장을 뛰어다니던 어린아이 같은 모습도…

불현듯 노아는 살인이라는 극단의 갈등과 그 후의 침묵이 주는 간극이 낯설게 느껴졌다. *어디서부터 어긋난 걸까? 인간의 운명은 정해져 있는 건가? 루지 인생의 결말도 정해져 있었을까?* 청명하고 새파란 하늘에 언제 다시 먹구름이 낄지 모르는 일이었다.

"북부서랑은 어디까지 진행했다고요?"

수호가 예리한 눈초리로 주변을 훑으며 물었다.

"막 시작 단계였어요. 1층에서 외국인들 DNA를 채취하시느라… 28층에서는 시신만 겨우 들여다보고 바로 나가셔야 했죠."

"입이 댓 발 나왔던가요?"

"아시잖아요. 게다가 그것도 뉴스로 들었으니… 특별 수사본부가 차려졌다는."

하얀색 작업복을 입은 과학수사대 박호연 반장은 몸집이 거대해서 마치 눈사람처럼 보였다. 얼굴에 맺힌 땀 때문에 입까지 녹아버려 말을 얼버무리게 된 모양이었다.

대리석 바닥을 따라 왼쪽으로 고개를 돌리자 주방이 보였다. 영국이나 이태리 브랜드쯤 되어 보이는 고급 식기들이 놓인 좁고 높은 아일랜드 식탁에는 하얀 가루가 제법 떨어져 있었다. 초콜릿 향이 나는 걸로 보아 단백질 파우더 같았다.

거실에는 보라색의 벨벳 소파가 마주 보며 놓여 있었다. TV는 수납장 속에 들어가 있었고, 리모컨은 소파 사이에 있는 낮은 탁자 밑에 떨어져 있었다. 그 옆에 유리 조각이 모아져 있는 것이 눈에 띄었다.

오른편으로 가자 포켓볼을 친 흔적이 있는 당구대가 나왔다. 미니바에는 양주, 와인, 맥주, 그리고 크리스털 술잔들이 진열되어 있었다. 야마자키 50년산 빈 병이 나뒹굴고 있는 식탁을 지나 걸음을 옮기자, 왼쪽으로 살짝 휘어지는 아치형 계단이 모습을 드러냈다. 정우주 사망 이후 여러 사람들이 오르락내리락했을 테지만, 놀랍게도 난간은 이제 막 청소를 마친 것처럼 투명했다. 비릿한 술 냄새가 짙어질 때쯤 널따란 침실 2개가 나타났다.

아무리 살인과 강도가 판치는 터럼에서 형사 밥을 먹는 사람들일지라도 잔인하게 유린당한 생명을 보고 평정심을 유지하기까지는 숙련된 경험과 오랜 세월이 필요하다. 안쪽 침실로 먼저 들어간 수호마저도 고개를 돌릴 정도로 블랙홀의 모습은 처참했다. 입과 눈에는 빨간 피가 새어 들어간 솜이 채워져 있었고, 그 위에는 검은색 동공과 길고 가는 속눈썹이 그려져 있었다. 눈알이 있던 공간에서 흘러나온 피는 카펫에까지 떨어져 바닥을 적신 상태였다. 조각상처럼 다부지게 잘 깎아 만들어진 그의 몸에서는 향수나 스킨케어 제품 냄새 대신 고약한 알코올 냄새가 풍겼다.

"50년 된 야마자키를 여기다 써먹었나 보군요."

노아의 말에 수호가 아랫입술을 꽉 깨물었다.

"생눈을 파낸 것 치고는 피가 많지 않네요. 아마도 도중에 심장이 멎은 거겠죠?"

"그런 걸로 보입니다. 약물을 주입한 듯 보이고요. 과다복용으로 비교적 빨리 사망에 이른 것 같아요. 물론 정확한 건 부검을 해봐야 알겠지만."

박호연 반장이 시체의 왼팔에 나 있는 주삿바늘 자국을 가리켰다. 노아의 눈에는 구릿빛 손목 끝에 걸린 무거운 시계가 먼저 들어왔다. 어느 보석 회사에서 블랙홀을 위해 50캐럿이 넘는 시계를 만들어 선물했다는 기사가 떠올랐다. 다이아몬드 600여 개가 알알이 박힌 것이라고 했다. 손등이 아래를 향하고 있어 시계 얼굴 부분에 피가 흥건하게 묻어 있었다.

"멍이나 상처는 없는 걸로 봐서는 자다가 습격당한 것 같아요. 손톱 밑 DNA를 채취해 봐야 정확히 알겠지만."

"시신 사진은 찍으셨죠? DNA 채취한 상태입니까?"

수호의 말이 끝나자 노아가 물었다.

"사진은 찍었죠. DNA는 아직 채취 전이고요. 그리고 원래는 이불이 머리끝까지 덮여 있었어요."

시체 발끝에 걸린 천을 가리킨 반장은 카메라 스크린에서 사진을 찾아 내밀었다. 검은색 사각팬티를 입은, 꽁꽁 얼어버린 수건처럼 딱딱해 보이는 상체와 허벅지 근육을 내놓은 정우주는, 사진 속에서는 이불 속에 폭 싸인 채였다. 수호와 노아는 반장이 들고 있는 카메라에 얼굴을 파묻었다가 다시 흩어졌다.

"여기 미세 혈흔이 튀었네요."

전신거울 앞으로 간 수호가 말했다. 그는 투명한 차디찬 북극해를 담고 있는 거울 위 조그마한 핏방울을 돋보기로 자세히 들여다보고 있었다.

"일일이 검사해 봐야죠."

박호연 반장이 심란한 듯 말했다. 미세 혈흔 검사만 해도 하루가 넘게 걸릴 수 있기 때문이리라. 그는 입꼬리를 씰룩이더니 형사들을 욕실 쪽으로 안내했다.

밝은 조명의 화려한 욕실 안에는 성인 2명은 거뜬히 들어갈 수 있는 넓은 원형 욕조가 떡하니 자리하고 있었다. 그 옆 가로로 2m는 되어 보이는 화장대 위에 투명 지퍼백에 담긴 스위스 아미 나이프가 놓여 있었다. 카본 스틸과 티타늄으로 구성된 듯 실용성 있고 단단해 보이는 은색 손잡이 끝에 칼이 일직선으로 뻗어 있었다. 칼날에는 물로 씻은 자국이 남아 있었다.

"범행도구입니까?"

"지문은 안 나왔고 루미놀 반응은 나왔습니다. 범행도구일까요?"

노아가 묻자 반장이 답했다.

"지문이 안 나왔다는 건 범인이 장갑을 끼웠다는 걸 보여주지. 증거를 안 남기기 위해서 말이야. 그 말은 곧 계획범죄라는 거야. 형량 올라가는 소리 들린다."

수호가 휴대전화 카메라로 증거품의 사진을 찍으며 말했다. 이내 그는 묵직한 걸음걸이로 욕실을 빠져나와 블랙홀을 요목조목 들여다봤다. 무언가를 곰곰이 생각하고 있었다. 첫 단추가 잘 꿰어져도 어딘지 모르게 꼬이고 삐걱거리기 쉬운 것이 수사이니 그럴 만도 했다. 이제부터 세상 모든 머피의 법칙은 한꺼번에 몰려올 것이고 인간 방충제가 된 듯 범인이란 하루살이들은 형사들이 가는 곳마다 냄새를 맡고 달아날 것이었다.

노아는 자신이 팀장이라면 어떻게 수사를 지휘할지 그려보았다. 범인은 범행을 꽤 오래전부터 계획했으며, 침착하고 대담하게 목표를 달성한 듯 보였다. 여유롭게 키 카드와 비밀번호를 확보했고, 누가 렌즈를 끼고 자신을 촬영했을지 모르는 상황에서 도어맨과 CCTV를 뚫고 객실로 침입했다.

심지어 27층 일행들이 드나들 수 있는데도 타이틀전이 있는 중요한 날 범행하기로 마음먹었다. 살인 후 시신의 모습을 기괴하게 연출하기까지 했다. 혈흔은 필요한 공간에만 집중적으로 고여 있었고, 그 외의 사물들은 차디찬 바람이 얼려버린 것 같았다. 마치 자신이 의도한 부분에만 색깔을 입히고 나머지는 모두 흑백으로 연출한 영화 속 한 장면처럼.

위장과 살인에 능숙한, 그리고 정우주에게 앙심을 품은 전문가의 소행임이 틀림없었다. 눈알을 가져간 사건은 아직 들어본 적 없기에 동종 전과자를 조회해서 추려내는 것이 단순하지 않을 것이라는 게 난관이었다.

"출발하자고."

수호가 노아에게 다가와 말을 건넸다.

"어디로요?"

"채람 코퍼레이션이지 어디겠나? 정우주가 죽기 전 뭘 봤는지 확인해 봐야지."

"그런데 형사님들, 말씀 안 드린 게 생각났네요. 처음에 도착했을 때 방 안의 모든 수건이 얼어 있었어요."

박호연 반장이 끼어들었다.

"그게 무슨 뜻입니까?"

"객실이 깨끗했거든요. 아무래도 청소까지 다 하고 나간 것 같아요."

"청소요? 증거를 없애기 위해서요?"

노아가 미간을 찌푸리고 수호를 바라보며 대꾸했다. 마침, 수호도 노아와 같은 표정으로 그를 응시하고 있었다. 박호연 반장은 둘을 번갈아 보더니 고개를 끄덕였다.

06

"분명 우발적인 살인은 아닌데… 범행을 오래 계획했고 차질 없이 이행했어요. 시신에다 한 짓을 보면 응집된 분노를 가진 것처럼 보이지만 사실은 상당히 절제된, 감정을 조절할 수 있는 차갑고 교활한 자입니다. 정우주가 첫 번째 살인은 아닌 것 같아요."

비상구 계단으로 향하며 노아가 운을 뗐다.

"렌즈 도난 사건은 공식적으로 이게 처음이야. 하지만 금방 범인이 잡히지 않는다면 점화가 시작된 폭죽처럼 여기저기서 뻥뻥 터져버리겠지. 렌즈 도난꾼이라는 새로운 직업이 생기겠는데? 욕실에 놓여 있던 칼은 어떻게 보나?"

수호가 보폭을 맞추며 답했다.

"부검을 해봐야 알겠지만 아무래도 범행도구 같습니다. 호텔 비품도 아니고 범인이 직접 구매한 것도 아니겠지만요. 그 때문에 칼을 추적하는 일을 쉽사리 시작해선 안 되고요."

"왜지?"

"수사를 지연시키기 위해 범인이 일부러 흘리고 간 미끼니까요. 형사들이 그 칼을 추적하러 캠핑장이나 캠핑용품 판매점을 들쑤시고 돌아다니길 바랐던 거죠. 하지만 이놈은 칼을 어디서 훔쳤거나 주웠을 거예요. 잃어버린 사람은 정작 기억도 못 하는 시간과 장소에서요."

"사실은 호텔에 굴러다니는, 혹은 정우주 소유의 칼이었다면? 범인 입장에서는 그게 더 안전하지 않아? 우리 놀릴 맛도 나고 말이야."

"그건 그자의 행동 궤도에서 벗어납니다. 갑작스러운 것들을 장면 안에 들일 정도로 유연하지는 못한 것 같거든요. 결벽증이 느껴질 만큼 현장이 정갈하게 정리됐잖아요. 아마 머릿속으로 시뮬레이션을 수없이 했을 거예요. 중간에 발각됐을 때 어떻게 해야 할지 매뉴얼도 있었을 거고요."

"다이아 시계는 어떻게 보나? 범인이 채웠을 거로 생각해?"

"네. 그걸 통해 살인 동기를 간접적으로 표출한 것 같아요. 돈 때문에 살인을 저지른 게 아니라는 메시지를 전하고 싶었던 것 같거든요. 정우주한테 아주 강력한 원인이 있었다는 것을 은연중에 강조한 거죠."

"원한에 의한 살인이다?"

수호가 묻자 노아가 고개를 끄덕였다.

"맞아. 살해 후 얼굴을 무언가로 덮은 건 대개 죄책감의 표현이지. 하지만 죄책감은 없어 보였단 말이야. 솜에 그림을 그려 놨잖아, 제기랄. 시체에서 진동하던 술 냄새는 또 어떻고? 원한을 많이 진 것처럼 보였어. 하지만 다이아와 관련해서는 한 가지 덧붙일 게 있어. 요새 범죄자들은 장물이 쓸모없다는 것쯤은 다 알아. 보석을 안 가져간 건 장물을 거래하는 게 번거로워 그럴 수도 있단 거야."

수호가 말을 이었다.

"그렇담 굳이 정우주 손에 채웠을까요? 밤에 팬티 한 장만 입고 혼자 자는 사람이 그 무거운 다이아 시계를 차고 잤을 리는 없잖아요. 하지만 지나친 것들은 시선을 끌기 마련이죠. 다이아를 보란 듯이 놔두고 간 놈이 반대로 가져간 게 있으니… 그게 그자한테는 몹시 소중했던 겁니다."

노아가 계단을 내려가다 멈추고 수호를 응시했다.

"눈알 말인가?"

수호도 걸음을 멈추고는 답했다.

"네. 살인 자체가 목적이 아니라 눈알이 목적이었던 겁니다."

"특정 신체 부위를 훼손하는 건 대체로 복수와 연관되어 있지."

"복수 때문만은 아니고 눈알이 필요했을 거예요. 더 정확히는 렌즈를 원했던 거죠. 정우주의 경험 말입니다! 그런데 왜?"

"그 렌즈 속에 자신의 치부가 담긴 사람일까?"

"렌즈를 가져가는 것만으로는 과거가 없어지지 않잖아요. 경찰이 정우주 렌즈 아카이브를 입수할 거란 생각을 못 했을까요?"

"정우주 렌즈를 가지고 싶었던 광팬이었다면?"

"만약 그렇다면 정말 안타까운 죽음 아닙니까? 이런 신종 범죄 때문에 채람 프로젝트3540을 그렇게 반대했건만."

"공범의 가능성은 어찌 보나?"

수호는 노아의 말을 못 들은 체하고 물었다.

"정황상 조력자가 있어야 살인을 할 수 있다고 봅니다."

"내 생각도 그래. 키 카드도 확보해야 하고 비밀번호도 알아야 했으니까 말이야. 27층 일행일까?"

"글쎄요. 4명이 27층을 같이 썼다는데 새벽에 몰래 나갔다 오는 위험을 감수했을까요?"

노아의 말에 수호는 입술을 오므리며 고개를 끄덕였다. 1층에 도착해 비상구 문을 열자, 로비의 소음이 한꺼번에 몰려왔다. 수호를 본 직원은 자신을 난처하게 만들었던 게 떠올랐는지 표정을 구겼지만, 이내 프로답게 옷매무새를 정돈했다. 수호는 사진을 들이밀며 28층에서 발견된 스위스 아미 나이프가 호텔 소유인지 물었다.

"아뇨. 저렇게 생긴 칼을 한 번도 보지 못한 데다가, 저희는 증정용 물품에는 로고를 박아놓거든요. CH라고 쓰인."

그런 후 직원은 노아에게 직원 전용 뒷문을 알려주었다.

"그나저나 백색증인가? 아니면 백반증이라 부르는가? 이 눈 색깔보다도 새하얀 자네의 피부 말이야."

기자들을 피해 호텔을 조용하게 나설 수 있던 수호가 입을 뗐다. 해가 저물어 가는 중이었지만, 노아는 고글을 쓰고 넥워머를 푹 코 밑까지 다시 올렸다. 바람이 불고 지나가자 눈 위에 먼지가 일었다.

"백색증이요. 선천적인 겁니다. 반점처럼 하얀 점이 생기는 백반증은 후천적인 거고요."

"내가 신경 써야 할 사항이 있나?"

노아가 수호를 바라봤다.

"왜? 우리는 파트너잖아. 사건을 해결하기까지 잠잘 때 빼고 거의 붙어 다녀야 한다고."

"햇볕을 장시간 쐬면 안 되긴 합니다만 자외선 차단제를 수시로 덧바르면 돼요. 선글라스나 모자는 항상 가지고 다녀야 하고요. 일하는 데 지장은 없습니다. 걱정하지 마십시오."

고개를 끄덕인 수호는 차 열쇠를 건넨 후 옷깃을 여미며 생각에 잠겼다. *경찰 조직 내에서 반동분자로 알려진 렌즈 삽입술 반대론자와 파트너가 되었다는 것이 내 이력에 어떤 오점으로 남게 될까? 홍도웅 경찰청장은 공무원들이 자발적으로 렌즈 삽입 시술을 해서 국민들을 안심시켜야 한다고 앞장서 주장하던 사람이었다. 그랬던 그가 이노아를 수사본부로 발령 냈다니. 만약 이노아가 사건을 해결해서 스포트라이트를 받으*

면 어쩌려고? **혹시 홍도웅은 수사본부가 절대 사건을 해결할 수 없으리라고 생각하는 걸까?**

하지만 그런 걱정들과 무관하게 수호는 앞으로의 시간이 기다려지기도 했다. 변할 때도 됐지. 새로운 시각이 필요해. 어쩐지 그는 자신의 인생이 머지않아 바뀔 것 같다는 예감이 들었다. 그것도 전혀 예상치 못한 방향으로. 수많은 사람들을 접하면서 갈고 닦아진 촉각이 이노아를 향해 곤두서는 중이었다.

그는 노아가 운전석에 올라타 가발과 고글을 벗는 것을 지켜보았다. 하얗게 센 그의 머리는 검은색 가발과 극명한 대조를 이루어 더욱 이질적으로 느껴졌고, 피부와 눈썹은 그 경계가 구분이 안 될 지경이었다. 연필의 흔적조차 닿지 않은 새 도화지 같은 얼굴이었다. 안전벨트를 맨 수호는 의자를 뒤로 젖혔다.

"15년 된 차야. 전용 차량도 안 대줘서 집에서 끌고 왔지 뭔가? 시금털털하지만 잘 굴러가. 도착하면 알려주게. 난 눈 좀 붙일 테니."

시동을 걸자 기계에서 나지 말아야 할 소리가 들렸다. 서서히 가속 페달을 밟으니 차체가 심히 흔들리며 바퀴가 굴러갔다. 노아는 조수석 쪽으로 고개를 돌렸다. 수호는 이미 눈을 감고 귀에 이어폰을 꽂은 상태였다. 젬마 6길 31번지로 향하는 수호의 차는 불안한 진동과 불쾌한 소음을 싣고 거리를 내달리기 시작했다.

07

오랜만이군요, 아버지.

저예요. 누구라도 사회의 질서를 거스르면 처단하는 정의의 사도, 사회를 더 나은 방향으로 나아가게 만드는 용감한 시민 영웅. 약자만을 골라 건드린 파렴치한 벌레인 당신과는 달리 기준이 있는 나.

하지만 그 피가 어디로 가나요? 불행하게도 우리에게는 공통점이 있죠. 꺼져가는 생명을 보며 필요 이상으로 애도하지 않는 것. 사실 이런 일을 하기 위해서는 가장 중요한 자질이잖아요? 애석하게도 모두가 우리와 같은 냉정함과 침착함을 가지고 있는 건 아니더라고요.

오늘은 불현듯 당신 생각이 나더군요. 아들에 의해 자작나무

숲 근처에 버려진 불쌍한 아버지. 미안하지는 않아요. 훨씬 더 나은 사람으로 성장하고 변화할 가능성이 있던 내 어린 시절을 모조리 빼앗은 사람은 당신이잖아요.

지금이라도 내게 용서를 구할 마음이 있나요? 구둣발에 짓눌린 머리에서 가여운 혓바닥을 꺼내 내 발을 기꺼이 핥아줄 수 있냐고요! 이런 상상은 그리움 때문일까요, 증오 때문일까요, 연민 때문일까요?

나는 9살이 되던 해 처음으로 이별을 경험해야 했어요. 당신은 아무 소리도 들리지 않는 외딴곳에서 가여운 그 아이에게, 나를 유일하게 알아봐 주던 소중한 친구에게 무슨 짓을 했나요? 아들을 위해 그 더러운 욕망을 참아줄 수는 없었나요? 악마처럼 희열과 쾌락을 잘게 쪼개 들이마시니 좋던가요?

좁고 뒤틀린 당신의 세상을 생각할 때면 이 구절이 떠올라요. 셰익스피어 혹은 단테였던 것 같아요. 아무튼 그렇게 대단하고 유명한 작가가 만들어 낸 말이라고 했죠.

"대자연은 어째서 그런 짐승의 굴혈을 만들었을까요? 신들은 인간의 비극을 즐겨 보기 때문인가요?"

어디엔가 빌어먹을 신이 있다면 정말이지 나도 따져서 묻고 싶다니까요.

08

　45분 동안 남쪽으로 달려온 노아와 수호는 탁 트인 바다와 모래사장을 마당으로 둔 젬마 6길 31번지에 도달했다. 마중 나온 비서의 안내를 받아 은색 돔 모양의 채람 코퍼레이션 건물 문을 열자 제일 먼저 눈에 띈 것은 사람의 옆얼굴을 형상화한 채람 플레이어였다. 밤톨같이 동그란 두상에서 연결되는 오똑한 콧날과 오동통한 입이 매력적인 아름다운 여성의 얼굴 모양으로 수키의 어린 시절을 떠올리게 했지만, 노아는 이 말을 절대 꺼내지 않기로 했다.

　서류 뭉치를 들고 있던 비서는 귀 모양 손잡이를 열고 안으로 들어가 보라고 했다. 60도 정도의 각도로 비스듬히 뉘어 있는 가죽 의자와 마스크가 보였다. 노아가 손사래 치자 비서는 직접 들어가 입을 열었다.

"여기 광대 쪽에 화면이 있어요. 관자놀이 근처에는 마스크가 걸려 있죠. 뒤통수 쪽에는 환풍구랑 에어컨이 있고요. 사용자의 체온과 기분에 맞게 AI인 채람이 알아서 조절해 줘요. 올 하반기에 출시 예정인 가정용 플레이어입니다. 채람 카페에서는 유명인들의 경험을 구매할 수 있다면 집에서는 이 기계를 통해서 내 과거 경험을, 그리고 가까운 지인들의 경험을 입어 볼 수 있어요. 화면에 동공을 대고 채람 앱에 로그인하면 되죠. 이제 터텀국민들의 엔터테이닝은 이 아이가 책임지게 될 겁니다. 한번 체험해 보시겠어요?"

"가정용 플레이어요?"

"네. 곧 온 국민이 눈에 렌즈를 삽입할 테니 가정용 플레이어도 출시돼야죠. 사실 서프라이즈예요. 형사님들만 알고 계세요."

노아의 질문에 비서가 온화한 웃음을 지어 보였다.

"저희 정우주 씨 때문에 온 건 아시죠? 몇 시간 전 돌아가신."

무어라 대꾸하려던 노아의 앞을 수호가 막아서며 말했다.

"그럼요. 대표님께서는 급히 회항해서 귀국하시는 중입니다. 세계 AI 과학포럼에 참여하기 위해 바르셀로나로 이동 중이셨거든요. 회사를 잠깐 둘러보시겠어요?"

"좋습니다. 가정용 기기 말고 서프라이즈가 또 있을지 매우 궁금하군요."

노아의 비아냥에도 시종일관 환한 미소를 머금은 비서는 그와 수호를 엘리베이터로 안내했다.

2층으로 올라가니 '감정 연구소'라는 팻말이 붙은 넓은 공간이 나왔다. 언젠가 채람 특집 다큐멘터리에서 본 적 있었다. 자유롭게 앉은 연구원들이 머리에 와이어를 단 채 VR을 체험하는 중이었다. 중앙에 앉은 파란 눈의 늘씬한 *채람*은 뇌파를 통해 시시각각 변하는 인간들의 감정을 인지한 후 그 값을 감정 스펙트럼 영역에 표시했다.

"바비 인형처럼 예쁘게 생긴 이 친구는 바로 AI 채람입니다. 22살이죠. 지금 연구원들의 감정을 파악하는 연습을 하고 있어요. 채람이 분류할 수 있는 사람 감정이 이제 256여 개에 달한답니다. 몇 년 전까지만 해도 128개밖에 안 됐는데 우리 채람이 뼈를 깎는 노력을 하더니 이 경지에 도달했지 뭐예요. 어찌나 자랑스러운지!"

비서는 이러한 과정을 레인보우 헌팅이라고 불렀다. 감정 스펙트럼이 무지개색으로 분류된 탓이었다.

검은색 단화에 딱 달라붙는 흰색 새틴 미니드레스를 입은 금발 웨이브 머리의 AI 채람은 패션 취향 빼고는 역시 수키를 닮아 있었다. *그래도 이수키가 저 인조인간보다는 훨씬 더 예쁘지.* 채람은 노아의 생각을 듣기라도 한 듯 새초롬한 표정으로 눈을 흘기더니 귀 뒤로 머리를 쓸어 넘겼다. 노아와 눈이 마주치자 인조인간의 볼이 발그스름해졌다. 데이트를 나온 대학생이 설레는 표정을 썩 잘 흉내 내고 있었다.

"연구원들이 겪는 VR의 상황들은 매번 달라요. 세포분열 하는 것처럼 무한대로 늘어나고 있죠. 예를 들면 잠을 자는데 갑자기 지진이 나는 상황, 바람을 피운 배우자가 이혼을 요구하는 상황, 주인을 화재에서 구해준 반려동물이 암 판정을 받는 상황, 귀화한 아프리카 난민이 터텀 외교관이 되기 위해 국가고시를 보는 상황 등등 아주 무궁무진해요. 채람이는 인간이 살아가면서 겪는 다양한 상황에 노출되며 감정을 학습하고 있고요. 이제는 어쩌면 인간들보다 공감력이 좋을지도 몰라요. 저기 8번 연구자는 방금 감정이 변했네요. 설렘과 기쁨으로요. 아, 저분은 여행지 공항에 방금 내려서 그랬군요. 앞으로 어떤 일이 일어날지 아직 모르니까 지금은 저 기분을 만끽하라고 하죠."

"아무리 VR이지만 지진도 겪고 배우자가 나 몰래 바람피우는 상황까지 감내해야 하면 그건 좀 심한 거 아닙니까?"

수호가 물었다.

"그래서 저희는 연구원들에게 정기적으로 심리 상담을 받게 하고 있어요. 게다가 일주일에 15시간 이상의 VR에 노출하지도 않는답니다. 15시간이면 할 만하잖아요. 연봉도 고액이고요."

비서는 몸을 기울이고 윙크를 했다.

"우주 눈알이 없어졌다죠?"

그때 등 뒤에서 남자 목소리가 들렸다. 넥타이와 행커치프, 바지를 남색으로 맞춘 회색 정장 재킷의 멀끔한 구하늘이 자신감 넘치는 발걸음으로 들어섰다. 마호가니빛 갈색 구두와 번쩍거리는 은색 시계는 인위적인 그의 치아처럼 광택이 났다. 노아는 가슴을 펴면서 허리에 매달린 총집에 있는 총을 괜스레 만져 보였다.

"구하늘 씨, 안녕하십니까? 정우주 살인사건 특별수사본부 형사 나수호입니다. 여긴 제 파트너 이노아 형사고요. 정우주 씨 렌즈 아카이브 좀 보려고 왔습니다. 정우주 씨 경험이 통째로 사라졌거든요."

수호가 경찰 배지를 보이며 말문을 뗐다.

"반갑습니다, 형사님들. 그것 때문에 오셨군요. 어쩌죠? 저도 도와드리고 싶은데 계약 때문에 곤란합니다. 우주가 사망 시 렌즈에 담긴 경험을 자동 파기하는 조항에 사인을 했거든요. 그 아이는 기억과 감정을 가족들에게조차도 공유하지 않길 바랐어요."

"공유의 차원이 아닙니다. 살인자가 찍힌 장면만 보려고 합니다. 인상착의를 확인하기 위해서요."

노아가 헛웃음 치며 말했다.

"우주가 그때 눈을 떴다면 살인자를 보고 공포심이나 두려움을 느꼈겠죠. 찰나의 순간이라 할지라도요. 우주는 자기 감정을 절대 공유하지 말아 달라고 부탁했습니다."

"가정용 채람 플레이어도 출시되기 전인 마당에 정우주 씨의 공포와 두려움을 어떻게 느끼겠습니까? 단지 눈 안에 담긴 진실을 보고 용의자를 찾으려는 것뿐입니다. 아시잖아요."

"눈 안의 진실, 맞습니다! 아주 훌륭한 문구입니다. 그런 말은 정말 오랜만에 들어보는군요. 저도 그런 멋진 일에 동참하고 싶지만 계약은 계약인지라… 양해 부탁드립니다. 차라리 수색영장을 가져오세요. 그건 법원 명령이니까 괜찮을 것 같네요."

"너무 늦어요. 살인사건을 조사 중입니다. 살해범을 찾아야 하지 않겠습니까?"

수호는 차분하게 그를 달랬다.

"저나 형사님이나 가족의 바람은 중요하지 않아요. 법적 효력이 없으니까요. 죄송합니다. 다른 일이라면 도와드릴 수 있지만 그 일은 안 되겠어요."

"정우주 씨 덕분에 채람이 큰 거 아닙니까? 둘이 형, 동생 할 정도로 각별한 사이였던 건 누구나 다 아는 사실이죠. 그런 정우주 씨가 몇 시간 전 살해당했어요. 비참하고 잔인하게요. 범인을 빨리 잡아야 하지 않겠습니까? 구하늘 씨도 그걸 원하지 않나요?"

노아의 말을 들은 구하늘은 그를 빤히 쳐다보았다.

"여러 사람이 얽혀 있는 일입니다. 렌즈라는 게… 내가 원하는 것만 담을 수가 없어요. 다른 사람들의 개인정보도 얽혀 있어서 그럽니다. 대표인 제 입장도 좀 헤아려 주십시오. 이런 결정이 저도 쉽지만은 않습니다."

"살인자한테 무슨 개인정보! 겁쟁이처럼 굴 겁니까?"

노아가 호통치자, 구하늘은 두 손바닥을 얼굴 가까이에 댔다.

"영장이요! 제가 거역할 수 없는 법적인 조치가 필요한 시점입니다."

그러고는 위층으로 모습을 감췄다.

"정우주 기억은 언제 파기됩니까? 우리한테 얼마의 시간이 있는 건가요?"

수호가 비서를 보고 물었다.

"동공의 움직임이 없으면 40시간이 지나 아카이브 전체가 자동 파기되도록 설계되어 있어요. 이제 그만 나가주세요. 영장을 가져오지 않는 이상 저희가 해드릴 수 있는 일은 없는 거 아시잖아요!"

좀 전까지 상냥하던 비서는 어느새 말투를 퉁명스러운 것으로 갈아 끼우고는 쌀쌀맞게 대꾸했다.

"그 잘난 계약서나 한번 봅시다."

노아는 비서가 건넨 봉투를 낚아채고 계단을 성큼성큼 내려가며 휴대전화를 열었다. 수키로부터 전화와 메시지가 와 있었다. 수호는 걸려오는 전화를 받으러 저만치 걸어갔다.

수키

– 왜 전화했어? (14:28)

노아

– 정우주 살인사건 특별 수사본부에 발령 났어. (16:41)

수키

– 렌즈 보안과 사건은? (16:41)

노아

– 문 형사한테 맡겼지. 네가 보내준 자료도 넘겼고.
다음부터는 우편함에 넣어줘.
누가 내 이메일을 보는 것 같거든. (16:42)

수키

– 무슨 소리 하는지 모르겠는데? (16:42)

노아

– 그럼 됐고. 채람에 왔는데
정우주 렌즈 열람 단번에 거절당했어. (16:43)

수키

– 웃기지도 않는군. (16:43)

노아

– 내일 오후 중으로 정우주의 기억이 전체 삭제 될 거야.
사망하고 40시간이 지나면 렌즈가 자동 파기 된다네? (16:44)

수키

– 젠장. 바로 착수한다. (16:44)

노아

– 곧 가정용 플레이어가 출시된다는데
알고 있었어? (16:44)

노아의 마지막 메시지 옆에 *읽음* 표시가 바로 떴지만 몇 분이 지나도 답은 오지 않았다. 수호도 전화를 끊자, 둘은 15년된 고철 덩어리 안으로 들어갔다.

"호텔 매니저가 보내준 CCTV 영상 방금 보냈으니 열어봐."

수호의 말에 운전석에 앉은 노아는 동영상을 다운받았다.

"어제 18시 24분으로 이동해 봐. 호텔에 정우주 포함 6명이 다 같이 들어오는 장면이 보일 거야. 그때는 28층 키 카드만 사용됐단다."

수호의 말에 노아는 손가락을 이용해 타임라인을 2036년 3월 1일 18시 24분쯤으로 옮겼다. 정우주와 몸이 건장한 운동선수 체질 남자 한 명, 모델처럼 키 크고 마른 남자 한 명, 상대적으로 키가 작고 통통한 남자 2명, 그리고 키는 크지만 살집이 제법 있는 까까머리의 남자 한 명이 로비에 들어서고 있었다. 키가 작은 남자 2명과 정우주 빼고 모두 양손 가득 장바구니를 든 채였다.

"그리고 몇 시간 후인 오늘 오전 1시 23분으로 가봐. 어떤 남자가 호텔 안으로 들어와. 검은색 모자, 검은 장갑까지 끼고 검은 배낭을 멨지. 안으로 들어오면서 이놈이 CCTV를 피해 넥워머를 올려버려. 기가 막힌 타이밍이야. 2분 뒤인 1시 25분에 28층 객실 키 카드가 사용된 기록이 남아 있고."

"바로 28층으로 올라갔다는 거네요."

수호의 말에 노아가 대꾸했다.

"그렇지. 한참 후인 4시 40분에는 별안간 27층 키 카드가 사용됐다 하거든? 그즈음에 호텔 입구에 찍힌 사람이 한 명 있는데 로비에 장어를 맡기고 다시 나간 배달부래. 1시 23분에서 4시 40분 사이에 14층 공용 층에 커플 하나가 드나들었지만 정우주와 전혀 상관없는 객실로 돌아간 걸 확인했고 말이야. 화면 속 검은 남자는 공용 층에 아예 들른 적이 없어."

"그럼 1시 23분에 호텔에 들어온 자가 28층으로 갔고, 그로부터 3시간 후인 4시 40분에 27층을 들렀다는 건가요?"

"빙고! 그리고 4시 43분에 그 남자가 최종적으로 호텔 밖으로 걸어 나가 사라진다."

노아는 3월 2일 4시 43분으로 타임라인을 옮겨 들어올 때와 같은 차림의 남자가 가벼운 발걸음으로 호텔을 빠져나가는 것을 봤다.

"그 후로 28층 키 카드는 정우주 시신 발견 신고 직전에 태그가 됐어. 오늘 아침 7시 46분. 고로 화면 속의 이 검은 남자가 우리 용의자, 혹은 용의자 중 한 명으로 추정되는 거야."

"과수대 팀 감식은 어떻게 됐답니까? 분명 이자의 옷에 피가 묻었을 텐데요. 나갈 때 보니 옷은 깨끗하고. 객실에서 옷을 갈아입었다면 피부 각질이나 땀이 튀었을 수도 있잖아요."

"제기랄. 과수대 2명이 그 넓은 호텔 복층의 증거를 일일이 확인하다간 죽어난다. 호텔 매니저도 내일모레까지 철수하라고 난리야. 수요일에 미국에서 VIP가 방문한다네? 수사 지속하려면 객실료랑 위약금 지불하라는데 청장님이 콧방귀를 뀌시겠냐? 족적이라도 나와야 하는데 객실 청소까지 하고 나간 것 같다잖아."

"아까 CCTV 영상에서 용의자가 도어맨 바로 옆을 지나가던데 도어맨은 키가 어느 정도 될까요?"

노아가 마른세수하며 물었다.

"190 정도라고 했어. 북부서 팀장한테 용의자는 본인 기억에 자기보다 한참 작았다고 했단다. 둘이 한 앵글에 찍힌 장면이 있긴 하다만 그게 카메라 가장자리라서 왜곡이 있는 부분이라 키를 특정하기는 어려울 거래."

"그럼 이제 어찌합니까?"

노아가 허리춤에 두 손을 올리고 물었다.

"어떻게 해야 할까, 제군?"

"1시 23분부터 4시 43분까지 호텔에 있던 사람이 용의자잖아요."

"그리고 그자는 분명 27층에 들렀고 말이야."

수호가 고개를 끄덕이며 대꾸했다.

"27층에 가서 일행들하고 이야기를 나눠보죠. 알리바이 체크도 하고. 현장 감식은…"

"과수대가 최선을 다해주길 바라야지."

노아가 다시 시동을 걸자 요란한 소리가 들렸다. 내일은 내 차를 가져와야겠어. 찬 바람이 불었지만 수호는 창문을 내린 채 밖을 주시했다. 노아와 수호는 남아 있는 자들, 남게 된 자들의 울분과 혼돈이 뒤섞인 27층의 난장판 속으로 들어설 채비를 했다.

09

그해 12월 1일은 갑작스레 폭설이 내리고 눈보라가 친 날이었어요. 이미 눈은 어른들 정강이까지 쌓였고요. 우린 교실에 남아 가족 중 누군가가 잊지 않고 데리러 올 때까지 기다리고 있었어요. 나는 아까 전부터 루지의 머리에 꽂힌 나비 모양의 핀을 바라보고 있었어요. 노란색 레이스가 달린 머리핀은 그 아이에게 참 잘 어울렸죠. 루지는 박물관에 나오는 하얀 조각상처럼 아름답게 생긴 친구였으니까요.

목수였던 당신은 내 학교 행사에 한 번도 빠진 적 없었어요. 매번 뒷자리에서 손을 흔들며 아는 체하곤 했죠. 크리스마스 공연에 등장하던 동방박사 셋 중 가장 멋있었다고 칭찬해 줬을 때는 날아가는 것 같았어요.

하지만 당신은 나를 절대 조수석에 태우는 법이 없었는데 아무리 졸라도 그건 안 됐죠. 그땐 그냥 위험하기 때문인 줄로만 알았어요. 대신 이따금 트럭을 직접 몰게 해줬으니 그걸로 된 거였어요. 아무쪼록 나에게만큼은 대체로 좋은 아버지였어요.

회색빛 하늘에서 큰 점 같은 눈이 내렸어요. 가지각색으로 칠해진 통나무집들이 얼굴을 내밀고 있었죠. 난 터텀의 빨갛고 파랗고 노란 지붕의 집들을 좋아해요. 종잡을 수 없는 내 마음 속 색깔들과 같거든요. 바람이 어찌나 센지 창밖으로 곧게 솟은 검은 나무들이 눈보라에 휘청거리더군요. 어느 길로 가는지 알 수는 없었어요. 익숙한 장소다 싶었을 때는 다시 학교에 와 있었죠.

"차에서 나오지 말고 있어."

당신은 성큼성큼 다가가 운동장에 서 있는 루지에게 말을 걸었어요. 손에 초록색 가방을 들고 있던 루지는 잠시 망설이는 것 같더니 이내 가방을 내려놓고 당신 손을 잡고 걸어왔어요. 이따금 뒤를 돌아보기도 했지만 운동장에는 아무도 없었죠.

당신은 루지를 조수석에 태우더군요. 직접 안전벨트까지 매주더니 루지를 향해 활짝 웃어 보였죠. 나는 너무 놀라 순간 몸이 굳었어요. 조수석은 위험한 자리가 아니라 소중한 자리였던 건가요?

"내일도 학교가 쉰다는데? 둘은 신나겠구나."

당신이 거울을 통해 나를 바라보며 말했어요.

"노아는 누가 데리러 와요?"

루지가 물었어요.

"너희 아빠가. 남자끼리 어디 갈 곳이 있다고 하셨어."

"남자끼리요? 말도 안 돼! 수키는 엄마가, 노아는 아빠가⋯ 그럼 나는? 이노아 이 자식! 화장실에 간다고 해놓고 아빠랑만 둘이 어딜 가다니⋯"

"그래도 넌 행운아란다. 노아는 아빠가 올 때까지 한참 기다려야 하거든. 밖은 춥잖아."

루지의 마음은 전혀 누그러지지 않은 듯 보였어요. 금방이라도 울 것 같았죠. 당신이 루지의 머리를 쓰다듬었어요.

"차 안은 따뜻하지 않아?"

루지는 대답 대신 입을 삐쭉 내밀 뿐이었고요.

"둘은 학교에서 친하니?"

"쟨 별로 말이 없던데요. 우리 셋을 좋아하는 아이들도 없고요."

당신의 말에 루지가 시무룩하게 대꾸했어요.

"그래? 집에선 말이 많은 편인데. 우리 아들은 알고 보면 쾌활한 아이란다."

"그래요? 너 정말 그러니?"

루지가 고개를 돌려 나를 바라봤어요. 나비가 루지 머리 위에서 나풀거렸어요.

"사람들에겐 저마다 예상치 못한 구석이 하나쯤은 있지. 이 아저씨에게도 마찬가지고. 사람들은 나를 뚱보 바보라고 부르지만, 아저씨는 아이들을 무척이나 사랑해. 너희 세쌍둥이도 오래전부터 좋아했어. 아저씨는 편견이 없단다."

"정말 우리도 좋아해요? 정말요?"

"그럼! 아이들을 사랑하는 사람치고 나쁜 사람은 없지."

루지가 미소 짓는 게 보였어요. 루지를 웃게 만들다니! 당신이 더욱 근사해 보였죠.

눈보라를 뚫은 우리는 어느덧 집 앞에 도착했어요. 내가 차에서 내리자 조수석의 창문이 내려가더군요. 루지가 "안녕."이라고 손을 흔들어 줬어요. 나도 손을 흔들며 "안녕."이라고 말했어요.

루지의 하얀 머리와 속눈썹이 바람에 휘날렸어요. 살짝 웃는 것도 같았어요. 나는 얼굴이 후끈거려 집 안으로 뛰어 들어갔어요. 2층에 올라가 창문 밖으로 고개를 내밀었어요. 안타깝게도 파란색 트럭은 눈 폭풍 안으로 자취를 감춘 후였죠.

10

"살인자의 영혼을 위해 기도합시다. 정우주 선수는 여전히 우리와 함께 있을 테지만 살인자는 홀로 길고 습한 어둠의 터널로 들어갔을 테니."

토요일 18시 24분에 치프 호텔 1층 로비에서 찍힌 정우주의 일행은 5명이었다. 그중 사제는 없었다. 하지만 노아와 수호가 도착했을 때 27층의 사람들은 검은 옷에 흰색 로만칼라를 두른 남자 주위에 앉아 기도하는 중이었다. 노아는 CCTV에 찍힌 영상 속 일행들의 모습과, 눈앞에 앉아 있는 사람들의 생김새와 몸집을 일일이 비교했다.

"신부님이네요. 다른 그림 찾기의 정답."

모두 전날 들어왔을 때와 다른 복장으로 앉아 있긴 했지만,

노아는 키가 작고 살집이 있는 남자 한 명이 사라지고 사제가 그 자리를 대신한 것을 금방 찾아냈다.

"신부님은 언제 들어오신 거야?"

수호는 주변에 서 있던 제복 경관들에게 속삭이듯 물었다.

"저희가 도착했을 때 이미 계셨습니다."

경관 한 명이 답했다.

"아침에 우주 발견하고 제가 모셨어요."

사제 옆에 있던 뿔테 안경을 쓴 장발의 남자가 끼어들었다. 영상 속에서 정우주 옆에 착 달라붙어 있던 키 큰 남자였다.

"왜죠?"

"그야… 이런 상황에서는 신이 필요하니까요."

노아의 질문에 남자는 당연하다는 듯 대꾸했다.

"선생님 성함이 어떻게 되십니까?"

"김지오라고 합니다. 우주의 매니저예요. 아니, 였어요."

금방이라도 눈물을 떨굴 것 같은 표정이었다.

"알리바이 체크하기 전까지 외부인과 접촉은 안 됩니다."

수호의 말에 사제는 점잖게 자리에서 일어났다. 삼십 대 초반쯤 되어 보이는 그는 키가 크고 멀끔했다. 신의 부름을 받지 않았더라도 어디에선가 분명 누군가의 구애에 고달픈 삶을 살았을 만한, 눈에 띄는 용모였다.

수호는 경관에게 사제를 배웅하라고 지시한 뒤, 정우주의 피를 천장에 머금고 있는 27층 스위트의 위층으로 향했다.

*

"28층 키 카드 2개 중 하나를 가지고 계셨다고요?"

노아는 천장 모서리를 괜스레 한번 쳐다본 뒤 침실 안 테이블 앞에 앉아 있는 김지오에게 말을 건넸다. 하늘색 실크 로브를 걸치고 있던 그는 파자마 패션쇼 런웨이에서 곧바로 튀어나왔다고 해도 믿을 정도로 팔, 다리가 길고 마른 체형이었다. 노아는 자동 음성 인식 메모 앱을 열어 대화 내용이 작성될 수 있도록 설정했다.

"우주가 아침에 저보고 깨워달라고 했으니까요."

"객실 비밀번호도 알고 계셨겠네요?"

"제가 정했습니다. 그 녀석은 그런 거 되게 귀찮아하는지라."

"뭐였습니까?"

"1031입니다."

"특별한 숫자입니까?"

"우주 생일이죠."

김지오는 새삼스럽다는 표정으로 노아를 바라봤다. 생일을 비밀번호로 설정해 놓는 사람들이란.

"27층 키 카드는요?"

"2개 다 모두 제가 가지고 있었습니다."

"그러니까 27층 키 카드 2개, 28층 키 카드 하나. 이렇게 가지고 계셨다는 거네요. 어디에 보관하셨나요?"

"외투 주머니 안에요."

"카드가 없어진 적이 있었나요?"

"네. 저희 층과 28층 키 카드가 하나씩 없어졌어요. 아니, 그런 것 같았어요. 지난밤에 알았죠. 1층에 내려가서 돈을 물어 준 뒤에 키 카드를 하나씩 더 받고 올라와서 잤어요."

노아는 수첩을 꺼내 앞을 뒤적였다. *1층 직원은 분명 키 카드가 분실된 적 없다고 했는데.*

"그리고 아침에 다시 내려가서 환불받았어요."

김지오가 노아의 생각을 읽은 듯 덧붙였다.

"왜요?"

"그러니까 그게 오늘 아침 우주를 발견하기 전이었는데… 2개 다 엘리베이터 앞 탁자 위에 있더라고요. 그래서 반납하고 돈을 받은 뒤에 28층으로 올라간 거죠."

"잃어버린 줄 알았던 키 카드를 다시 발견했을 때 이상하다고 생각하진 않으셨나요?"

"착각한 줄 알았습니다. 나갈 때 안 가지고 갔나 보다 했죠. 카드 없이도 호텔 밖으로 나갈 수는 있으니까."

"그런데 지금 생각해 보니 잃어버린 것 같다는 거죠?"

수호의 질문에 김지오가 고개를 끄덕였다.

"언제 잃어버린 것 같습니까?"

노아가 물었다.

"아마 어제 오전까지는 가지고 있었던 것 같네요. 사우나 끝나고 우주 먼저 28층으로 갔고 저는 여기 와서 스텝들 다 데리고 올라갔으니까. 그땐 카드가 있었으니까 갈 수 있었겠죠. 다음에는 확실하지 않고요."

"사우나 후에 정우주 씨는 뭘 했습니까?"

"10시 30분쯤 계체량을 했어요. 호텔에 돌아와서 우주는 좀 잤고요. 오후에는 체육관 가서 간단하게 운동하고 다시 돌아왔습니다. 밥 먹으러요."

"일행들과 다 같이 움직였나요?"

"네."

김지오는 얼굴을 찌푸리며 머리를 쓸어 넘겼다.

"아뇨! 그러고 보니 체육관에 있을 때 류종국 코치와 강인성 셰프는 잠깐 자리를 비웠네요. 둘 다 밖에 있으니 이따 만나실 테죠. 저녁을 먹고는 고요가 호텔을 나갔어요. 고요는 우주 형입니다. 그 후 저랑 심리 치료사는 우주랑 같이 28층에 남아 있었고요. 잠시만요. 이게 순서가 맞나? 충격이 심해서인지 머리가 잘 돌아가지 않는 것 같네요."

김지오가 손으로 머리를 감싸며 말을 이었다.

"그러니까 어제 18시 24분에 다 같이 호텔에 들어왔고, 28층에서 저녁 식사를 한 다음, 정고요 씨는 먼저 호텔 밖으로 나갔고, 나머지 사람들은 28층에 계속 머무르다가 먼저 27층으로 내려갔다는 거죠? 김지오 씨와 심리 치료사는 맨 나중에 내려오셨고요."

노아가 천천히 말했다.

"그런 것 같아요."

"몇 시쯤이었죠? 심리 치료사와 함께 27층으로 내려온 시각 말입니다."

"10시, 11시? 꽤 늦은 시간이었어요. 내려와서 얼마 안 지나 잤으니까요."

안경을 벗은 김지오는 한숨을 푹 내쉬더니 울분과 슬픔, 당혹감을 담아내려는 듯 두 손으로 얼굴을 감쌌다. 그러나 수문이 열린 댐처럼 얇은 손가락 사이로 눈물과 콧물이 쏟아져 나왔다.

"정말 우주가 죽은 건가요? 지금 꿈꾸고 있는 거 아니죠?"

김지오는 노아가 건넨 휴지를 들고 도자기같이 매끈한 얼굴을 닦았다.

"젠장. 나 때문이에요. 모든 게 내 탓입니다. 우주는 내가 죽였어요! 객실을 같이 써야 했는데… 그럼 이런 일도 없었을 테죠. 키 카드를 잃어버렸을 때 비밀번호를 바꿔야 했고요."

김지오는 벌떡 일어나 벽을 손으로 쾅 내리쳤다. 노아와 수호는 펜과 수첩을 만지작거리며 앉아 있었다. 김지오는 이내 어깨를 들썩이며 울기 시작했다.

"어제 언제쯤 주무셨나요? 방은 누구랑 쓰셨고요?"

울음이 잦아들자 노아가 물었다.

"12시 정도예요. 소파에서 혼자 잤어요."

"혼자요? 엘리베이터 앞에 있는 소파 말씀하시는 거죠?"

"맞습니다. 잠버릇이 심해서요."

"나머지 분들은요?"

"여기 위층 침실을 3명이 함께 나눠 썼는데 아마 류 코치가 혼자 썼을 거예요."

"오늘 4시 반쯤 엘리베이터가 도착하는 소리 못 들으셨어요? 그때 27층 키 카드가 찍혔는데."

"기억 없습니다. 아침까지 쭉 잠들어 있었거든요. 일어나 시계를 보니 7시 반 정도 됐었죠. 그런데 지금 보니 어제 키 카드가 들어 있던 외투는 고요가 입고 있었네요. 제가 빌려줬어요."

"정고요 씨가 빌려달라고 한 건가요?"

"네. 걘 자주 더워했다가 추워했다가 하거든요. 전 추위에 단련이 잘되어 있고요."

"정고요 씨에게 외투를 건네기 전에는 카드가 그 안에 있었다고 보십니까?"

"사실 잘 모르겠어요. 제가 기억하는 건 카드를 겉옷에 넣어 놨고, 고요에게 그 옷을 빌려줬는데, 시간이 흐른 다음 카드를 찾았을 때 있어야 할 자리에 없었다는 겁니다. 길 가다 흘린 건지, 애초에 27층에 놔두고 밖에 나간 건지, 고요가 가져간 건지는 모르겠어요."

"정우주 씨에게 원한을 가질 만한 사람이 있을까요?"

"우주처럼 모든 게 완벽한데 유명해지다 보면 모두가 그 사람을 사랑하는 동시에 싫어하는 법이죠."

수호의 말에 쉽사리 입을 떼지 못하던 김지오가 마침내 대꾸했다.

"정고요 씨도 그럴까요?"

"그건 아마… 아주 깊이는 형사님들도, 고요도, 저도 모두 그런 마음일 거예요. 우주는 세계 최고였으니까. 이 세계에서 대중의 사랑과 증오는 종이 한 장 차이입니다."

의자에 앉은 김지오는 깍지를 낀 두 손을 책상 위에 올려놓고 형사들을 바라보았다. 눈물이 매달린 눈을 가볍게 깜박거리자 기다렸다는 듯 물줄기가 뺨을 타고 흘러내리기 시작했다.

11

작은 키에 동글동글한 얼굴형의 심리 치료사 심지민은 덥수룩한 머리를 쓸어 넘기고 자리에 앉았다.

"정우주 씨의 심리 상담을 담당했다고 들었습니다. 경기 날에도 동행하셨네요."

"우주의 불안을 잠재우기 위해 고용됐으니까요."

노아의 질문에 입을 뗀 심지민의 작은 입에선 중저음의 목소리가 나왔다.

"생전에 자주 불안해지는 편이었습니까?"

심지민은 대답을 망설였다. 내담자의 비밀을 수사기관에 어디까지 누설해야 하는가에 대한 고민은 그와 같은 직업군에 종사하는 사람들에겐 일반적인 것이었다.

"상담 내용을 유출하지 못하게 되어 있죠. 압니다. 하지만 도와주셔야 해요. 경기 전날 묵는 호텔 방에 잠입할 정도로 범인은 피해자를 잘 알지만, 저희는 정우주 씨에 대해 아는 게 별로 없으니까요. 고인을 욕되게 하는 게 아닙니다."

노아는 심지민의 고충을 이해한다는 듯 가까이 다가가며 말을 이었다.

"그저 이 모든 게 농담이나 게임의 일부처럼 느껴져서요. 아직 우주의 마지막 모습도 못 봤거든요. 꼭 어디선가 장난이었다면서 튀어나올 것만 같은 거죠. 어떻게 갔는지 보기라도 했다면 현실로 돌아올 수 있을 것 같은데."

"아마 트라우마에 관해서는 저희보다 더 잘 아실 테니 이해하시리라 생각합니다."

"처참한가 보군요, 시신의 모습이."

노아와 수호는 잠자코 있었다.

"우주는 심적으로 부담이 심한 상태였어요."

마침내 심지민이 입을 뗐다.

"왜죠?"

"약혼녀와 아이를 잃었잖아요. 부상도 있었고요. 마음잡기 힘들어했습니다."

노아는 2년 전 며칠간이나 신문 1면을 차지했던, 정우주의 중학교 동창이자 약혼녀인 신가엘의 교통사고 사망 사건을 떠올렸다. 임신 6개월이었던 그녀는 귀국하던 정우주를 마중하러 공항에 가던 중 만취한 운전자에 의해 치여 전복된 차 안에서 발견됐다.

관을 붙잡고 울던 정우주는 많은 이들을 슬픔에 잠기게 했다. 화질이 좋지 않았던 그 사진들마저 정우주의 최측근에 의해 팔아넘겨진 것이라는 소문이 떠돌았다. 어느 가십 잡지에 따르면 그 사실을 알게 된 정우주가 배신감에 치를 떨어 1년 가까이 은둔생활을 했단다. 이번 경기는 그 긴 공백기로부터의 복귀전이었다.

"수면제나 항우울제를 복용했나요?"

노아의 질문에 심지민이 눈을 동그랗게 뜨고 쳐다봤다.

"키가 2m인 건장한 운동선수이지 않습니까? 곯아떨어져야 범행을 시도할 수 있었을 테니까요."

"수면 유도제예요. 자주 복용하진 않았고요. 서서히 끊어가던 중이었습니다."

심지민은 휴대전화에서 달력을 열어 보여주었다. 빨간색으로 표시된 날이 정우주가 졸피드정 10mg을 먹고 잔 날이라고 했다. 3월 1일, 2월 8일, 12일, 20일에 표시되어 있었다.

"제가 수면 유도제를 권하지 않았더라면 우주가 범인을 제압할 수 있었을까요? 그랬다면 우주는 지금 살아 있었겠죠? 챔피언이잖아요."

노아가 수첩에 메모하는 모습을 지켜보던 심지민이 잠긴 목소리로 말을 걸었다.

"이자는 정우주라는 한 우물만 파온 걸로 보입니다."

"꼭 우주의 운명이 정해져 있었다는 말처럼 들리는군요. 어제 일이 미수에 그치고 나고 나서 우리가 경계를 더욱 삼엄하게 했을지도 모르죠. 그렇다면 우주는 계속해서 제 삶을 살 수 있는 거 아닙니까?"

수많은 '만약에'의 시나리오를 가지고 과거를 다시 써본들 떠나간 자는 다시 돌아올 수 없고 남겨진 자는 평생 죄책감의 유령에 시달릴 수밖에 없다는 걸 알았지만, 노아는 대꾸하지 않았다. 스스로를 벌주는 게 편하다면 기꺼이 그러라지.

"기록엔 어제도 한 알을 먹었다고 나와 있군요."

"어젠 형과 문제가 좀 있었습니다."

"형이라면 정고요 씨를 말하는 거죠?"

"네. 어젯밤에 고주망태가 돼서 호텔에서 쫓겨났어요. 고요 씨가 알코올중독이거든요."

"어제의 이슈는 그 때문이었나요? 28층 바에 비어 있던 양주는 정고요가 마신 겁니까? 야마자키라는 일본 술이던데."

노아가 수첩을 뒤적이며 물었다.

"아뇨. 고요 씨는 라운지 바에 가서 혼자 마셨어요. 중독자들은 일단 술을 입에 대면 걷잡을 수 없어지죠. 만취를 하고, 실수하고, 술이 깬 뒤 자괴감에 빠지고, 괴로움을 잊으려 다시 술에 입을 대고… 그렇게 악순환이에요."

"큰 소란이 있었습니까?"

"다시 재활원으로 끌려갈 만큼요."

"몇 시 정도였죠?"

"밤 8시 30분에서 9시 사이였던 것 같습니다. 모두가 식사를 마친 뒤였으니까요."

노아는 수첩에 '3월 1일 20시 30분~21시 CCTV 1층 로비 정고요 모습 확인할 것.'이라고 메모했다.

"형제였어도 둘의 사이는 그리 아름답진 않았겠네요."

"늘 적당한 거리가 있었죠. 이복형제지간이기도 하고요. 언젠가 우주는 형에 대한 분노가 경기하는 데 동기부여가 된다고 고백한 적 있어요. 하지만 우주가 고요 씨에게 경제적 도움을 주기도 했습니다. 사랑과 증오가 얽혀 있는 관계였어요."

"원래 가족관계가 그렇죠."

노아가 어깨를 으쓱 들어 올리며 대꾸했다.

"그래도 우주 심성은 착했어요. 형을 애틋하게 여겼다고요. 작년 겨울에 재활원에서 고요 씨가 용케 탈출한 적 있었거든요. 그때 우주가 만사 제쳐두고 고요 씨를 찾아서 이 동네 저 동네 돌아다녔어요. 어찌나 걱정하던지… 기사 막느라고 지오 형이 중간에서 엄청나게 고생했지만. 신부님도 그렇고요."

"신부님이라면…"

"아까 밖에 있었던 분 말입니다. 지오 형 동생."

"동생이요?"

"네. 친동생이에요. 지오 형이 신부님한테 의지를 많이 하는 편이죠. 오늘처럼요. 신부님하고 기도하면 마법의 샘물을 마시기라도 한 것처럼 갑자기 눈이 반짝거려요."

"채람 카페에 가는 것보다는 낫죠."

노아의 말에 수호가 헛기침하며 슬며시 쳐다봤다.

"지오 형은 뭐랄까… 동생을 대하는 느낌이라기보다는 정말 신부님을 대하는 느낌이에요. 아마 지오 형 인생에서 자랑스러워하는 유일한 두 사람이 우주와 신부님일 거예요. 아무튼 우주, 고요 형제들과는 좀 다른 양상이죠."

심지민이 말을 이었다.

"고요 씨가 쫓겨나고 심지민 씨랑 김지오 씨만 늦게까지 28층에 남아 계셨다는데 피해자와 뭘 했나요?"

수호가 물었다.

"다음 날이 경기인데 어찌합니까? 잘 차려놓은 잔칫상에 재를 뿌리는 것도 아니고… 우주 진정시키느라 애깨나 먹었죠. 흥분 상태였거든요. 호텔 방에 술 다 치우라고 했는데 진열해놨다고 프런트에 전화 걸어서 한바탕 난리를 부렸어요."

"진정이 되던가요?"

"전혀요. 그러니 방법이 있나요? 그래서 한 알만 먹이고 일찍 재우기로 한 겁니다. 우주와 지오 형도 동의했고요."

"정고요 씨가 동생과의 갈등 때문에 살인했을 가능성이 있다고 보십니까?"

막힘없이 대답하던 심지민은 잠시 뜸을 들였다.

"어제 술에 꽤 취했는데 몇 시간 만에 여기 와서 혼자 살인을 저지를 수 있었을까요? CCTV 영상을 보니까 저 남자는 고요 씨보다는 날렵하고 다부진 것 같네요. 고요 씨는 덩치가 꽤 있어요. 우주가 본인 돈줄이라 딱히 죽일 만한 동기가 있는지도 잘 모르겠고요."

노아가 수첩을 넘기고 끄적였다.

"하지만 인간이란 쉽게 알 수 없는 존재기도 하죠. 입 밖으로 꺼내는 말과 진짜 속내가 다를 때가 많아요. 그걸 깨닫지 못하는 사람도 더러 있지만."

"그게 무슨 말입니까?"

수호가 물었다.

"겉만 보고 판단을 해서는 안 된다는 겁니다. 다들 우주가 고요 씨를 싫어한다고 생각했지만 저는 우주의 속마음을 봤어요. 형을 아끼고 걱정하는… 반대로 괜찮아 보이는 사람도 마음속에 깊은 우물을 간직하고 있을지도 모르는 일이고요."

심지민은 노아가 걷어 올린 왼팔 소매 밑 손목에 난 오래된 자해흔을 바라보며 대꾸했다. 노아는 소매를 끌어 내렸다. 수호가 빠르게 시선을 돌리는 것이 보였다.

12

프라이데이스 인 이태리(*Fridays In Italy*)라는 레스토랑을 운영
한다는 요리사 강인성의 머리는 이제 막 자라난 잔디처럼 짧
았다. 까무잡잡한 귓불에 달린 다이아몬드 귀걸이를 만지작거
리며 앉은 그는 27층 일행 중 유일하게 렌즈 삽입술을 한 사람
이었다.

"전 세계를 돌아다니면서 지역 특산물을 요리하는 프로젝트
를 진행 중이거든요. 음식을 만지는 촉감이나 냄새 같은 걸 직
접 경험해 보고 싶어 하는 사람들이 있다기에 채람 코퍼레이
션과 계약을 했죠. 우주와 비교할 수는 없지만 제 경험도 꽤 팔
리는 중이고요."

"어제 오후에 일행과 같이 움직이다가 밖에 나가셨다고 하

더라고요."

노아가 말을 뗐다.

"네. 식재료를 사러 시장에 갔습니다. 미리 식사 준비를 해야 해서요. 보여드릴까요?"

"그럼 감사하죠. 이 알리바이라는 게 빨리 확인될수록 좋습니다. 셰프님도 용의선상에서 빨리 제외돼야 편하시고."

"용의선상이요? 제가 용의선상에 올라가 있습니까?"

"일행분들은 아무래도 사건 발생 직전까지 본 유일한 분들이라."

노아의 말에 강인성의 표정이 굳어갔다.

"제 알리바이는 렌즈에 찍혀 있어요."

"다행입니다. 혹시 정우주 씨와 관련해서 기억에 남는 일이 있었나요?"

"글쎄요."

"고요 씨가 어제 호텔에서 일찍 나갔다고 하던데요."

"아, 네. 맞네요. 어제 살벌했죠. 우주가 그렇게 흥분하는 걸 처음 봤거든요. 좀 무서웠단 말이죠."

그가 채람 앱에서 보여준 영상은 정우주 일행이 모두 호텔에 들어오고 난 다음이었다.

***

토마호크 스테이크 위에 바질이 뿌려진다. 접시에 올라간
고깃덩어리들이 이글거린다. 정우주와 김지오가 벨벳 소파
에 등을 기댄 채 거실 한쪽에 나란히 앉아 있고 맞은편에는 심
지민, 근육질의 남자, 그리고 살집이 있는 동글동글한 남자가
앉아 있다. 강인성은 이들이 류종국 코치와 정우주의 형 정고
요라고 했다.

"얼마만의 음식이냐, 이게!"

정우주가 스테이크를 한입 베어 물고 미간을 찌푸린다.

"고생했다. 지금은 돌이라도 씹어 먹지."

류종국이 입을 뗀다.

"버틸 만했어요. 2주 정도 지나면 음식 생각은 안 나. 코치
님도 알잖아요."

"네가 정신력이 세서 그렇지. 음식 줄이면서 훈련 강도 높이
는 게 쉬운 일이냐?"

"모든 것은 마음가짐에 달린 법이죠. 이 정도 정신력도 없으
면 어디 가서 무슨 일을 하겠습니까?"

"넌 정말 대단해."

정우주의 말에 맞장구를 치는 정고요의 목소리가 허스키하
다. 어깨가 굽은 그는 몸을 둥글게 말고 앉아 있다.

"술은 왜 갖다 놓은 거야? 형, 저거 치우라고 말 안 했어?"

정우주는 바에 놓인 술을 가리키며 김지오에게 말한다.

"걱정하지 마, 우주야. 내일이면 나 금주 100일이다. 형이 오늘 너 응원하러 온 거야."

정고요가 얼른 대꾸한다.

"고요가 합류할지 몰랐어. 말하는 걸 깜빡했다."

김지오가 끼어든다.

"언제부터 내 경기 쫓아다녔냐? 형 보면 내가 힘이 마구 샘솟을 것 같아? 그럴 줄 알고 온 거야?"

정우주가 정고요를 보며 묻는다.

"착한 척하는 거 넌덜머리가 나. 누가 보면 내가 참 못된 동생이겠지. 근데 나도 억울해. 웃긴 얘기 하나 해줄 테니까 다들 잘 들어봐."

정우주는 목을 가다듬는다. 사람들은 긴장된 표정으로 그를 주시한다.

"갑자기 말도 없이 사라진 정고요. 어떨 것 같아? 다 큰 성인이 연락 좀 안 되는 게 뭐 어떠냐고? 아니지. 정고요는 알코올 중독자잖아. 눈에 안 보이는 순간 난리 나는 거야. 사고 칠까 봐 걱정하면서 밤새 전전긍긍해야 한다고. 술 먹고 어디 가서 발 잘못 디뎌서 죽진 않을까, 운전대를 잡아서 사람을 치진 않을까, 누구한테 맞아서 땅바닥에서 뒹굴고 있진 않을까… 그러다 전화벨이 울려. 심장이 철렁하지. 어떤 소식이 전화기 너머로 들려올까? 엄마는 벌써 손을 떨고 있어. 근데 막상 연락이 오는 건 술집이야. 수중에 돈이 없대. 그럼 난 뒷수습하러 가는 거야, 씨발. 막상 가면 나한테 또 욕하면서 있는 진상 없는 진상 다 부려. 사람들은 우리 찍으려고 핸드폰 들이대고 있는데 말이야. 금주 100일? 네가 100일을 넘길 것 같아?"

"고요야, 먼저 일어나라. 날 잘못 잡았다."

김지오는 일어나 구석으로 향한다. 다른 일행들은 조용히 포크를 내려놓는다.

"미안하다. 그냥 갈게. 이번 한 번만이라도 시합하는 데 와서 응원해 주고 싶었어. 지금껏 너한테 폐만 끼쳤으니까. 나도 이제 정신 좀 차리고 잘 살아보려고."

정고요는 소파에 널브러진 겉옷을 주섬주섬 챙기며 엘리베이터 쪽으로 향한다.

"지금 와서? 숱하게 많았던 기회들을 다 놓치고? 그것도 하필 경기 전날에? 어때? 모든 관심이 너한테 쏠리니까? 만족해?"

정우주가 정고요를 차갑게 바라본다.

"주눅 든 척 연극 좀 그만해. 짜증 나. 어디 가서 술 먹고 자빠지든지 말든지 알아서 해! 내 알 바 아니니까."

닫히는 엘리베이터 문을 바라보며 정우주가 소리친다.

***

강인성은 빨리 감기를 했다.

"여기서부터는 아주 심각해졌어요."

그는 3월 1일 20시 16분으로 타임라인을 옮겼다.

***

엘리베이터에서 울던 정고요가 남자 한 명의 부축을 받아 내린다. 강인성의 시선이 정우주에게로 옮겨간다. 정우주는 두 눈을 질끈 감는다.

"라운지에서 소란이 좀 있어서 모시고 왔습니다. 몇 층에 계시는지 몰라서 바지 주머니를 뒤졌어요. 죄송합니다. 27층이랑 28층 키 카드가 둘 다 있길래 27층부터 가봤더니 아무도 안 계시더라고요. 혹시 몰라 올라와 봤습니다. 다른 건 절대 손 안 댔고요."

호텔 직원처럼 보이는 남자는 짙은 색 청바지에 갈색 니트를 입은 정고요를 붙잡고 난처해하는 눈치다. 류종국 코치는 정우주에게 다가가 그의 앞을 가로막는다. 강인성과 심지민은 정고요의 팔을 한쪽씩 붙잡는다. 정고요는 거센 바람에 속수무책인 종이처럼 나풀대고 있다.

"잘하셨어요. 내려가세요. 아무한테도 얘기 마시고요, 박진원 씨. 저희 이 호텔 VIP입니다. 고객 사생활 유출하면 어떻게 되는지 알죠?"

김지오가 직원 명찰을 보며 말한다. 그는 지갑에 있는 현금 뭉치를 꺼내 직원에게 건넨다. 딱 봐도 묵직한 것이 10만 원 권 십수 장은 돼 보인다. 직원은 돈을 접어 뒷주머니에 집어 넣고 연신 허리를 숙이며 엘리베이터에 탄다.

"나 죽이려고 왔어, 이 새끼. 이 정도면 악마야. 안 그래?"

정우주가 묵직한 목소리로 말한다. 정고요는 가누지도 못하는 몸을 휘청대면서 소파에 앉으려고 한다.

"그래, 난 악마다. 이제 내가 두려워? 네가 언제 나를 형으로 인정이나 해줬냐? 돈 좀 벌고 인기 많으면 다야?"

"고운 마음으로 거둬줬으면 고마운 줄 알아야지! 넌 그냥 죽어라. 아니, 죽음도 사치야. 그냥 소리 없이 사라져 버려!"

류종국은 뒤에서 정우주의 두 팔을 꽉 잡는다.

"우주야, 나 너 저지하고 싶지 않아. 네가 고요 두들겨 패게 두지도 않을 거고. 내일 경기잖냐. 너 이러다 다친다."

류종국의 말이 기폭제가 된 것마냥 정고요는 허공에 대고 발길질하기 시작한다. 탁자 위 유리컵이 떨어지며 쨍그랑 깨지자 바닥에 물이 흥건해진다.

"정고요 보호자입니다. 수속 밟으려고요. 치프 호텔이요. 지금 당장요!"

김지오는 일어나 구석으로 향하며 전화기를 귀 옆에 가져다 댄다.

"재활원에 연락했어. 종국아, 우주랑 침실로 올라가 있어.

여기는 내가 정리할 테니까."

　전화를 끊은 김지오가 다가와 말한다.

"이대로 올라가라고?"

　정우주가 발끈한다.

"내일이 경기야."

"내가 도대체 얼마나 더 참아야 해? 제대로 돌아가고 있는 거야? 이게 맞냐고?"

"넌 저게 인간으로 보이냐? 어떤 새끼가 내일이 동생 경기 인데 전날에 와서 술 처먹고 진상을 부리냐? 괜히 힘 뺄 거 없어. 상대할 가치도 없다고. 종국아, 어서 데리고 올라가."

　김지오가 정우주 어깨 위에 손을 내려놓고 말한다. 눈을 감은 정우주는 심호흡을 몇 번 하더니 발을 뗀다. 류종국이 뒤를 따른다.

"너도 똑같아, 김지오! 옆에서 형제 사이 이간질이나 시키고."

　심지민이 손바닥으로 그의 입을 막자 정고요가 그의 손을 깨물어 버린다. 심지민은 비명을 지르고 정우주는 얼굴을 찌푸리며 계단을 성큼성큼 올라간다. 김지오가 다가와 정고요의 목을 잡고 뺨을 연거푸 세 대 때린다. 허스키한 절규 소리가 귀를 찌른다.

＊＊

"거의 재앙 수준이었어요."

강인성이 전화기를 가져가며 말했다.

"그렇네요."

노아가 심각한 어조로 답했다.

"근데 이게 내 렌즈에 찍힌 우주의 마지막 모습이라니."

"정고요 씨는 재활원 사람들이 와서 데리고 간 겁니까?"

"그런 것 같아요. 저희는 먼저 27층으로 내려왔어요. 지민 씨 랑 지오 형만 빼고요."

"또 기억 남는 거 있으세요? 저희가 참고할 만한."

수호의 말에 강인성의 이마에 주름이 잡혔다.

"사실⋯ 새벽에 지오 형도 좀 걸리는 게 있었어요."

강인성은 문자 내용을 확인하더니 채람 앱을 다시 열고 3월 2일 4시 40분으로 타임라인을 옮겼다.

***

달빛을 받은 옷장이 보인다. 강인성은 침대를 뒤적여 휴대전 화를 찾아낸 뒤 잠금을 푼다. 눈을 몇 번 깜박인 강인성이 문자 를 확인한다.

장어집

– 장어 도착했어요. 호텔 1층이에요. (04:37)

강인성은 슬리퍼를 신고 침실을 나와 계단을 내려간다. 긴 하품 소리가 들린다. 아래층 거실이 보일 때 슬리퍼를 끄는 소리가 멈춘다. 김지오가 등을 보인 채 소파에 앉아 있다. 그대로 멈춰 3분이 흐르는 동안 김지오는 일정한 시간 간격으로 고개를 앞뒤로 스물아홉 번 왔다 갔다 한다. 강인성은 휴대전화를 열어 메시지에 답한다.

강인성

- 로비에 맡겨놓으세요. (04:44)

***

"기도하는 건가 싶기도 했고… 잠꼬대를 하나 싶기도 했어요. 실제로 잠꼬대가 심하다고도 했으니까. 그냥 넘어갈까 하다가… 제가 상관할 일이 아니잖아요. 그래도 혹시 몰라서 보여드리는 거예요. 제가 용의선상에서 벗어난 게 맞죠?"

"일단 강인성 씨의 알리바이는 확인이 되었습니다."

노아는 강인성의 어깨에 손을 올리며 그를 안심시켰다.

"팬 사인회 일정이 잡혀 있어서 곧 외국에 나가봐야 해요. 뭐, 증인 소환이나 그런 게 좀 어려울 수가 있어요. 언론에 기사 나고 그런 것도 아무래도 부담스럽고… 제 이미지가 좋잖아요. 무너지는 건 순식간이지만. 아무튼 렌즈 속에 있는 기억

101

중에 보여드릴 수 있는 정보는 다 보여드렸어요."

"감사합니다. 이런 제보들이 이어져야 사건 해결이 신속히 될 수 있죠."

"렌즈 삽입술을 한 게 도움이 되기도 하네요. 뿌듯해요."

"나중에라도 더 기억나는 거 있으시면 꼭 렌즈 제보해 주십시오. 사소하다 생각하지 마시고… 많은 도움이 됐습니다."

"범인을 꼭 잡아야 할 텐데요. 거기에 제가 일조했다니 다행입니다. 그런데 형사님은 그게 원래 머리 색깔인가요? 눈 색깔도 원래 그 색깔이고요?"

강인성이 노아를 보며 물었다.

"네. 맞습니다."

"혼혈인가요?"

"아닙니다. 백색증이라는 유전적 질병입니다."

"질병이라고 하기에는 너무 아름답네요. 나중에 저도 저 색깔로 탈색을 해봐야겠어요. 대여섯 번 정도는 해야 저런 백발이 나오겠죠? 속눈썹까지 하얘서 사실 아까부터 눈에 띄었어요. 피부는 좀 태닝을 해야겠지만. 조금만 그을리면 완벽할 것 같네요."

"참고하도록 하죠."

노아가 형식적인 미소를 지으며 말했다. 강인성이 방문을 열고 나가자 곧바로 그의 SNS에 스테이크를 먹는 정우주의 모습과 그를 향한 기나긴 애도의 글이 올라왔다. #마지막만찬, #정우주, *#rip, #mybro, #강인성렌즈, #채람*을 포함해 10개가 넘는 해시 태그가 붙어 있었다. 수십 개의 댓글이 한꺼번에 달리기 시작했다.

"강 셰프의 렌즈 속에서 호텔 직원이 한 말 기억하세요? 정고요의 바지 주머니에서 키 카드를 발견했다는."

노아가 강인성의 그림자를 배웅한 방문을 향해 먼눈을 하고 말했다.

"27층, 28층 카드를 모두 가지고 있었다고 했지."

"정고요는 김지오의 외투를 더 이상 입고 있지 않았는데도 말이죠."

"그 말은 정고요가 김지오의 외투에 있던 키 카드를 자기 바지 주머니로 옮겼다는 거잖아."

수호가 숨을 크게 들이쉬었다.

"아무래도 저희가 범인을 찾은 것 같습니다."

노아가 고개를 끄덕이며 대꾸했다.

13

"네가 죽인 거야!"

굵직한 외침과 함께 유리 마찰음이 들리자 한 남자가 날카로운 외마디 비명을 질렀다. 노아와 수호는 형사 특유의 반사 신경을 자랑하며 방문을 박차고 아래층 거실로 내려갔다.

근육이 울퉁불퉁하게 솟아 있는 두꺼운 팔에 독사 문신이 가득한 남자가 바닥에 쓰러져 있었다. 강인성 렌즈에서 보았던 코치 류종국이었다. 수호가 CCTV 영상을 보내줬을 때부터 낮이 익었던 노아는 얼굴을 실제로 마주하자 류종국이 32, 33 페더급 챔피언이었다는 사실이 떠올랐다.

무대 위에서 그는 아이언 스네이크라고 불렸다. 강철 같은 단단한 피부 조직을 이용해 상대에게 똬리를 트는 기술로 유명했기 때문이다. 그는 오른쪽 팔로 김지오의 가슴팍을 막고 있었다. 김지오는 거친 바다를 항해하는 한 척의 배처럼 그의 복부 위에서 들썩거렸다. 여차하면 그 가여운 배는 전복될 지경이었다. 바닥에 유리잔 파편이 굴러다녔다. 그중 몇 개는 류종국의 뺨에 꽂힌 채였다. 김지오의 안경은 저만치 날아가 있었다.

"너 이 자식들 뭐 하고 있었어? 말 한마디도 서로 못 나누게 해야지!"

수호가 제복 경관 2명에게 쏘아붙이는 사이 김지오가 류종국의 얼굴에 주먹을 꽂아 넣었다. 창백해진 얼굴의 경관들은 그제야 김지오 양 팔을 잡고 그를 일으켰다.

"진정하세요! 김지오 씨까지 이러면 어찌합니까? 중심을 잡고 있어야 할 분이."

류종국이 뺨에 꽂힌 유리 조각을 빼자 피가 흘러나왔다. 김지오는 경관의 팔을 뿌리쳤다. 슬리퍼가 벗겨진 그의 발에서도 피가 새어 나오고 있었다. 수호는 경관들에게 심지민과 강인성을 1층으로 데리고 가서 격리하라고 지시했다.

"저 자식이 우주를 협박받게 했어요. 네가 우리 우주를 파멸로 이끈 거야! 알아?"

김지오는 이성을 잃은 지 오래였다.

"나 아니었으면 재기도 못 했어, 우주는! 형이 해야 할 일을 내가 한 거라고! 오죽했으면 걔가 나한테 부탁했겠냐?"

류종국이 소리쳤다.

"약물입니까?"

노아가 바닥에서 김지오 안경을 집어 올리면서 물었다. 서로 눈이 마주쳤으나 류종국은 노아를 외면했다.

"블랙홀 재기했을 때 모두 놀랐죠. 누가 봐도 약혼녀가 죽은 이후로 심리가 불안정한 게 보였는데 몸 상태는 그전보다 더 좋았으니까요. 한쪽에선 약물의 힘을 빌렸을 거라고 아우성이었지만 정작 정우주 씨는 국민들 앞에서 소변까지 채취해 오겠다고 떳떳한 모습이어서 다들 의아해했던 게 기억납니다."

"이 새끼가 준 겁니다! 우리 우주한테!"

김지오가 소리쳤다. 노아는 그에게 안경을 건넸다.

"내가 줬으니까 그나마 안전한 걸 몸에 넣었다고 생각해. 그 새끼 눈알 보니까 이미 돌아서, 내가 거부했어도 어디에서 구했을 거라고!"

류종국이 한숨을 내쉬며 삐딱하게 말했다.

"너한테 고마워해야 한다는 거냐?"

김지오가 다시 류종국에게 달려들었다. 노아가 재빨리 제지했다.

"김지오 씨, 진정하세요! 류종국 씨는 앉아서 말씀해 보시죠. 급한 건 이제 살인사건이니."

수호가 벨벳 소파에 먼저 앉았다.

"할 말 없습니다. 변호사 부를게요."

류종국이 말했다.

"약물 제공은 정우주가 사망하면서 공소권 없음으로 처리 날 거라서 기소조차 되지 않을 겁니다. 말 새어 나가는 일도 없을 거고요."

류종국이 의심의 눈초리로 수호를 쳐다봤다.

"약속합니다."

류종국이 바지 주머니에서 담배와 라이터를 꺼냈다. 노아는 탁자 위에 있는 리모컨을 거실 유리 창문을 향해 눌렀다. 사람의 키가 닿지 않는 높은 곳의 작은 창문들이 열리기 시작했다. 기다렸다는 듯 거센 바람이 조급하게 스며들었다.

"그 세계에서 드문 일은 아니지 않습니까? 스테로이드?"

노아가 재촉했다.

"잠깐만요. 담배 좀 태우고요. 생각도 좀 하고."

"지금 정우주 씨의 살인자가."

"좀 기다려 보세요! 나도 생각이란 걸 해야 할 거 아니겠습니까?"

류종국이 버럭 화를 냈다.

"저희를 믿으세요. 수사본부한테 류종국 씨의 약물은 조사 대상조차 아닙니다."

노아가 자분자분 대꾸했다. 류종국은 소파 다리에 등을 기대고 바닥에 털썩 주저앉으며 담배 연기를 내뱉었다. 노아의 콧속으로 매운 연기가 훅, 치고 들어왔다.

"스테로이드, 테스토스테론, 성장호르몬. 됐습니까?"

류종국이 자포자기하듯 말했다.

"출처가 어디입니까?"

"몰라요. 그냥 제가 쓰던 약물 디자이너를 소개해 줬어요. 다음은 걔가 알아서 했겠죠."

"디자이너가 누군데요?"

"그것도 몰라요. 저조차도 한 번도 본 적 없으니까요. 이름은 블라디미르 소볼로프. 근데 진짜 러시아 사람인지, 어디 아마존 오지 사람인지, AI인지 난들 알겠습니까?"

"그게 언제였나요?"

노아의 질문에 류종국이 미간을 찌푸리며 생각에 잠겼다.

"작년 1월이나 2월에 소개해 준 것 같아요. 약은 3월 중순부터 사용했던 걸로 기억하고요."

"어제 오후에는 어디 가셨나요? 정우주 씨랑 김지오 씨가 체육관에 갔을 때 말입니다. 강인성 셰프는 장을 보러 나간 게 확인됐습니다. 류종국 씨 알리바이는 뭡니까?"

"아내랑 중국 음식 먹으러 갔습니다."

"식당 이름 기억해요?"

"마천루요. 젬마 스타디움 근처에 있는."

노아는 수첩에 꼼꼼히 기록했다.

"정우주 씨가 협박을 받았다는 건 뭐고요?"

수호가 물었다.

"걔네지 누구겠습니까?"

김지오가 류종국의 대답을 가로챘다.

"답답하네, 진짜. 걔네는 그런 푼돈 때문에 신뢰를 안 깬다고 몇 번이나 얘기하냐? 그 바닥에서 입소문이 전부야. 그러면 밥줄 다 끊긴다고."

류종국이 휴지에 침을 뱉고 담뱃재를 툭툭 털었다.

"얼마를 요구했습니까?"

"100억이요."

김지오가 허탈하게 말했다.

"전달했나요?"

"네. 근데 안 가져가더군요."

노아는 수호를 바라보았다. 그는 팔짱을 낀 채 류종국과 김지오를 번갈아 주시했다.

"경찰이 개입했다고 생각한 거 아니고요?"

"경찰한테 알리지 않았어요. 경호원도 고용하지 않고 일상을 유지했다고요. 그런데 일주일이 지나도 돈을 안 가져가는 겁니다! 완전 우리를 가지고 논 거죠. 그래 놓고 우주를 죽인 거고."

김지오가 울먹이며 말했다.

"약물은 중단했습니까? 아니면 그 후로도 지속했습니까?"

"중단했죠, 당연히."

류종국이 답했다.

"협박범들이 정우주 씨를 왜 죽였다고 생각하시죠?"

노아가 물었다.

"그걸 내가 어떻게 압니까? 사이코니까 그렇겠죠!"

김지오의 분노에 류종국은 답답한 듯 미간을 찌푸렸다.

"형, 생각을 해보라니까. 걔네가 이 일을 하는 이유는 딱 두 가지야. 첫째, 약물 조제를 연금술사보다 잘해. 밥 처먹고 앉아서 하는 일이 그것밖에 없으니까. 둘째, 돈벌레들이야. 돈이라면 환장을 한다고… 그냥 잠자코 있으면 내가 우주한테 그랬던 것처럼, 선수들이 알음알음 소개해 주니 본인 명성 올라가지, 수익은 100억 이상이야. 그런 애들이 도대체 뭣 하러 선수 협박해서 푼돈에 욕심내냐고! 그래 놓고 정작 돈은 안 가져가고 우주를 죽였다고? 걔 죽여서 얻을 게 뭔데?"

"우주 눈알!"

"돌아버리겠네. 그래, 그렇다 치자. 건강한 정우주 장기 하나 건들지 않고 눈알만이 목적이었다고 해. 그걸로 뭐 하냐 이 말이야! 우주 눈깔에 별똥별이라도 박혔냐? 시력이 몽골 사람 뺨치게 좋기라도 해?"

김지오는 휴지로 얼굴을 닦더니 진정하려고 노력했다.

"28층에서 우주 폰이 몇 개 발견됐나요? 아마 한 개겠죠."

김지오의 말에 노아와 수호가 눈을 맞췄다.

"원래 우주는 폰을 2개 가지고 다녀요. 아마 채람 앱이 담긴 세컨드 폰이 없어졌을 겁니다. 살인의 목적은 우주의 경험을 훔치기 위함이었으니까. 그 핸드폰으로 우주의 채람 앱에 들어

갔을 거고 그 속에 담긴 경험을 파일화해서 빼냈을 거라고요. 사라진 동공은 휴대폰에 깔린 채람 앱에 로그인하기 위한 거고요. 우주는 동공 인식으로 폰을 잠갔으니까. 거기엔 우주의 지난 3년이 담겨 있단 말입니다! 걔 경험을 탐내는 사람이 얼마나 많은지 아세요?"

"전화기 하나가 사라진 것을 어떻게 알고 있습니까? 정우주 씨 발견하고 현장을 탐색했나요? 뭐 만진 게 있습니까?"

수호가 다그치는 어조로 물었다.

"아뇨! 안 봐도 뻔하니까요. 우주의 과거가 경매에 올랐고 그게 불티나게 팔리고 있다고요!"

김지오는 수호와 노아 쪽으로 휴대전화를 던지며 소리쳤다. 류종국도 그제야 소파 다리에서 등을 떼 몸을 앞으로 기울였다. 벨벳 소파에 파묻힌 전화기 스크린은 정우주 렌즈에 대한 매매와 경매가 한창인 다크 웹을 비췄다.

'약혼녀 신가엘 시신을 붙잡고 오열하는 정우주', '허벅지에 스테로이드와 성장호르몬, 테스토스테론 주사를 꽂아 넣는 정우주', '정우주와 잠자리를 한 모델 아린의 나체', '정우주와 사우나를 같이 간 코치 류종국의 묵직한 물건' 등 20여 개의 항목은 실시간으로 빠르게 판매되는 중이었다. '정우주가 저승으로 가는 길'이라는 제목이 붙은 마지막 경험은 경매가 한창이었다.

"우주는 협박당했던 작년 가을 이후로 렌즈를 일시정지 했기 때문에 살해당하는 과정은 렌즈에 찍히지도 않았어요. 근데 사람들이 그걸 알기나 할까요? 저승으로 가는 길? 저딴 식으로 대중을 현혹하는 거짓말에도 경매가 붙고 있단 말입니다!"

김지오가 울분을 토했다.

"여기에 너도, 나도, 죽은 가엘이도 다 담겨 있어. 우리가 모두 조롱의 대상이 됐다고! 우주랑 가엘이는 죽었다 쳐. 우린 어떡할 건데? 너 어떡할래?"

김지오가 소리쳤다. 류종국의 담배에서 회색 재가 떨어져 흩어졌다.

"'정우주가 저승으로 가는 길'이

50만 달러에 낙찰되었습니다!"

김지오의 전화기에서 AI 목소리가 흘러나왔다. 박수 소리와 함께 여자인지 남자인지 모를 기계가 조롱하듯 웃는 소리도 북극해의 바람을 타고 창밖으로 새어 나가는 중이었다.

14

가방을 던져놓고 집 밖으로 다시 나왔어요. 수북하게 쌓인 눈 위에 남겨진 타이어 자국만이 루지의 유일한 흔적이었어요. 그 아이의 향기가 무거운 눈으로 뒤덮여 버릴까 무서웠던 나는 떨어진 조약돌을 찾아 집으로 돌아가는 헨젤과 그레텔처럼 그림자를 따라나섰어요.

얼마나 갔을까⋯ 사방이 흰색인 큰 사각형 안에 갇힌 기분이 들었어요. 방향을 가늠할 수 없었죠. 저 멀리 불빛이 보이긴 했지만, 날은 어두워지고 있었고 매우 추웠어요. 눈이 허벅지까지 쌓여 발을 떼기도 힘들었고요.

눈을 떠보니 침대 머리맡에 당신이 앉아 있더군요. 안개가 낀 것처럼 사방이 뿌옇게 보였고 머리가 아파왔어요. 옷을 껴

입고 누워 있었는데도 몸이 마구 떨리고 있었고요. 머리 위에
차가운 수건을 얹어주는 당신에게 루지를 잘 데려다주었냐고
물었어요.

"그런 일은 일어나지 않았어, 아들."

영문을 모르겠단 표정의 당신은 내 왼쪽 뺨을 크고 따뜻한
손으로 쓸어내리며 말했어요.

"하지만 어제 루지가 아빠 옆에 탔잖아요."

"내 옆에? 난 너도 뒷좌석에 태우는걸."

오, 당신의 연기란!

"알아요. 하지만…"

"그런 일은 일어나지 않았어, 아들."

"루지를 데려다준다고 하고 마을 끝자락으로 갔잖아요."

"우리가 마을 끝자락에 살잖아. 우리 집 너머에는 집이 없단
다. 꿈을 꿨나 봐. 루지란 아이를 좋아하니?"

당신이 놀리듯 말했어요. 나는 자기 똥물에서 헤엄치는 금붕
어처럼 눈만 끔벅댔죠.

"어렸을 적부터 넌 없었던 일인데도 사실이라고 우기곤 했지.
그래도 괜찮아. 커가는 과정이니까. 하지만 아들, 명심해. 맹세
코 그런 일은 일어나지 않았단다. 거짓말을 하면 착한 어린이가
아니지. 하지만 우리 아들은 착한 어린이잖아. 그렇지?"

폭설은 그치고 날은 선명해졌어요. 대신 많은 것이 미궁에
빠져버렸지만요. 루지는 어디로 갔을까요? 노아는 화장실에

다녀온 사이 그녀가 사라져 버렸다고 했다죠. 유일하게 본 것은 운동장에 덩그러니 놓인 자기 책가방과 교문을 벗어나는 파란색 트럭이었다면서.

루지 가족은 자경대를 만든 뒤 산을 넘고 강을 건넜어요. 어느 날은 나도 엄마 손을 잡고 학교 운동장에 갔죠. 아무도 우리에게 말을 걸어주지 않더라고요.

루지의 아버지는 슬픔이란 바다 위에서 표류하는 사람 같았어요. 루지의 환한 얼굴이 담긴 전단조차 나누어 주지 않고 지나갔거든요. 엄마가 내 손을 더욱 꽉 잡은 게 기억나요. 손이 으스러질 것 같았어요.

환영받지 못한 존재가 된 느낌이 어떤 건지 알아요? 난 알아요. 얼음이 녹지 않은 경사진 들판을 걸으면서 루지의 이름을 목 놓아 부르던 내가 꼭 그랬으니까요.

아무도 찾아오지 않는 외딴섬이 된 기분. 험한 파도에 이리치이고 저리 치이는데도 그 누구도 홀로 힘겹게 서 있는 노고를 몰라주는 외로운 그 기분. 엄마도 그랬나 봐요. 내 손을 놓고는 폭포가 쏟아져 내리는 수백 미터 절벽 아래로 뛰어들었으니. 엄마는 당신의 실체를 알았던 건가요?

경찰은 며칠 뒤 파란 트럭 운전사의 집에 찾아왔어요. 그의 아들한테도 이것저것 많은 것을 물었죠. 그 아이는 무슨 말을 했을까요? 어렸을 적부터 상상력이 풍부했던 그 아이는 자신이 진실이라고 생각하는 것을 말했을까요? 아니면 아버지가 진실이라고 알려줬던 것을 말했을까요? 그 아이는… 착한 어린이인가요?

점점 학교에 가는 것이 두려워졌어요. 선생님은 내가 숙제를 해 가지 않아도, 학교가 파하고 청소를 하지 않아도 아무 말도 하지 않았죠. 수업 시간에 발표도 시키지 않았고요.

어느새 내 머릿속은 아들의 손을 뿌리친 엄마가 폭포에 떠내려가는 모습으로 가득 차게 됐어요. 허구한 날 옷에 칠판지우개나 신발 자국을 묻혀 오거나, 머리에 껌을 붙여서 왔어요. 추운 겨울에 엉덩이가 뚫린 바지를 입고 집에 온 것도 비일비재했고요. 말도 없이 하루 이틀씩 학교에 빠지기 시작한 것도 아마 그 무렵이었을 거예요.

15

28층으로 올라가 현장 감식을 도울까 했지만, 수호는 노아를 만류했다. 수사는 장기전이라며 집에서 잠을 푹 자고 오라는 조언을 덧붙이기도 했다. 노아는 그토록 빠르게 수호의, 자신에 대한 태도가 달라졌다는 것에 놀라움이 일었다. 검은 가발 속에 숨은 노아를 알아보고 실망한 것도 잠시, 수호는 몇 시간도 안 돼 노아를 파트너라고 칭했다. 첫 번째 관문을 통과한 기분이 들어 노아는 내심 기쁜 마음이 피어났다. 어쩌면 머리카락과 눈알에 '꼴통 반골'이라고 써놓고 다니는 게 그다지 나쁜 일이 아닐지도 몰랐다.

그는 가구라고는 TV, 냉장고, 전자레인지, 매트리스, 라디에이터, 세탁기가 전부인 방 2개짜리 집으로 돌아왔다. 책은 바닥부터 두서없이 쌓여 있었고, 소파나 변변한 의자도 없는 거실에는 방석이나 카펫조차 깔려 있지 않았다. 색깔 없는 무미건조한 공간을 만들고 싶어서였다. 인생에서 그 어떤 것에도 애착을 보이고 싶지 않았으니까. 그의 집은 부모님의 유산과 보험금을 수키와 이등분해 마련했다는 사실 외에는 별다른 의미가 없는, 감정과 추억이 머물 수 없는 곳이었다.

크리스마스트리도 세워본 적도 없고, 반려동물을 집에 들인 적도 없는 그였다. 탁자 위에는 흔한 가족사진 한 장도 놓지 않았다. 반면 몇 블록 떨어진 곳에 더 큰 집을 산 수키는 인테리어에 제법 흥미를 붙이고 사는 모양이었다. 간혹 화분이나 액자, 혹은 페인트를 들고 가벼운 발걸음으로 지나가는 그녀를 본 적 있었다. 만일의 상황에 대비해서 수키의 집 열쇠를 복사해 놓긴 했지만, 사용해 본 적은 없었다. 앞으로도 과연 사용할 날이 있을까 싶었다. 수키는 늘 그렇듯 잘 살 테니까.

침대 위에 누웠으나 쉽사리 잠을 이룰 수 없었다. *장기 미제 사건 전담 수사팀으로 가는 것과 채람 프로젝트3540를 무산시키는 것 중 현실적으로 가능성이 있는 쪽이 무엇일까?* 객실 청소까지 하고 나간 정체 모를 검은 복면의 치프 호텔 용의자, 그리고 눈에 버젓이 성 경험 불법 유통 장면을 넣고 다니는 조민수 의원을 떠올려 봤다. 노아는 이불을 박차고 일어나 옷을 다시 챙겨 입었다. 한달음에 달려 20분 거리에 있는 코미스 타운하우스 마을 맞은편 아파트 단지로 향했다.

조민수 의원이 사는 타운 하우스 마을은 줄지어 들어오는 승용차로 진입로가 붐비고 있었다. 의회에서 진행된 세계적 미술가 롤라 램프의 렌즈 자선 경매 행사가 밤늦게까지 있었기 때문이다. 렌즈를 낙찰한 사람에게서 얻은 이익을 터텀예술인협회에 기부하는 조건이었기에 값비싼 턱시도와 드레스를 입은 재력가들은 그럴듯한 명분을 두고 부를 과시할 수 있어 만족스러운 저녁을 보냈을 것이다.

알츠하이머병을 앓다 얼마 전 작고한 작가는 유작 5년 94일을 그리는 모든 과정을 채람 렌즈로 기록했다. 렌즈 아카이브 속 자신의 과거를 자주 들여다봄으로써 기억을 회복하고 질병 진행 속도를 늦췄다고 했지만, 사실 그녀는 노환으로 죽을 때까지 자기 이름도 기억하지 못했다.

검은색 가발 위 모자로 얼굴을 가린 노아는 단지 옆 공원에서 줄넘기를 시작했다.

수키
– 우편함 확인해. 선물이 있으니까. (22:22)

마침 하늘에서 분홍색과 초록색 오로라가 출렁이기 시작했다. 노아는 이어폰을 귀에 꽂고 블루투스를 연결한 다음 피아노 연주곡을 틀었다. 언젠가부터 노아는 오로라가 출몰할 때마다 음악을 들었다. 어딘가에 있을 루지가 외롭지 않도록. 느린 음악 소리에 맞춰 오로라가 긴 팔을 휘저으며 춤을 췄다. 폭풍 전야겠지, 이토록 하늘이 맑고 청명한 건. 빛줄기는 언제 밤하늘을 비췄냐는 듯 이내 희미하게 사라졌다.

코미스 마을은 18채의 타운 하우스로 이루어진 그들만의 작고 이상한 도시였다. 길거리에 쓰레기 하나 없지만, 사람들의 미소 뒤에는 서로를 향한 우월감이 가득했다. 반면 노아가 서 있는 허름한 정부 보조 아파트 단지는 항상 시끌벅적했다. 지난번에는 단지 안에 구급차가 와 있어서 정보 수집을 멈추고 돌아가야 했다. 사람들이 모여 뇌졸중으로 쓰러진 33호 노인을 위해 기도하는 바람에 눈에 띌 위험이 있었기 때문이다.

하천을 낀 육교가 코미스 마을을 세상과 겨우 연결해 주고 있었다. 하지만 저들은 그것을 원하지 않을지도 몰라. 지금 이 순간에도 범죄의 희생양들은 거리에 내몰렸고, 채람 렌즈는 한 번 쓰고 내동댕이쳐진 콘돔처럼 무분별하게 널려 있을 테지만, 그들은 손자국 하나 없는 깨끗하고 투명한 유리 세상 안에서 바깥을 구경하는 것으로 족할지도 몰랐다. 조민수의 리무진이 들어오고 그가 차에서 내리는 것이 보였다. 그의 집은 마을 입구에서 네 번째 건물이었다.

20분이 지나도 거리는 조용했다. 노아는 자신으로 향하는 경호원 눈길의 빈도수가 점점 늘어나는 것을 느끼고 있었다. 10분만 더 기다려 보고 소식이 없으면 아파트 단지 후문 편의점에서 몸이나 좀 녹이고 집으로 돌아갈 참이었다.

그때 검은색 발라클라바를 쓴 남자가 조민수 집에서 나왔다. 노아는 자연스럽게 뒤를 돌아 단지 안 화단에 몸을 숨겼다. 경호원들의 인사를 받은 남자가 둔한 걸음걸이로 아래쪽 하천가를 거니는 것이 보였다.

노아는 줄넘기를 아무렇게나 던져놓고, 낮은 담장과 나무에 몸을 가린 채 엉거주춤한 자세로 대로변까지 뛰어갔다. 길을 건너 하천가로 내려가야 하나 망설일 때쯤 남자는 고맙게도 계단을 오르고 있었다. 노아는 허리를 굽혀 운동화 끈을 묶는 시늉을 했다.

얼굴을 꽁꽁 가렸지만 간혹 뒤를 돌아보던 남자는 물방울 모양의 눈을 가진 조민수가 분명했다.

조민수는 외투 주머니에 손을 찔러 넣고 큰길 사거리에서 좌회전해 사라졌다. 후드를 뒤집어쓰고 전력 질주한 노아는 다행히도 대로변에 있는 채람 카페 3호점으로 들어가는 조민수의 뒤꽁무니를 따라잡을 수 있었다. 주황색 불빛이 1층 로비를 잠시 비추다 다시 캄캄해졌다.

등잔 밑이 어둡다더니 채람 카페가 접선지일 줄이야. 그것은 성 경험 불법 유통 비밀 모임이 구하늘, 혹은 적어도 채람 카페 3호점 사장과 긴밀하게 연결되어 있다는 것을 보여주는 것이었다. 조민수가 검거되면 채람 코퍼레이션까지도 큰 타격을 입을 게 분명했다.

그때 갑자기 등 뒤가 싸늘해졌다. 그리고 신경을 기울인 예민한 숨소리가 들리기 시작했다. *젠장. 꼬리가 따라붙었군.*

노아는 뒤를 홱 돌아 오른쪽 주먹을 날렸다. 남자는 두 손으로 노아의 주먹을 막으며 잽을 피했다. 그는 남자를 단번에 알아볼 수 있었다. 눈이 몇 번 마주친, 조민수의 경호원 중 한 명이었기 때문이다. 경호원과 노아는 주먹을 빠르게 몇 번 주고받았지만, 그들은 상대의 움직임을 예측하고 팔뚝이나 양팔로 주먹의 경로를 차단했다.

회심의 일격을 가하기 위한 경호원의 큰 주먹이 들어오자, 노아는 두 손으로 경호원의 손목을 잡고 비틀었다. 그러고는 오른팔로 그의 목을 쳤다. 고개가 왼쪽으로 숙여지며 몸이 기울어진 경호원의 가슴팍에 노아는 니킥을 날렸다. 경호원은 짧은 신음을 내며 몸을 숙였고, 그의 목을 두 손으로 잡은 노아는 옆구리에 경호원의 얼굴을 끼고 올렸다가 몸을 돌리면서 그를 바닥에 내동댕이쳤다. 노아는 꽈배기처럼 몸이 꼬아진 경호원 위에 곧바로 올라탔다.

그는 경호원의 주머니를 뒤져 전화기를 찾아냈다. 노아가 동공에 전화기를 가져다 대자 경호원은 눈을 질끈 감았다.

"아무것도 없어. 별것이 있는 전화기를 들고 다니겠나?"

경호원이 비아냥댔다.

"렌즈 삽입자인가?"

노아가 물었다.

"어떨 것 같아? 외모가 특이하군. 얼굴이 하얘. 속눈썹도 그렇고.”

“렌즈 삽입자냐고?”

“그러는 넌? 왜 보스를 따라온 거야? 누가 사주했나?”

“요즘은 경호원들도 렌즈 시술을 해야 하나? 자발적인 건가? 아니면 조민수가 시켰나? 노예 짓 하려면 그런 것도 해야 하나 보지?”

“일 크게 만들지 말고 그냥 날 보내줘. 어차피 저 안에 들어가지도 못했으니까 원하는 건 못 건진 게 분명하지 않나? 넘어가 주지.”

경호원이 인심 쓰듯 허세를 부리며 말했다.

“내가 왜 그래야 하지?”

“그럼? 날 죽이기라도 하려고?”

노아는 일어나 발로 경호원의 등을 찼다. 경호원은 큰 소리로 아픔을 호소했지만 주변에서 들려오는 인기척은 없었다. 범죄 소굴 속에 살다 보면 시민들은 저마다의 철칙 하나는 가지고 살기 마련이었다. 이 주변 사람들은 불필요한 소란에 휘말리지 말자는 주의인 듯했다.

그때 저 멀리서 양복 차림의 경호원이 한 명 더 달려오는 것이 보였다.

“렌즈 삽입을 한 노예가 확실하군. 채람 앱을 네 전화기에 설치하는 건 금지됐나 보지? 아, 지금 경호대장이 너의 렌즈를 통해 날 보고 있겠군. 인사하지. ‘렌즈를 눈 안의 CCTV처럼 사용한다.'라. 조민수다워. 놀랍다고."

피식 웃는 경호원의 등을 노아는 한 번 더 발로 찼다.

"놀랍지, 그럼. 경호대장이, 조민수가 네 지난밤 기억을 돌려볼 거란 생각은 안 하는 네가 말이야. 24시간을 남에게 갖다 바치고 기억까지 통제당하다니. 조민수가 그럴 만한 가치가 있다고 생각해? 어리석은 놈."

이번에는 노아가 웃자, 경호원이 금세 얼굴을 딱딱하게 굳히고 노려봤다.

그때 지원군 뒤로 복면을 쓴 검은 형체가 나타났다. 그는 순식간에 지원군의 등에 올라타더니 찰거머리처럼 딱 달라붙어서는 두 다리로 배를 압박했다. 지원군은 올가미에서 빠져나가기 위해 애썼다.

노아가 일어서려는 경호원을 제지하고 그의 허리춤에 달린 총집에서 총을 빼내는 사이, 저 멀리에서 땅에 착지한 검은 복면은 지원군이 숨을 가쁘게 들이쉬는 틈을 타 어퍼컷을 날렸다. 고개가 위로 들리면서 지원군이 입을 잡고 넘어졌다. 노아가 뛰자, 검은 복면이 따라오기 시작했다. 노아와 그의 거리는 순식간에 좁혀졌다.

등 뒤에서 총소리가 적막한 공기를 뚫었다.

"팀장님!"

예상치 못한 호칭과 어쩐지 익숙한 목소리에 노아는 뒤를 돌아보았다. 남자가 복면을 벗고 있었다. 로한이었다.

"너 여기서 뭐 해?"

"일단 몸을 피해야 합니다. 저 녀석들 렌즈가 공유되고 있으면 백업이 계속 올 것 같아요."

로한은 상점 골목을 지나 부랑자들이 즐비한 외진 곳으로 노아를 안내했다. 걸음걸이도 가누지 못하는 이들이 팔다리를 휘적거리며 거리에 널브러져 있는 것이 보였다. 발에 얇은 주사기들이 치이기 시작했다.

로한은 악취가 풍기는 쓰레기통 뒤에 세워진 바이크 위에 냉큼 올라타 시동을 걸었다. 심장박동 소리를 향해 반사적으로 몸을 움직이는 좀비들은 팔에 주삿바늘을 꽂은 채 다가오는 중이었다. 노아가 로한 뒤에 자리를 잡자 바이크는 골목을 부드럽게 빠져나갔다.

한참을 달리다 멈춰 선 곳은 가로등 하나 없는 어두운 곳이었다. 전조등에 의지해 그나마 보이는 것은 거대한 검은 산과 로한의 픽업트럭이었다. 로한과 노아는 트렁크에 바이크를 대각선으로 집어넣고 적재함 문을 닫았다. 그때 트럭의 시동이 저절로 켜졌다.

"이노아, 빨리 타."

동시에 조수석 창문이 내려가며 또다시 익숙한 소리가 새어 나왔다. 이번에는 긴 백발을 휘날리는 수키였다.

"수키? 너 여기서 뭐 해?"

총소리가 한 번 더 공기를 갈랐다.

"일단 여기를 벗어난 다음 대화를 나눠보죠, 팀장님. 추격자와 우리 거리가 꽤 가까운 것 같은데."

로한이 운전석으로 향하자 노아도 뒤를 돌아보고는 뒷자리에 몸을 실었다.

"이게 무슨 상황인지 설명을 잘해야 할 거야."

노아가 숨을 길게 내쉬며 말했다. 수키와 로한이 눈길을 주고받았다.

16

"날 미행한 거야? 수키 너도? 둘은 왜 같이 있어? 뭐야? 어떻게 된 거냐고?"

"진정해라. 하나에 하나씩."

노아의 속사포 질문에 수키는 눈에 인공 눈물을 넣으며 대꾸했다.

"빨리 설명해. 문로한. 너 왜 수키랑 있어? 뭐, 둘이 사귀기라도 하는 거야? 언제부터야?"

"그럴 일은 없으니까 걱정하지 마."

수키가 대꾸했다.

"팀장님이 능력 좋은 누군가가 나타날 거라고 하지 않으셨습니까?"

로한이 수키를 힐끗 쳐다본 뒤 차를 빠르게 몰며 말했다. 설원에 통나무집들이 2, 3분마다 나타났다. 데칼코마니처럼 똑같이 복제된, 황량한 풍경이었다.

"난 그게 이수키라고 말 안 했어. 네가 이수키를 어떻게 알아? 아까 그 현장으로는 어떻게 왔고?"

"능력 좋은 누군가는 분명 채람 코퍼레이션에 악감정을 가진 게 분명하잖습니까? 그리고 컴퓨터를 기막히게 잘하니 조민수 의원 렌즈를 해킹할 수 있었을 테고. 남의 사적인 기록을 보는 데 죄책감도 없고 말이죠."

"너 내 흉보고 다니냐?"

수키가 대뜸 뒤를 돌아 노아에게 말했다.

"구하늘과 대학 동문이었고 사귀는 사이였던, 그리고 카메라가 탑재된 초경량 렌즈를 개발했던 묘령의 여인이 수키 씨였다는 것 정도는 검색 20분 정도만 하면 알 수 있죠."

로한은 아랑곳하지 않고 이어 말했다.

"아까 거기에는 어떻게 있었는데? 조민수가 거기 갈지 어떻게 알았어?"

노아가 물었다.

"수키 씨가 보내준 영상 속 구조를 제가 알겠더라고요."

"채람 카페 좀 다녀본 거지. 날 그리로 바로 안내하더라."

수키가 또다시 끼어들었다.

"그게 우리가 일을 같이하는 데 방해가 되나요?"

로한이 수키를 보며 물었다.

"누가 그래요, 일을 같이한다고? 제멋대로 확신하면 곤란해요. 나는 민간인이라고요."

"능력이 아주 뛰어난 민간인이죠."

"그래요? 그렇담 아까 우리 둘이 하던 얘기를 이어서 해보죠. 채람 프로젝트3540에 대해서 어떻게 생각한다고요?"

수키가 금세 진지해진 얼굴로 로한에게 물었다.

"제 가치평가와는 무관하게 정부는 그 프로젝트를 관철할 거예요."

로한이 앞을 주시하며 대꾸했다.

"찬성한다?"

"반대하진 않습니다."

"그 이유 좀 들어보죠."

"채람 프로젝트3540은 모든 국민에게 렌즈를 씌우겠단 거잖아요. 일단 그 자체가 큰 압박이에요. 서로서로 감시하는 사회일 테니. 내 24시간이 사각지대 없이 누군가의 렌즈에 찍힐 수 있다는 부담을 안고 살아간다고 생각해 봐요. 그 자체만으로 일단 범죄율은 현저히 떨어지게 될 거라고요. 일종의 공포정치인 겁니다. 곳곳에 CCTV를 설치해서 관리할 돈도, 인력도 없고 인구에 비해 땅덩이만 큰 가난한 나라에서 태어난 사람들의 숙명이죠. 그래도 감시가 철저한 사회에서 사는 게 범죄 소굴에서 구르는 것보다 더 낫지 않습니까?"

"그런데도 범죄가 들끓으면요? 그리고 실제로 그럴 것이고."

"신고가 들어오면 그 현장 부근에 뜬 렌즈만을 해킹해서 범죄자의 동선을 확보해야죠. 이때 경찰은 허락된 렌즈만 해킹해야 한다는 법을 만들어야 하고요. 아, 물론 그와는 별개로 조민수처럼 경험을 불법거래 하거나 훔치는 사람들을 계속해서 잡으려는 노력도 해야겠죠."

"형사님 생각에 법은 왜 만드는 것 같아요?"

얼마간의 정적 후, 수키가 물었다.

"지켜야 하는 거니까 만들죠."

"관점을 좀 바꾸어 볼까요?"

"어떤 식으로 말입니까?"

"권력을 가진 자 입장에서 말이에요. 법이란 건 그들에게는 어기기 위해 만드는 거 아닐까요? 시민들은 목숨처럼 지키는 법을 권력 좀 쥐었다고 무시할 수 있는, 그리고 유유히 법망을 빠져나가는 그 짜릿한 희열감에 대해 아시나?"

로한은 말없이 길을 내달렸다.

"채람 프로젝트를 통과시키고 관련 법을 만든 다음 그게 지켜지길 바라는 건 순진하고 어리석은 생각이에요. 국민들이 경찰을 믿는다고 생각해요? 범인 검거율이 20%도 안 되잖아요. 경찰이 내 경험을 제멋대로 들여다보지 않을 거라는 걸 어떻게 믿어요?"

수키가 말을 이었다.

"저도 한 가지 물어볼 게 있습니다, 수키 씨."

아까부터 등을 기댄 채 눈을 감고 있던 노아는 한쪽 눈썹을 치켜뜨고 로한의 말에 귀를 기울였다.

"뭐죠?"

"사람들이 사생활을 중요하게 여긴다고 생각해요?"

"네? 그게 무슨 말이죠? 그건 당연…"

"아뇨. 당연하지 않습니다. 그냥 재수 없게 그 자리에 있었을 뿐이기 때문에 잔인하게 살해당할 바에야, 그리고 그런 위험에서 마음 졸이면서 살 바에야 그깟 프라이버시쯤 포기할 수 있다는 사람들이 이 나라에 얼마나 많은 줄 알아요? '볼 테면 보라지. 조민수가 구린 짓을 하려면 하라지. 나는 그냥 마트에 가기 위해 집 밖에 나갈 때 혹시 내가 칼이나 총을 맞고 죽진 않을지 걱정하고 싶지는 않아!'라고 생각하는 사람이 없을 것 같나요? 게다가 그 판도라의 상자는 수키 씨가 렌즈를 개발했을 때 열어버린 거잖아요. 이제 와서 어설프게 봉하려고 한들 그게 먹힐 것 같나요? 그렇담 그게 순진하고 어리석은 생각이죠. 핵무기가 얼마나 치명적인지 봤냐고, 제발 사용하지 말라 했지만, 사람들이 그 말을 들어먹었냐 이 말입니다."

차 안에 무거운 침묵이 흘렀다.

"이왕 이렇게 된 마당에 다른 사람의 자아를 걸쳐보면서 채람 카페에서라도 현실에서 도피해 안식을 취하겠다는데 그게 그렇게 잘못된 일인가요?"

"형사님은 채람 카페에서 누구 경험을 사서 현실에서 도피했는데요?"

수키가 묻자, 로한이 목을 가다듬었다.

"렌즈를 핵무기에 비교했잖아요. 내가 만든 게 얼마나 치명적인지 나도 좀 알아보게요."

수키가 팔짱을 낀 채 말을 이었다.

"수키 씨는 눈 안의 블랙박스만 만들었잖아요. AI와 플레이어는 구하늘 씨가 만든 거고요."

"그래도요."

수키는 냉랭했다.

"카이 스톤이요."

대답을 망설이던 로한이 입을 열었다.

"빨간 머리의 하와이안 서퍼?"

"네."

"어떻던가요?"

로한은 놀란 듯 수키를 바라봤다.

"정말 채람 카페에 한 번도 안 가봤다는 겁니까?"

"뭣 하러 가요, 거기를? 형사님 말대로 판도라의 상자를 연 건 난데… 소 잃고 외양간 고치겠다는 것도 나고…"

"타히티 트루 서핑 대회 우승 경험을 샀어요. 제가 이래 봬도 물을 정말 무서워하거든요. 어렸을 적에 조류에 휩쓸려 가 죽을 뻔했던 적이 있어서."

"설마 카이 스톤의 경험을 입어본 뒤로 물 공포가 해소됐다고 말하려는 건 아니죠?"

"어느 정도는요. 정말이에요."

수키는 눈알을 굴리며 로한을 의심의 눈초리로 바라봤다.

"진짜입니다. 카이가 물에 대한 이미지를 완전히 바꿔줬죠. 그 왜 영화에서 보는 장면 있잖아요. 물보라가 발목을 간지럽히다가 거품이 돼서 사라지고… 잔잔한 물결이 태양에 반사되어 윤슬이 반짝반짝 빛나고… 태양에 몸과 마음이 따뜻하게 사르르 녹는… 그게 내가 실제로 경험한 것처럼 피부로 전해졌어요. 난 실제로는 춥디추운 한겨울의 터틈에 있었지만요. 아주 강렬했죠."

수키는 로한의 말을 잠자코 듣고 있었다.

"집채만 한 파도가 다가오는데 무서움은커녕 '저건 좋은 파도다. 놓치지 않고 *타야겠다*.'는 마음이 생겨서 설레더라니까요? 패들링을 하다가 몸을 들었죠. 그러니까 실제로는 카이가 그랬다는 겁니다. 나는 그냥 카이가 한 대로 몸을 맡겼을 뿐이고… 어쨌든 몸이 들리는데 보드 위에서 아주 손쉽게 균형을 잡고 일어났고, 미끄러지듯 자연스럽게 앞으로 나갔어요. 파도보다 반발치 앞에 서 있는 기분이었죠. 진공상태를 부유하는 것 같더라고요."

로한은 회상에 잠긴 것만으로 행복한 듯 보였다.

"어떤 때는 통돌이 세탁기처럼 파도가 큰 원을 그리면서 머리 위를 덮치기도 했어요. 난 파도 속 벌어진 공간을 가로질렀고요. 에메랄드빛 웜홀 속에서 시간 위를 걷는 느낌이었죠. 카이에겐, 그리고 채람 플레이어 속 나에겐 중력이 작용하지 않는 것 같았어요. 파도 끝에 비스듬히 서 있을 수 있었으니까요. 마치 자연을 거스를 수 있는 신이 된 기분이었죠."

"정신착란의 전조증상 같은데."

마침내 노아가 눈을 뜨고 한마디 했다.

"물론 플레이어 속에서만 그랬다는 겁니다."

그러자 로한이 대꾸했다.

"실제로 채람 플레이어 속에서 렌즈를 재생시키고 마스크를 쓰면 많은 양의 도파민이 한꺼번에 흘러나와요. 채람에 빠진 사람들은 머지않아 채람 플레이어 없이는 일상생활이 불가능할지도 몰라요. 왜 사람들은 무엇 하나에 지독하게 중독되어 있지 않으면 살아갈 수 없는 걸까요?"

수키의 목소리에서는 어쩐지 슬픔이 묻어나는 것 같았다.

"수키 씨랑 같이 일하고 싶습니다. 신뢰를 바탕으로 서로 뭐랄까… 일종의 정보 공유만 하는 선에서요. 저도 정보를 드리면 되잖아요. 상부상조하면서요."

"그게 얼마나 쓸모 있을지는 모르겠지만."

로한이 말을 잇자 수키가 답했다.

"왜 이래요? 미행 없이 바로 채람 카페를 목적지로 삼아 잠복한 건 나였다고요. 어때요? 거래 성립입니까?"

로한이 손을 내밀었다.

"지금 이 순간을 형사님이 나중에 후회할 수도 있겠네요. 난 채람을 멸망시킬 테니."

수키는 그의 손을 잡고 위아래로 흔들어 악수했다. 노아는 끙 앓는 소리를 내며 모자를 푹 눌러썼다.

17

"몸이 마비돼서 거의 죽은 거나 마찬가지인 사람 위에 올라타 눈알을 팠습니다. 과연 이 혈흔이 가해자 걸까요? 이 정신병자가 일부러 칼에 묻은 정우주 피를 거울에 뿌린 겁니다. 수사에 혼선을 주기 위해서요."

다음 날 노아는 정우주 살해 현장에 놓인 거울을 가리키며 말했다. 박호연 반장이 고개를 끄덕였다.

"그럼? 넋 놓고 있자고? 완전 범죄는 존재하지 않아. 할 수 있는 건 다 해봐야 하지 않겠나?"

그렇다고 수호의 목소리마저 확신이 있는 것은 아니었다. 완전 범죄가 없다고? 그렇게 배우긴 했지. 하지만 그 믿음이 흔들릴 지경이었다.

27층 일행들과 정우주의 지문, DNA는 28층 객실 전체에 고루 분포되어 있었다. 그렇지만 범행도구로 추정되는 칼이나 야마자키 50년산 술병, 혹은 정우주의 다이아몬드 시계, 침대 시트에는 이상하리만큼 아무런 지문이 묻어 있지 않았고, 신발의 종류와 발 사이즈를 측정할 수 있는 족적 또한 그 어디에서도 나오지 않았다. 27층 일행 중 한 명을 범죄자라고 특정할 수 있는 증거를 추리는 것은 거의 기적에 가까워 보였다. 결국 거울과 주위 벽에 묻은 미세 혈흔 채취를 끝으로 수사본부는 치프 호텔에서 철수해야 했다.

노아

– 정우주 렌즈 아카이브에 즐겨찾기 목록이 있는데?
여기로 파일이 옮겨진 시점을 알 수 있어? (07:42)

수기

– 아니. (07:42)

노아

– 정우주가 옮겨놨을까? (07:43)

수기

– 글쎄. 근데 신가엘에 관련된 기억이나 옥타곤 위에 올랐던
경험들이 즐겨찾기로 들어갈 법하지 않아? (07:43)

노아

– 내가 정우주라도 그렇게 했을 거야.

그럼 범인이 했을까? (07:44)

수키

– 모르겠다. 하지만 눈에 띄잖아. 즐겨찾기 목록,
딱 두 타임라인만 있던데. (07:45)

노아

– 너 근데 그제처럼 미행 장소에 따라나서지 마.
미행하고 싶으면 정식으로 경찰 시험을 보든가. (07:46)

메시지 옆에 바로 *읽음* 표시가 떴지만 역시나 수키로부터 답
은 없었다. 화요일 이른 아침 노아는 우체통 안에 놓인 수키의
선물을 외투 안주머니에 고이 넣고 경찰청 근처 카페에 들렀
다. 이로운 카페. 카페 주인 이름이 이로운이라는 이유 하나만
으로 노아는 그곳을 주기적으로 드나들어 보기로 했다.

이루지라는 이름처럼 성까지 이어 붙였을 때 하나의 단어가
되는 그 이름은 왠지 모를 동질감을 안겨주었다. 경찰청 건물
1층 카페보다 커피값이 두 배 더 비싸서 동료들이 잘 들르지
않아 사교생활을 하지 않아도 되는 건 덤이었다. 카페인과 알
코올, 니코틴 중독이 대부분인 경찰관들은 커피값이라도 아껴
서 담뱃값과 술값을 충당해야 했다.

아직 완전히 해가 모습을 드러내기 전이었지만, 카페는 7시
면 어김없이 문을 열었을 것이다. 피부에 이식한 듯 항상 지니
고 다니는 검은색 캡 모자와 짙은 선글라스 차림의 노아는 종

소리에 고개를 든 바리스타에게 에스프레소 석 잔과 베이글 하나를 시킨 뒤 구석으로 가서 앉았다.

종소리가 또 울렸다. 수호가 가게 안으로 들어오고 있었다.

"석 잔은 너무한 거 아냐?"

"한 잔 드실래요?"

"나는 커피 안 마셔. 와이프가 담배를 끊든, 술을 끊든, 커피를 끊든 하라고 해서 제일 만만한 커피를 버렸지. 이제는 한 잔이라도 마시면 머리가 아파."

"저는 술을 안 마셔서요. 당분간은 담배와 커피를 탐닉하겠습니다."

수호는 참치샌드위치와 얼그레이 차를 한 잔 시킨 뒤 노아 맞은편에 앉았다.

"술을 안 마셔?"

"맛이 없더라고요."

"술을 맛으로 마시나? 현실을 잠시나마 잊으려고 마시지. 경찰에 대한 대국민 신뢰도가 30점이 안 돼. 이번 연도도 어김없이 말이야. 아주 뼈 아픈 현실이지."

"현실을 잊고 싶지 않아서요."

노아의 말에 잠시 수호가 침묵을 지켰다. 바리스타가 그에게 차와 샌드위치를 가져다주었다.

"일행 모두를 공범이라고 대입해 보면서 이야기를 풀어가면 어떻습니까?"

노아가 배가 갈라진 베이글 빵 사이에 크림치즈와 딸기잼을 바르면서 운을 뗐다.

"어떤 식으로 말인가?"

수호가 샌드위치를 베어 물고 대꾸했다.

"만약 김지오가 공범이라면 어떻게 범행을 도왔거나 저질렀을지 추측해 보면서 말이죠."

"좋은 생각이군. 한번 시작해 보지."

노아는 베이글 빵을 내려놓고 에스프레소를 한 모금 마셨다.

"김지오는 공범과 미리 만날 약속을 정해놨을 거예요. 엘리베이터 앞에서 혼자 잔 건 의도적이었다고 봅니다. 1시 넘어서 1층으로 내려간 뒤에 엘리베이터 안에서 공범과 만났을 거고, 곧바로 28층으로 올라가 범행을 저질렀을 거예요. 한 명은 범행을 저지르는 동안 한 명은 망을 보는 식으로 협력했겠죠. 그리고 4시 30분경 김지오는 27층으로 내려왔고 범인은 곧바로 호텔을 빠져나간 겁니다."

"현재의 동선으로는 김지오와 정고요가 공범으로 가장 유력하지. 먼저 나간 정고요가 범인이라면?"

"강인성 셰프 렌즈에서 봤다시피 호텔에서 쫓겨날 때 키 카드를 가지고 있었잖아요. 그걸 공범한테 전달한 겁니다. 청부업자일 가능성이 크죠. 살인범은 범행하고 나서 27층에 들렀겠죠. 키 카드를 반납하려고."

"강인성은 알리바이가 확인됐고. 류종국은?"

"3월 1일 오후에 정우주가 체육관에 갔을 때 류종국이 자리를 비웠잖아요. 그때 공범과 접선한 거죠."

"키 카드는 어디서 구했는데?"

"그건 퍼즐을 맞춰봐야 할 것 같습니다."

"근데 현장을 보면 말이야. 공범이든 청부 살인범이든 정우주를 살인한 자 또한 원한이 많아야 해. 렌즈를 훔치는 데에는 불필요한 행동이 많잖아. 술 뿌려놓은 거, 범행도구 놔두고 간 거, 다이아 시계 채워놓은 거, 침대보로 시체를 감싼 거, 객실 청소해 놓고 나간 거. 살인을 의뢰받은 어느 청부업자가 그런 쓸데없는 짓을 다 하고 나간단 말이야?"

"그 쓸데없는 짓이 지령이었을 수도 있죠."

"어떤 미친놈이 그런 지령을 내려? 누가 그걸 승낙하고?"

"가정용 플레이어가 곧 나올 예정이란 소리 들으셨잖아요. 채람 코퍼레이션 갔을 때 말입니다. 살인자가 렌즈 삽입을 했다면 가정용 기기에서 그 렌즈를 재생하기만 하면 되는 거 아닙니까? 이제 살인을 직접적으로 안 한 사람도 그 경험만 있다면 살인의 쾌감이나 희열을 느낄 수 있는 거예요. 정우주의 승리 경험과 정우주를 살해한 경험 중 뭐가 더 잘 팔리겠습니까?"

"제기랄."

"정부가 그린 터텀의 청사진은 엉망진창입니다. 물론 거기에 날개를 달아준 건 구하늘이죠. 가정용 플레이어를 출시하면 이 나라는 되돌아올 수 없는 강을 건너게 되는 거니까요."

노아의 말을 들은 수호는 씹던 샌드위치를 휴지에 뱉고 생각에 잠겼다.

"다시 정우주 살인으로 돌아와서, 물론 지령을 받은 사람 입장에서 부담스러운 것은 맞아요. 그런데 돈을 충분히 받았다면, 그리고 살인자가 숙련된 경험자라면 못 할 것도 없다고 봅니다."

베이글을 크게 베어 문 노아는 두 번째 에스프레소 잔을 비우며 답했다.

"렌즈 보안과에서 썩기는 좀 아깝네."

수호의 말에 노아는 눈썹을 치켜올리며 그를 바라봤다.

"일종의 좌천이잖아?"

수호가 말을 이었다.

"맞습니다. 생김새 때문에 제가 시위 주동자라는 걸 모르는 형사는 없더라고요. 거의 이마에 낙인 도장을 찍고 나댄 거나 다름없죠. 제 동생처럼 가발이라도 쓸 걸 그랬어요."

"동생도 백색증이야?"

"세쌍둥이 모두 백색증이에요."

"대단하구먼. 세쌍둥이라니. 확률이 얼마나 되나?"

"계산할 수도 없는 확률이에요. 대단히 희소합니다. 그 때문에 셋 중 하나가 사라졌겠죠."

수호는 절반 이상 남은 샌드위치를 포장지에 싸며 노아를 쳐다봤다.

"좌천이고 조롱인 거 뻔히 알면서 기를 쓰고 조직에 남아 있는 이유가 바로 그 때문입니다."

"동생을 찾으려고?"

"네. 어린 시절에는 동네에 백색증 걸린 남자아이를 납치해서 노예로 쓰는 사람들이 있단 소문이 돌았어요. 그런데 또 백색증으로 태어난 여자아이와 성관계하면 에이즈가 낫는다는 헛소문이 나돌아 다니더군요. 나중에 알게 된 사실이지만요."

"사라진 친구가 여자아이였나?"

"맞아요. 이루지. 이제 장기 미제 사건 전담 수사팀 소관일 겁니다. 범인을 못 잡은 지 21년도 더 됐으니."

"현실을 잊지 못하는 게 이 때문인가?"

수호가 물었다.

"그럴 자격조차 없어요. 동생 한 명이 사라지는 걸 방관하고 나머지 한 명에게는 몹쓸 기억을 안겨줬으니까."

노아는 왼쪽 소매를 걷어 자해흔이 선명한 손목을 보여줬다.

"유감이다, 이 형사. 그 이야기는 하지 말 걸 그랬어."

"괜찮아요. 그게 사실이니까요."

수호는 대꾸하지 않은 채 전화기를 들여다봤다.

"정우주 추모식이 곧 열린다고 하네."

수호가 입을 뗐다.

"가시죠. 배는 채웠고 오전을 버티게 해줄 카페인은 충분히 섭취한 것 같으니. 오늘은 제 차로 이동하시죠. 샌드위치는 더 안 드세요?"

"입맛이 없네."

노아는 적당히 식은 세 번째 에스프레소를 한 번에 들이켠 뒤 쓰레기를 정리하고 일어났다.

"동생을 찾으면 좋겠네. 진심이야."

수호가 따라 일어나며 말을 건넸다.

"그거야말로 제가 바라왔던 바입니다."

노아가 수호를 지그시 바라보며 대꾸했다.

"아주 오랫동안."

수호는 카페의 종소리에 묻힌 노아의 마지막 중얼거림은 듣지 못한 것이 분명했다.

18

눈이 녹아내려 가듯 추모식을 향하는 노아의 긴장된 마음도 누그러지는 듯했다. 그는 수호와 함께 취재진을 뚫고 사노 강이 내려다보이는 채람 카페 1호점 안으로 향했다. 건물 입구에 실시간으로 변하는 경험 판매 현황 전광판이 달려 있었다.

제일 많은 경험을 팔고 있는 사람은 역시 블랙홀 정우주였다. 그의 렌즈 누적 판매 수는 무려 32만 3,771개였고 그 찰나에도 수치는 빠르게 올라가는 중이었다. 그 뒤를 UFC 신예 23살의 막시무스 경은열이 따라가고 있었지만, 누적 판매 수는 8만 3,022개에 그쳤다.

1층에 있던 매점 물건들과 렌즈 판매대 자리를 대신한 것은 카메라 세 대와 마이크, 음향 기기와 조명이었다. 스피커에서는 잔잔한 피아노 음악이 흘러나왔고, 벽면에 붙어 있는 큰 화면 앞 대리석 탁자 위에는 정우주가 해맑게 웃고 있는 가족사진, 챔피언 벨트를 두른 앳된 모습이 금빛 테두리를 한 액자에 담겨 있었다.

유리 화병 속 싱그러운 향기를 풍기는 우아한 꽃들과, 창문 아래 긴 탁자에 진열된 화려한 음식들은 범인에 대한 정보는 커녕 아직 보지도 못한 시신을 부검의에게 맡겨놓은 유족들의 타들어 가는 심정과 상반되는, 다분히 대중을 의식한 결정답게 누구의 손에 의해서도 만져지지 않고 분위기를 고조할 뿐이었다. 1층에는 직계가족 및 김지오 등 최측근들이 손수건으로 눈물을 훔치며 자리했다.

김지오는 정우주의 어머니를 부축해서 지하로 내려가는 중이었다. 그녀는 중심을 잃고 자주 휘청거렸다. 그때마다 김지오와 같이 그녀를 부축한 사람은 치프 호텔 27층에서 봤던 사제였다.

강인성 셰프의 렌즈 속에서 봤던 정고요는 그들이 어머니를 부축하는 모습을 구석에서 지켜보고 있었다. 모친이 뒤를 돌아보자 그는 반사적이고 숙련되게 몸을 돌렸다. 노아 옆을 지나가는 순간 그에게서 술 냄새가 희미하게 풍겼다.

"상심이 크시겠습니다, 정고요 씨."

정고요는 흠칫 놀라는 눈치였다.

"동생분 사건을 담당하는 이노아 형사입니다."

"형사가 우리 우주 추모식에는 왜… 난 아무것도 못 봤습니다. 토요일에 재활원으로 갔어요. 지금도 겨우 외출한 거고요."

그는 누구의 눈에도 띄고 싶어 하지 않는 듯 속삭였다.

"그런데 또 술에 입을 대셨습니까?"

노아의 말에 정고요는 숨을 거칠게 몰아쉬며 두리번거렸다. 자세히 보니 그는 사흘 전 저녁 호텔 밖으로 끌려 나갈 때와 같은 청바지와 니트 차림으로 서 있었다. 말을 받아치지도 못하고 안절부절못하는 모습을 보니 노아는 정고요가 잠시 측은하게 느껴졌다.

"카드는 어쩌셨습니까?"

"무슨 카드요?"

"토요일 저녁 호텔을 나갈 때 27층, 28층 키 카드를 가지고 계셨잖아요. 토요일 오후에 김지오 씨 외투에서 꺼낸 2개의 키 카드 말입니다."

미간을 찌푸린 정고요는 청바지와 허리춤까지 내려오는 방한용 상의 주머니를 샅샅이 뒤졌다.

"아, 이것들 말인가요?"

노아는 정고요에게서 받아 든 27층, 28층 카드 2개를 쥐었다. 일요일 새벽, 잃어버린 줄 알았던 키 카드 2개를 다시 찾았다는 김지오의 말이 떠올랐다. **정고요가 공범에게 키 카드 2개를 줬고 살인범이 그걸 27층 엘리베이터 앞 탁자 위에 반납했다면 지금 내가 손에 쥐고 있는 건 뭐야?**

"이깟 카드 2개를 돌려받고자 여기까지 오신 겁니까? 제가 술을 마시든, 마시지 않든 형사님이 알 바 아녜요. 난 오늘을 조용히 넘기고 싶을 뿐이에요. 제발 좀 내버려두세요. 이런 데 올 시간 있으면 가서 우주 죽인 놈이 누구인지 밝히기나 하고요. 무슨 좋은 구경을 하겠다고 여길 옵니까? 허례허식만 하는 껍데기들의 잔치일 뿐인데."

정고요는 제 할 말만 하고 노아를 지나쳤다. 혼란에 휩싸인 노아는 메아리치는 유족들의 울음소리를 귀에 머금고 계단을 올랐다.

2층 벽에 걸린 큰 화면에 아래층 모습이 송출되고 있었다. 사람들은 대부분 아래층의 분위기에 맞춰 품위를 지키고 싶은 듯 속도에 맞춰 눈물을 흘렸다. 안쪽엔 30여 대의 채람 플레이어가 일정한 간격에 맞춰 가지런히 놓여 있었다. 기계 위에는 초대된 사람의 명찰이 큼지막하게 붙어 있었다. 아마 정우주의 친척들, 몇몇 팬들, 그리고 약혼녀 신가엘의 가족들일 것이었다. 그들은 몇백 광년 떨어져 있는 다른 은하계를 여행하기 위해 들어가야 하는 필수 생명 유지 보조 장치 앞에 선 비행사들처럼 두려움과 걱정, 기대감 등의 오만가지 감정을 얼굴에 담고 있었다.

"수색영장은?"

등 뒤에서 들려온 목소리는 익숙하고도 거북했다.

"결국 우주 렌즈는 파기됐어. 3월 3일 17시 49분에 작동이 중지됐더라. 2일 오전 1시 49분에 심장이 멎었단 소리지."

노아의 침묵에도 구하늘은 아랑곳하지 않고 말을 이었다.

"수키는 잘 지내냐? 안부나 좀 전해줘라. 난 언제든지 같이 일할 준비가 되어 있다고 말이야. 그렇다고 일개 직원으로 채용하지는 않을 거야. 그래도 우리의 지난 세월이 있는데… 안 그러냐? 상무나 이사 자리는 항상 비워놓고 있어."

구하늘의 헛소리가 무분별하게 떠다니고 있었다. 노아는 소음을 덮기 위해 수키의 선물, 정우주의 렌즈 아카이브를 떠올렸다. 그는 즐겨찾기 목록에 들어 있던 두 파일 중 첫 번째 타임라인인 2035년 9월 19일을 그렸다.

***

암흑이다.

"로즈, 불 켜."

정우주의 저택이 단계적으로 밝아지고 자동으로 투명 창에 블라인드가 내려온다.

"조도 한 단계만 높이고."

"실내가 지나치게 밝을 경우 빈혈이나 의욕 상실, 수면 장애 등을 초래할 가능성이 있습니다."

20대 중반의 명랑한 여자 목소리가 거실 천장 모서리에 달린 스피커에서 흘러나온다. 언젠가 공개된 프러포즈 영상에서 들은 적 있는 정우주 약혼녀 신가엘의 목소리와 흡사하다.

"닥치고 시키는 대로 해. 오늘은 놀 기분 아니니까."

시야에 하얀색 톤으로 정돈된 거실이 보인다.

"당신이 그렇게 말한다면 저는 슬프지요."

"미안하다."

정우주가 한숨을 내쉰다.

"목소리에서 높은 스트레스 지수가 느껴집니다."

"지금은 정신을 똑바로 차려야 할 때니까 잠시만 집 안 좀 밝게 비추어 주라. 블라인드도 걷어버리고."

"스트레스 관리 모드로 돌입합니다. 휴식을 취할 때 말씀하세요. 청량한 공기의 핀란드 숲속으로 모시겠습니다."

집 안이 더욱 밝아지고 블라인드가 소리 없이 올라가자, 통유리 너머 아래쪽으로 암흑의 바다가 일렁인다. 초인종이 울린다.

"로즈, 대문도 열어."

"그렇게 하죠."

"그리고 내가 널 필요로 할 때까지 끼어들지 말아 줘."

여자가 낮게 으르렁거리는 소리는 남자의 콧노래 소리에 묻힌다.

"웬일로 혼자 있냐?"

암적색 양복을 빼입은 구하늘이 등장한다.

"훈련은 잘했고?"

정우주가 답이 없자 구하늘이 그의 눈치를 본다.

"궁금한 게 있어."

몇 분이 흐르고 정우주가 입을 뗀다.

"뭔데?"

"내 렌즈 몰래 본 적 있냐?"

"너는 진짜 다 좋은데 운동 세게 한 날은 너무 예민해. 지방과 함께 웃음기까지 쫙 빠진 것처럼. 매사에 너무 심각한 것도 병이다."

구하늘은 소파에 앉아 한숨을 내쉬며 대꾸한다.

"내 렌즈 본 적 있냐고?"

"걱정 마라. 나 그 정도로 비위 강하지 않으니까."

"60억 있냐?"

구하늘이 눈을 치켜뜬다.

"이건 형이 해결해 줘야 해."

정우주가 말을 잇는다.

"뭔데? 왜? 설마… 도박했냐?"

"CEO도 못하는 걸 해내는 사람이 있어. 전적으로 형 탓이야. 고객 관리 부실이니까."

구하늘의 얼굴이 굳는다.

"난 그만치 현금을 당장 못 빼. 다 여기저기 묶여 있다고."

"무슨 일이야? 지오 형 어디 갔어?"

"돈 구하러 갔어."

"무슨 돈?"

구하늘의 표정이 심각해진다.

"내 아카이브를 해킹해서 24시간을, 내 모든 걸 보고 있는 사람한테 가져다 바쳐야 할 돈! 이 자가 나한테 100억을 요구했어. 나 현금 최대한 당겨봤자 30억이야. 지오 형도 10억 이상은 안 되고. 가족들한텐 절대 말 못 해. 그러니까 형이 나머지 60억은 채워줘. 몇 시간 안 남았어."

구하늘이 소파에서 일어난다. 둘 사이의 침묵은 꽤 오래 흐른다. 창밖으로 희미하게 들려오는 넘실대는 파도 소리가 유일하게 적막을 깨는 중이다.

"나 렌즈 빼버린다? 기억 해킹당했다고 기자회견 열고?"

정우주가 언성을 높인다.

"미쳤어? 이거 국가산업이야. 나라 경제가 무너진다. 너 신변도 안전하지 못해, 그럼."

"회사 걱정이 먼저냐?"

"네 걱정을 하니까 하는 말이야. 그러니까 일을 왜 만들어? 도핑에 안 걸려도 그렇지."

"알고 있었네, 역시…"

"네 렌즈에 들어가 본 건 아냐. 지오 형이 알려줬으니까 오해 마라."

"김지오가?"

"당연하지. 다 찍힐 텐데 어떻게 하냐고 물어보더라."

"괜찮을 거라 했냐?"

"그랬겠냐? 근데 렌즈 해킹은 불가능하다고 했지!"

"불가능은 개뿔! 해킹이 가능하다는 걸 형이 모르고 있는 게 더 심각한 거 아냐?"

구하늘은 먼눈을 한다.

"나만 뚫렸겠냐? 다른 사람 기억도 마찬가지겠지."

정우주가 이어 말한다.

"이거 누구누구 알아?"

"지오 형, 종국이 형… 그리고 이제 형까지."

"이 바닥에서 의리나 신뢰 따위가 아직도 존중받는 가치라고 생각하면 큰 오산이다, 너."

구하늘이 눈을 가늘게 뜨며 말한다.

"이 사람들 다 내 사람들이야. 날 협박해서 좋을 게 뭐가 있는데? 그리고 형도 내 치부 알고 있었잖아!"

"널 협박해서 좋을 거? 돈이지! 렌즈 해킹은 가능하지 않아. 내가 모를 리가 없어. 우리 쪽에 해커가 몇 명인데. 그리고 이건 네 치부뿐 아니라 우리 회사의 치부이기도 해. 내가 뭐 하러 내 돈 먹으러 널 협박하냐?"

"그럴 리가 없어. 내가 잘되는 게 이 사람들한테도 좋은 일이야! 나 무너뜨려서 이 사람들도 얻는 거 없단 말이야."

"100억을 얻잖아!"

"이간질하지 마."

"그래? 너 좋을 대로 생각해. 어차피 렌즈 삽입 의무화하면 모든 사람 일거수일투족은 온전치 않다고 보면 되니까. 이건 CEO인 내 일상도 마찬가지야. 돈은 형이 마련하마. 근데 그 돈 건네고 어떻게 되는지 한번 보자. 네 주변 사람들 잘 관찰하라고!"

"귀띔이라도 해줬어야지. 조심하라고 경고라도 해줬어야지!"

"해킹이 불가능하다니까, 우주야."

구하늘이 성가신 듯 고개를 돌리며 말한다.

"가엘이 영안실에 누워 있는 것도 본 거겠지?"

정우주가 울먹이기 시작한다. 구하늘이 무릎 위에 팔꿈치를 댄 채 얼굴을 손에 파묻는다.

"가엘이 죽고 걔 얼굴을 몇 시간 동안 들여다봤어. 뱃속에서 꺼낸 우리 아기까지도… 그걸 다 본 거냐고?"

"스트레스가 위험지수에 도달했습니다."

천장 스피커에서 경고음과 함께 여자 목소리가 흘러나온다. 화면이 암흑으로 변하기 직전 호랑이의 성난 포효 소리가 들린다.

19

"정우주 씨의 유산은 누구에게 갑니까?"

지하로 향하던 김지오는 몸을 휙 돌리며 품 안에서 너클을 꺼내 손에 끼운 뒤, 몸을 낮게 웅크리고 방어 자세를 취했다. 날카로운 공격성이 얼굴에 드리워지기까지 5초도 걸리지 않았다. 핏기가 없는 창백한 얼굴에 오른쪽 눈은 실핏줄이 터져 있었다. 매우 지치고 피폐해 보였다.

"진정하세요. 접니다, 수사본부 이노아 형사. 호텔에서 얘기 나눴잖아요."

뒤로 물러난 노아가 두 손으로 벽을 만들며 말했다.

"형사님이군요. 깜짝 놀랐습니다. 죄송합니다."

"그때는 실력을 감추기로 했나 보네요."

"무슨 말이죠?"

"일요일 말입니다. 류종국 씨 배 위에서 갈피를 못 잡고 허우적거렸잖아요."

"그땐 종국이가 절 공격한 게 아니었으니까… 질문이 뭐였죠?"

"유산이요."

"아! 우주 부모님한테로 가는 걸로 알고 있어요."

"김지오 씨나 정고요 씨한테로는 안 가고요?"

"따로 유언을 작성한 게 없는 모양이더라고요."

"사망 보험금은요?"

"자세히 모르겠습니다만 역시 부모님한테로 가지 않을까요?"

"정말인가요?"

김지오는 대꾸하지 않았다.

"숨기는 게 꽤 있잖습니까?"

노아가 말을 이었다. 김지오는 다시 경계심 가득한 얼굴을 만들었다.

"일요일에 아침 7시 반까지 안 깨고 주무셨다고 했잖아요. 근데 27층 엘리베이터 키 카드가 눌렸을 즈음 깨어 계신 것을 목격한 사람이 있었어요. 4시 40분쯤이었죠."

김지오는 뿔테 안경 코를 만지며 눈을 깜빡거렸다.

"기억이 나지 않습니다. 도대체 누가 그런 말을 했나요?"

"왜요? 너클로 찍어버리게요?"

"제가 엄청난 오해를 산 것 같군요. 이건 그냥 호신용으로 가지고 다닙니다. 형사님도 잘 아시잖아요. 이 나라에서는 자기 자신을 스스로 지키지 못하면 안 된다는 것을. 경찰은 보통 내가 죽고 난 다음에 오기 마련이니."

"아이쿠. 부끄러운 현실이군요. 경험담입니까?"

"워낙 그런 사건을 많이 봐서요. 형사님의 질문에 대한 답을 하자면 제가 그때 잠시 깨어났을 수도 있겠습니다. 하지만 만약 그렇다고 해도 잠결이어서⋯ 기억에 남아 있진 않아요."

"진술을 바꾸겠습니까? 엘리베이터 소리 들으셨어요?"

"못 들었습니다."

"여기 계셨군요. 라파엘 형제님! 한참 찾았습니다. 어서 올라가 보셔야겠어요. 추모식이 시작될 예정이라네요."

뒤를 돌아보자 1층에서 본 사제가 서 있었다. 두 손을 가지런히 모은 그는 노아를 보며 말을 건넸다.

"여기저기서 매니저님을 찾는 바람에⋯"

김지오는 노아를 지나 계단을 성큼성큼 뛰어 올라갔다.

"형이 몽유병이 있어요. 아마 스트레스가 심한 날은 자다가 일어나 앉아서 중얼거리기도 하고 어디론가 걸어가기도 할 거예요. 사실⋯ 아주 오랫동안 그래왔습니다. 다음 날이면 형은 기억을 하고 싶어도 전혀 못 하고요."

"그런 걸 보면 기억이란 것도 참 불공평하군요. 누군가에게는 잊고 싶어서 안달이어도 뗄 수 없는 순간이 있는 반면, 누군가에게는 붙잡고 싶어도 손가락 사이로 빠져나가는 찰나가 있으니…"

사제의 말에 노아가 놀란 티를 내지 않으려 하며 대꾸했다.

"형이 그날 밤을 기억하지 못하는 건 어쩌면 다행일지도 모릅니다. 기억은 때로 진실보다 끔찍한 형벌이니까요."

노아는 이번에는 대응하지 않고 그를 빤히 쳐다봤다.

"소개가 늦었네요. 호텔에서 뵀었죠. 아우구스티노 신부입니다. 본명은 김태오라고 하고요."

"김지오 씨 동생이시죠?"

김태오가 고개를 끄덕였다. 노아의 머릿속에는 정우주의 아카이브 즐겨찾기에서 발견한 또 다른 기억인 2034년 12월 24일 영상이 스쳐 지나갔다.

***

바람이 몰아치는 소리와 나무 장작이 타며 불꽃이 터지는 소리가 섞여 들린다. 이내 통나무 벽으로 둘러싸인 작고 아늑한 공간이 보인다. 천장에 나 있는 창문 사이로 동이 터오고 있다. 무릎 위에 놓인 노르딕무늬의 두꺼운 이불을 만지는 왼쪽 손목에 다이아몬드로 촘촘히 박힌 시계가 걸쳐 있다. 11시가 막 지나 있다. 붉은색과 푸른색 계통의 페르시안 카펫 위에서 두 손을 머리 뒤에 대고 누운 김지오는 편안한 표정이다.

"내 제안 생각해 봤어?"

정우주가 입을 떼지만 김지오는 대꾸하지 않는다.

"형!"

"크리스마스 이브다. 꼭 지금 이래야겠어?"

"크리스마스가 중요해, 지금?"

정우주의 언성이 높아지자 김지오는 눈을 질끈 감는다.

"나 여태껏 어렸을 적 이야기한 적 없지 않냐? 네가 아무리 물어봐도 말이야."

"지금 형 얘기를 하는 게 아니잖아."

정우주가 인상을 찌푸린다.

"5살 때 엄마, 아빠가 차례대로 우리를 버리고 집을 나갔어. 태오는 1살이었으니까 부모에 대한 기억은 아예 없겠지. 나는 기억하고 싶지도 않고. 우리 노친네는 친할머니 맞나, 싶을 정도로 무지막지했다. 노친네, 성가신 짓은 안 했지. 나를 두들겨 패면 어린 태오는 알아서 겁먹으니까. 뒤지게 맞았다. 그래서 난 12살 때 집을 나와버렸어. 8살짜리 동생을 남겨두고 말이야. 걔가 그 지옥에서 뭘 겪었는지도 몰라. 그때에 대해서 도란도란 앉아서 깊게 얘기를 나눠본 적도 없고."

김지오가 말한다. 정우주는 일어나 세모난 창문을 열고 주머니에서 담배와 라이터를 꺼낸다. 강한 바람이 창문 사이로 들어온다.

"억척스러운 노친네, 담배를 하루에 몇 갑씩 뻑뻑 피워대니 폐가 남아날 리가 있나. 결국 폐암으로 죽기 전에 계단에서 굴러서 죽었다더라."

김지오가 이어 말한다.

"언제?"

"너 데뷔전 치를 때. 태오가 전화했지. 근데 난 장례식도 안 갔어. 왜냐하면 기뻤거든. 그 노망 난 노친네는 내 가족이 아냐. 조부모를 내가 선택할 수 있는 건 아니잖아? 나는 내 가족을 새롭게 선택했다. 너 말이야. 네가 챔피언 되고 성장하는 걸 보면서 인생의 충만함을 느꼈어. 네가 내 유일한 가족이지."

"형은 내가 복귀할 수 있을 거로 생각하나 봐."

정우주 입에서 담배 연기가 뿜어져 나온다. 그 연기는 이내 부서져 흩어진다.

"너를 한 번도 의심해 본 적 없으니까."

"형한테 쪽팔려서 말을 안 했을 뿐이야. 난 이제 맨몸으로 이길 수가 없어."

"내가 12살 때 집 나와서 뭘 한 줄 알아? 제기랄, 친척도 날 안 거둬주더라. 이모, 고모, 삼촌 모두! 근데 누굴 탓하냐? 혼자 살겠다고 친동생도 버리고 튀쳐나온 나인데… 그게 쪽팔린 거야, 그게. 풍비박산 나버린, 개 같은 집구석이. 혼자만 살겠다고 동생을 버리고 나온 내 비겁함이! 근데 넌 가족이 있잖아. 널 무조건 사랑해 주는 어머니, 아버지, 그리고 내가 있잖아."

"그런데도 이것밖에 안 되는 내 자신이 쪽팔린다고! 이제 링 위에 올라가는 게 두렵단 말이야. 맞는 게 무서워."

"아까 내가 한 얘기 못 들었어? 내가 선택한 유일한 가족이 너라는 말. 나한테 네가 어떤 의미인지 모르겠냐? 이런 모습까지 보여줘야겠어?"

김지오가 벌떡 일어난다.

"똑똑히 들었어. 그래서 형한테 다 털어놓는 거 아니야! 파이터가 주먹을 무서워하면 끝난 거 아니냐? 내가 끝이 났다고!"

"슬럼프는 누구에게나 와. 하지만 이건…"

김지오는 말을 멈추고 고개를 젓는다.

"실망했나 보네."

정우주가 고개를 돌려 창밖을 바라본다. 하얀 눈이 소복이 쌓여 있다. 눈발은 사선으로 몰아친다.

"탑 클래스로 섭외해 줘. 어중이떠중이 말고."

정우주가 한숨 쉬듯 말을 내뱉는다.

"우주야."

"예전의 내가 아니라니까! 형이 그럴수록 내가 더 초라해져. 자신이 없는 걸 어째? 오죽하면 내가 이런 부탁을 하겠냐?"

김지오는 대꾸가 없다.

"내가 져도 사람들이 내 경험을 사줄 거로 생각해? 박수 쳐주고?"

"넌 오래도록 존경받을 거야. 대중의 사랑은 승패와는 큰 관련이 없어. 넌 이미 챔피언이잖아. 이제는 과정이 전부야."

"형도 참 바보 같구나. 누가 패배자 경험을 사냐?"

"그만해, 이 미련한 새끼야! 언제까지 마지못해 살아 있는 산송장처럼 굴래? 가엘이는 죽었어. 이 세상에 없어. 너무 슬프지. 이해해. 하지만 넌 이렇게 버젓이 살아 있잖아. 시간은 잔인한 거라 아무도 기다려 주지 않는다. 되돌릴 수도 없고."

"나도 인간이야. 내가 로봇이야? 쌈박질만 하는 기계냐?"

"네가 좋아서 선택한 길이야. 최고가 될 수 없다고 최악을 선택해?"

정우주는 창밖 너머 눈밭에 담배꽁초를 휙 던진다.

"슬프고 그립고 억울하고… 알아! 근데 이제 그만하라고. 그걸 자양분 삼아서 일어나란 말이야. 사랑하는 가족을 잃고 절망의 구렁텅이에 빠졌던 왕년의 챔피언이 역경을 딛고 재기하는 성공 스토리! 뭐가 더 필요해? 여기서 챔피언 타이틀 한 번 더 거머쥐면 좋겠지만 그렇지 않아도 드라마는 충분해."

김지오가 정우주의 어깨를 붙잡고 흔들며 말을 잇는다.

"형도 나를 이용해서 돈 벌려고 하는 거냐? 형이 정고요나 구하늘이랑 다를 게 뭐야?"

"그럼 내 손으로 널 무너뜨리라는 거야? 스테로이드 몸에 꾸겨 넣어서 그 힘으로 링에 올라가겠다는데, 말리지는 못할망정 진짜 약물 디자이너를 대주라고?"

"형이지? 형이 가엘이 장례식에서 내 사진 기자들한테 팔았지? 겉으로는 날 위한 척하면서 속으로는 돈 생각밖에 안 하고 있었던 거 아냐? 형이야말로 내가 몰락해서 기쁜 거 아니냐고!"

정우주가 김지오의 멱살을 잡으며 따져 묻는다.

"때려라. 날 때려서 네 분이 풀리면 뒤지게 패."

그러나 정우주는 창가로 향한다. 콧등 위에 살포시 앉은 눈의 결정이 눈앞에서 사라진다.

"디자이너를 데리고 오든지, 그게 아니라면 난 다른 매니저를 구할 거야. 이제 형도 못 믿겠다. 아무도!"

창밖 풍경이 일그러져 보인다. 모든 것이 어둠 속에 잠긴다.

20

노아는 수호와 채람 카페 1층 맨 뒤에 나란히 서 있었다. 유족들과 치프 호텔 27층 사람들, 그리고 구하늘은 마이크를 잡고 지난날을 추억하는 정우주 부친의 말을 들으며 친구였던, 아들이었던, 동생이었던 챔피언의 죽음을 애도하고 있었다.

감정을 이해하고 기록할 수 있는 AI가 사람들의 거짓 눈물도 판명해서 알려줄 수 있다면. "저 사람의 눈물에서는 감정이 느껴지지 않습니다. 혹은 저 남자의 눈빛에는 죄책감이 22%, 안도감이 38%, 그리고 기쁨이 40% 섞여 있습니다."라고 말해줄 수 있다면.

정우주를 협박했던 사람이 노아의 머릿속을 떠나지 않았다. 구하늘이 렌즈를 일시적으로 중지했다지만, 정우주 승리와

164

렌즈에 상당한 돈이 베팅되었기에 어쩔 수 없이 경기 시작 직전에는 녹화를 재개할 수밖에 없었을 것이다. 그렇다 해도 정우주의 렌즈가 2035년 9월 19일 이후부터 2036년 3월 1일까지의 시간을 담지 못했다면 해커가 치프 호텔 28층의 비밀번호를 알아낼 수 있는 길은 없지 않은가? 아무리 네 자리의 비밀번호가 검색만 하면 알 수 있는 정우주의 생일이었다 해도 말이다.

만약 해커가 정우주의 경험을 경매에 올리기 위해 살인을 저질렀다면 일행 중 조력자가 있어야 했다. 공범은 약물 디자이너를 소개해 준 류종국일까? 일요일 새벽 범인이 27층에 들렀을 무렵 깨어 있던 김지오일까? 사람들 앞에서 동생에게 망신을 당했던 정고요일까? 렌즈 아카이브 즐겨찾기 폴더에는 왜 2035년 9월 19일과 2034년 12월 24일 타임라인이 들어 있었을까? 범인이 옮겼을까? 그렇다면 왜?

건물을 울리는 박수 소리에 정신을 차린 노아는 앞에 나와 마이크를 잡는 구하늘과 눈이 마주쳤다. 그는 노아를 향해 웃더니 목을 가다듬고 말문을 열었다.

"안녕하세요, 귀빈 여러분. 시간을 내주어 이 자리까지 와주셔서 감사합니다. 저는 채람 코퍼레이션 CEO 구하늘 입니다. 이렇게 빠르게 우주 추모식이 열릴 줄이야. 국가적 영웅을 잃은 충격에 너무 경황이 없지만 마음을 가다듬고 여러분 앞에 서게 됐습니다. 사실 조금 전까지도 고민을 많이 했어요. 어떤 식으로 우리 우주를 기릴까 하면서 말이죠. 아직도 우주가 저 구석에서 '형, 뭐 해?' 하고 금방이라도 튀어나올 것 같습니다. 하지만 그 녀석을 볼 수 있는 건 이제 채람 플레이어 안에서뿐이겠죠."

여기저기서 훌쩍이는 소리가 들려왔다.

"우주에게는 기억에 남는 경기가 참 많이 있었습니다. 사실 매 경기가 주옥같았습니다. 그중에서도 저는 우주가 처음으로 챔피언 벨트를 거머쥐었던 경기를 골랐습니다. 5라운드까지 가서 판정으로 승패를 가리는 동안 우주가 많이 맞기도 했죠. 보는 이들마저 힘들게 했던 시합이었지만 처음으로 챔피언 타이틀을 손에 쥔 만큼 행복했고 기뻤습니다. 그때의 모습이 눈에 선하네요."

정우주 모친의 울음소리가 거세졌다. 카메라맨은 그녀에게 초점을 맞췄다.

"우주가 남긴 복제 렌즈를 통해서 오늘 우린 그 아이가 느꼈던 아픔을 체험하게 될 테지만 동시에 그 아이가 얼마나 치열하게 운동했으며 자기 삶에 충실했는지 또한 느낄 수 있을 것입니다. 그런 희로애락과 성취야말로 우주의 삶 자체였죠! 그럼 우주를 기억하면서 하늘에서 가엘이와 아이와 함께 있을 그 녀석에게 '사랑한다, 고맙다, 우주야.'를 큰 소리로 외친 뒤 명찰이 붙은 채람 플레이어 안으로 들어가겠습니다. 마스크를 쓰면 영상은 3분 뒤 자동으로 재생될 예정입니다. 자, 이제 그럼 우주를 향해 우리 모두 외쳐볼까요?"

"사랑한다, 고맙다, 우주야!"

분할된 TV 화면에서는 구하늘 말이 떨어지기 무섭게 LED 불꽃이 터지는 영상이 나왔고, 그 뒤에는 눈물 젖은 얼굴로 채람 플레이어 안에 들어가는 이들의 모습이 나타났다.

"우주야, 보고 있지? 이렇게 많은 사람들이 네 인생을 축복하고 기리기 위해 모였어. 부디 사랑하는 가족들과 여기서는 못 이뤘던 가정 이루면서 천국에서 잘 지내길 바란다. 여기 있는 모든 사람이 널 정말 아끼고 사랑해."

노아는 구하늘의 마지막 말을 희미하게 들으며 추모식을 빠져나왔다. 수호는 소름이 돋았는지 몸을 부르르 떨더니 파트너를 따라 발걸음을 재촉했다.

21

경찰청으로 돌아가는 길에 함박눈이 내리기 시작했다. 노아는 스노체인을 타이어에 낀 뒤, 자신의 SUV에 수호를 태우고 거리를 내달렸다. 언덕 위 통나무집 옆에 사람 한 명이 나와 있는 것이 보였다. 허벅지까지 쌓인 눈 속에 파묻혀 얼핏 보면 구조신호를 보내고 있는 조난자 같았다. *조난자라··· 채람 프로젝트3540이 통과되면 터텀국민 전체가 조난한 꼴이겠지.* 로한이 일요일 밤에 한 말이 뇌리에 떠올랐다.

"그냥 재수 없게 그 자리에 있었을 뿐이기 때문에 잔인하게 살해당할 바에야, 그리고 그런 위험에서 마음 졸이면서 살 바에야 그깟 프라이버시쯤 포기할 수 있다는 사람들이 이 나라에 얼마나 많은 줄 알아요? '볼 테면 보라지. 조민수가 구린 짓을 하려면 하라지. 나는 그냥 마트에 가기 위해 집 밖에 나갈 때 혹시 내가 칼이나 총을 맞고 죽진 않을지 걱정하고 싶지는 않아!'라고 생각하는 사람이 없을 것 같나요?"

노아는 로한이 렌즈 보안과로 온 건 경찰대를 턱걸이 성적으로 겨우 졸업했기 때문이라는걸, 그래서 그의 발령은 좌천이었던 자신과는 달리 지극히 정당하고 공평했다는 걸 일찌감치 알고 있었다. 그래서인지 몰라도 지금까지 그들에게 채람 프로젝트3540에 대해 대화를 주고받을 기회는 없었다. 경찰서는 범인을 잡으러 출근하는 곳이지, 정치적 모임의 장소가 아니기도 하고.

한 정책을 두고 반대하는 이와 찬성하는 이가 모여 열과 성을 다해 협력해 왔다니. *로한은 수키에게 왜 신념을 털어놓았을까? 수키의, 구하늘에 대한 감정을 모를 리도 없을 텐데…* 어쨌거나 렌즈 보안과가 사라지는 일은 막아야 했다. 신념을 떠나서 능력 있는 형사가 좌절당하는 꼴을 더는 볼 수 없었다.

"추모식 시작하기 전에 류종국이 영수증 주더라."

조수석에 앉아 창밖의 남자를 바라보던 수호가 종이를 내밀며 말했다.

"무슨 영수증이요?"

"토요일에 류종국과 강인성이 경로를 이탈했잖아. 강인성은 자기 렌즈에 동선이 다 찍혀 알리바이가 있지만 류종국은 그 시각에 아내를 만나러 갔다는 본인 진술밖에 없었고… 둘이 중국요리 먹으러 갔다던 마천루 식당 영수증이야."

"식당에 CCTV는 없답니까?"

"전화해 봤는데 없대. 아주 허름한 식당이거든. 사장은 토요일 그 시각에 아내와 단둘이 방문한 덩치 큰 독사 문신 손님도 기억 못 하겠단다."

"완벽하네요."

노아가 비아냥거렸다.

"정고요 재활원에는 전화해서 알리바이 확보했어. 토요일에 끌려온 정고요가 전화기까지 뺏긴 상태로 오늘 아침까지 그 안에 있었단다. 정우주 사망 소식을 뉴스로 본 직원이 정고요한테 외출을 잠시 허락한 거고."

"제길. 그럼 27층에서 발견된 키 카드는 도대체 뭐죠? 그리고 그놈은 그럼 애초에 왜 김지오 외투에서 키 카드를 하나씩 챙겼을까요?"

수호의 말에 노아가 못마땅한 시선으로 답했다.

"키 카드인지 신용 카드인지 구분이 안 될 정도로 알코올이 차 있던 게 아니겠나? 난 어쩐지 류종국 느낌이 싸하다. 정우주 협박범하고 류종국이 한 패였을 가능성이 있을 것 같아. 이번 살인사건에도 류종국이 가담했고 말이야. 토요일 그 시간에 아내랑 저녁 식사는 개뿔. 공범과 접선한 거야."

수호가 말을 이었다.

"류종국이 정우주를 죽여야 했던 이유가 뭔데요?"

"돈이지 뭐겠어? 약물이라는 약점도 쥐고 있고."

"그럼 정우주가 100억을 건넸을 때 꿀꺽했으면 됐잖아요. 그건 왜 놔두고?"

"말은 그렇게 했어도 걔네가 어디 그 많은 돈을 순순히 내놓으려 했겠어? 지뢰 묻듯 주변에 사람들을 심어놨겠지. 류종국은 그걸 알고 위험하다고 여겼을 거고. 그 사이에 정우주도 협박범 뒤에 류 코치가 있었다는 걸 알아냈을 거야. 비밀이 탄로 날까 두려웠던 류종국은 정우주를 처리할 수밖에 없었겠지. 자기도 다크 웹에 올라간 경매 렌즈의 피해자인 척 행세하는 건 의심을 받지 않기 위한 훌륭한 연기였을 뿐."

"그렇다면 류종국 통장 거래 내역을 봐야죠. 통화 기록이나 통장 거래 내역에 별다른 특이점이 없을걸요. 약물 디자이너하고도 대화 기록이 사라지는 대화방을 이용했는데 그런 치명적인 증거를 남겼을까요?"

"청부업자에게 줄 선금은 수중에 있는 돈으로 해결했을 거야. 챔피언 타이틀 거머쥐고 파이트 상금에다가, 광고에다가, 재력도 상당할 거 아냐? 잔금을 지불해야 한다면 머지않아 접선하겠지. 다크 웹에서 얻은 이익을 분배하는 식으로 계약했을 수도 있고 말이야. 경매를 통해 얻은 수익금 봤나? 정우주 죽은 지 일주일도 안 됐는데 장장 40억을 벌었다! 100억 뛰어넘는 건 금방이야. 당분간 류종국을 주시해 보자고. 다크 웹에 올라간 정우주의 경험이 사건의 핵심이니까."

"류종국 뒤를 밟자고요?"

"가장 유력한 용의자를 특정해서 수사망을 좁혀가는 게 낫냐, 아니면 발목 잘린 유령처럼 아무 증거와 DNA를 남기지 않은 살인자를 잡으러 이리저리 쫓아다니는 게 낫냐?"

"그렇게 따지면 모든 일행이 의심스럽지 않습니까? 김지오는 범인이 키 카드를 반납하러 27층에 들렀을 때 잠을 자고 있었다고 얘기했지만 강인성 렌즈에 찍힌 모습은 그게 아니었고, 수면 유도제는 심지민이 권유했잖아요. 게다가 최측근들이었으니 모두 정우주가 금지 약물에 손을 댔던 건 알고 있었겠죠. 전화기를 압수하거나 자택 수색영장을 받을 수도 없는데 심증만 가지고 모험하기엔 위험한 거 아닙니까?"

"약쟁이들은 용의자 목록에서 1순위야. 아무리 성실하고 착해도 소용없어. 약쟁이가 되는 순간 그 사람은 거짓말쟁이나 다름없다. 펜타닐이나 케타민만 약이 아닌 거 알잖아. 스테로이드도 심각하다고. 1980년대에 동독 투포환 선수 기억해? 자기도 모르게 아나볼릭 스테로이드 장기복용 한 여성."

"하이디 크리거요. 결국 안드레아스 크리거가 됐지만."

"그래. 여자한테도 우락부락한 근육과 콧수염, 굵은 목소리를 안겨주는 게 스테로이드야. 공격성과 함께. 복용을 중단하면 그 부작용은 더 심하고. 네 말대로 성전환 수술을 해서 남성이 됐잖아. 그 여자가 어렸을 때부터 남자가 되고 싶었겠어? 그저 올림픽에서 좋은 성적을 거두고 싶었던, 열심히 훈련하던 운동선수였겠지."

"동의합니다. 하지만 정고요도 알코올중독자잖아요. 중독자들도 거짓말에 능해요. 김지오도 몽유병이라지만 결과적으론 거짓말을 했고요. 강인성은 어떻고요? 저희랑 대화 끝내자마자 SNS에 올린 게시물 보셨잖아요. 허세 가득한 허풍쟁이인데 그런 사람에게서 진실한 모습은 기대하기 힘듭니다. 심지민은 사실상은 그럴 필요가 없는데 내담자의 비밀뿐 아니라 그의 형제에 대한 출생의 비밀도 우리에게 먼저 제공해 줬고요. 까놓고 보면 모두 믿을 만한 인간들은 아닙니다."

"그래도 정우주가 죽으면서 제일 이익을 본 사람이 누구야? 다크 웹에 렌즈 속 경험을 올린 자들 아냐? 하고 많은 정우주의 과거 중에서 경매에 올라간 경험들 좀 봐. 정우주가 스테로이드를 쑤셔 넣는 장면이 떡 하니 들어가 있잖아. 해킹범이 정우주가 약을 했다는 사실을 모르고 있었다면 그게 그렇게 빨리 경매에 올라올 수 있었겠어? 게다가 약물 디자이너를 대준 사람은 김지오가 아니라 류종국인데 새끼, 유일하게 토요일 알리바이도 모호하고. 안 그래?"

생각에 잠긴 노아를 보며 수호는 담배를 꺼냈다. 창문을 내린 뒤 불을 붙여주기 위해 라이터를 찾아 외투를 뒤지던 노아는 오른쪽 주머니에서 부드럽고 두꺼운 종이 한 장이 손끝에 걸리는 것을 느꼈다. 전화기와 지갑은 안주머니에, 담배 한 갑은 왼쪽 주머니에, 라이터는 오른쪽 주머니에… 아침에 라이터를 주머니 안에 넣을 때까지만 해도 그곳은 비어 있었다.

"아까 추모식 때 27층 일행들 모두 와 있었죠?"

노아가 물었다.

"응. 왜?"

길가에 차가 멈추자 수호는 수상한 눈길로 파트너를 바라보았다. 노아는 글러브 박스에 비치된 수사 키트에서 라텍스 장갑을 꺼내 낀 뒤, 주머니 안에 다시 손을 집어넣었다. 두 번 접혀 손바닥보다 작아진 종이가 나왔다. 수호는 안전벨트를 풀고 몸을 기울였다.

종이를 펴자 초록색 책가방이 그려진 그림이 나타났다. 여느 브랜드의 홍보용 카탈로그에 들어가도 될 정도로 정교하고 세련된 솜씨였다. 가운데 상단에 쓰인 '이노아 형사님께'라는 글씨는 얼핏 보면 필기체의 컴퓨터 글씨 같았지만 미세하게 일정치 않은 굵기를 유심히 보니 놀랍게도 사람이 손으로 쓴 것이었다. 가방 정면에 빨간색 체크무늬 니트를 입은 곰돌이가 스키를 타며 윙크를 날리고 있었다.

뒤죽박죽 엉킨 그날의 일들이 무서운 궤도 속도로 위협하는 우주 파편들처럼 빠르게 날아오기 시작했다. 예기치 못한 마찰은 심각한 출혈을 야기하는 법이었다. 노아는 파편들에 맞아 정신이 혼미해지지 않기 위해 애를 써야 했다.

"이게 왜…"

"그게 뭔데?"

노아가 말을 잇지 않자, 수호가 물었다.

"제 가방이요."

"어떤 가방?"

"루지가 사라진 자리에서 발견된… 21년 전에 제가 들고 다니던 가방이라고요."

뜻밖의 때였고, 뜻밖의 장소였다. 그에게서 믿을 수 없는 말이 흘러나온 것은. 수호가 열어놓은 창문 틈 사이로, 먼 평야에서 인 눈먼지가 떠밀려오듯 들어오는 중이었다.

22

아무도 모르게 11살을 맞이한 날이었어요. 모두가 잠든 깊은 밤이었죠. 트럭 짐칸에는 폐기물들이 담긴 빨간 포대 자루가 가득했어요. 포대가 도로로 넘어가지 말라고 양옆에는 나무판자를 이용해 칸막이가 쳐져 있었고 초록 그물이 그 위를 단단히 감쌌죠. 나는 그 사이를 비집고 들어가서 제일 안쪽에 몸을 쭈그리고 앉았어요. 그날 밤 당신은 외출할 게 분명했으니까요.

옆 마을에서 조예슬이란 8살짜리 여자아이가 하굣길에 사라졌다고 하더군요. 2년이란 세월이 지났지만, 나는 머릿속 그날이 점점 선명해지는 희한한 경험을 했어요. 그런 일은 일어나지 않았다는 말과 달리 루지는 나와 함께 당신의 차에 타고 있었던 것일지도 모른다는 의심이 들기 시작한 거예요.

시동이 걸렸을 때, 고개를 살짝 내밀었어요. 하늘은 흐려 달도 보이지 않았고 키가 큰 자작나무는 하염없이 흔들리며 구슬픈 노랫소리를 뿜어냈죠. 트럭은 마을 끝자락을 유유히 빠져나가 국도를 타더니 숲 한복판에서 멈추더군요. 머지않아 당신은 차 바로 앞에 세워진 조그마한 집 안으로 들어갔어요.

무얼 하는지 시간이 아무리 흘러도 당신은 나오지 않았어요. 밖으로 불빛이나 소리도 새어 나오지 않았죠. 나는 빨간 포대를 이불 삼아 잠이 들었어요. 눈을 떠보니 차가 다시 덜컹거리고 있더라고요. 고양이처럼 살금살금 집으로 들어와 시계를 봤을 때는 출발한 지 4시간 정도가 지난 후였어요.

며칠 뒤 나는 혼자 그곳에 가보기로 했어요. 당신은 잠에 들 때면 항상 술에 취해 있었기 때문에 내게 자장가를 불러주거나 이불을 덮어주기 위해 위층으로 올라올 일은 없다는 걸 알고 있었으니까요. 난 현관 옆 탁자에 있던 모든 열쇠 꾸러미를 지닌 채 집을 나섰어요.

어두컴컴한 그곳의 불을 켤 때 내가 얼마나 마음을 졸였는지 아나요? 루지가 거기에 있었으면 좋겠다고 생각했을까요? 사실 그 아이를 거기에서라도 보고 싶었는지도 모르겠어요. 그러나 한편으론 당신 말대로 내가 모든 걸 상상했길 바랐어요. 루지를 너무 좋아해서 꿈을 꿨고, 미련하게도 그게 사실이라 믿었던 거죠.

다행히 루지는 없더군요. 조예슬로 보이는 여자아이도 없었고요. 그때 내가 얼마나 안도했는지 또한 모르겠죠. 당신에게 고맙고 미안했어요. 역시 나는 상상력이 풍부한 말썽꾸러기라며 자책하기에 이르렀으니까요.

당신은 종종 여기에 와서 혼자만의 시간을 보내는 듯했어요. 왜 나에겐 이런 곳을 소개해 주지 않았을까? 같이 캠핑을 나올 법도 한데⋯ 당신한테마저 소외되어 버린 내 외톨이 처지가 서글펐지만 동시에 모든 위험으로부터, 심지어 엄마의 흔적이 가득한 집으로부터 벗어나 보호막 속에 있는 느낌이 들어 안도감이 들기도 했어요.

불을 끄고 누웠어요. 수많은 별이 내 머리 위를 지나다니더군요. 난 작은 로켓을 타고 우주를 여행했죠. 무지개보다도 다채로운 색깔이 하늘을 수놓았어요. 천국이 저 색깔로 그려져 있을까? 엄마는 저곳에 가 있는 건가? **나는 언제 엄마를 다시 만날 수 있을까?** 일어나 보니 바닥에 내려가 카펫을 덮고 있더라고요. 그때였어요. 침대 밑에서 갈색 상자를 발견한 건.

어쩐지 키 핀이 계단모양으로 나 있는 특이한 금색 열쇠가 꾸러미 속에 있더라니⋯ 나는 그 열쇠를 가지고 상자를 열었어요. 보물찾기를 하는 것처럼 심장이 두근거렸죠.

거기에 있더군요. 그 아이의 비단결 머리 위에 얹어져 있어야 할 나비 머리핀이⋯ 노란색으로 된, 작은 레이스가 달려 나풀거리는, 루지의 작고 창백한 얼굴을 돋보이게 했던 그 핀이 당신의 보물 상자 한편에 자리 잡고 있더란 말입니다. 분홍색

하트 모양의 열쇠고리, 헬로키티 머리띠, 연보라색 사슴 반지, 신데렐라가 그려진 손목시계, 그리고 '조예슬'이라고 쓰인, 붙였다 뗄 수 있는 명찰 태그와 함께.

눈에서 눈물이 흐르기 시작했어요.

23

경찰청 2층 과학수사대 사무실에서 라텍스 장갑을 낀 수호는 노아에게 받아 든 종이를 박호연 반장에게 건넸다. 구석으로 들어간 반장은 지문을 채취하기 위해 불빛 아래에서 알루미늄가루를 묻힌 솔을 종이 위에 살살 돌렸다.

"겨울 방학 직전이었어요. 눈이 엄청나게 와서 학교가 예상보다 일찍 파한 날이었죠. 아버지가 곧 도착한다고 선생님께 연락했고, 저는 루지와 운동장에 나가 있었어요. 집에서 게임할 생각에 들떠 있었거든요. 그런데 그때 마침 화장실이 급했던 겁니다. 잠깐만 건물에 들어오겠다고 말하고는 루지에게 책가방을 맡겨놓고 안으로 들어갔어요."

"그게 이 그림 속 가방이란 건가?"

수호의 질문에 노아가 고개를 끄덕였다.

"나와 보니 루지는 없었어요. 운동장에는 저 책가방만 덩그러니 놓여 있었고요."

"2014 모리초등학교 이루지 실종 사건. 여전히 미제 사건이지. 이제 기억이 나는군. 백색증 실종 여아."

수호가 눈을 감고 중얼거렸다.

"경찰이 왔을 때 운동장에는 아무런 증거가 없었어요. 눈이 족적을 덮어버렸으니까요. 목격자는 교문 근처에서 파란 트럭을 본 저뿐이었고요. 경찰이 운전사의 집에 갔지만 별다른 게 없었고, 용의자 아들인 남도진이란 아이도 루지를 본 적은 없다고 했대요. 그 아이 엄마가 머지않아 자살하는 바람에 수사도 제대로 진행할 수 없었죠."

"그 뒤로 어떻게 됐는데?"

"소식이 완전히 끊겼어요. 용의자인 남일록이 아들과 함께 다른 지역으로 이사 갔거든요. 얼마 뒤 남일록이 사망했다고 들었어요. 그 후에는 남도진마저 완전히 자취를 감춰버렸고요."

"친척들은?"

"겨우 수소문해서 몇몇을 찾아갔더니 그 아이를 보육원에 던져버렸다고 하더라고요."

"던졌다고?"

"정확히 그렇게 표현했죠. 근데 다들 다른 보육원을 말하더라고요. 전국에 있는 17개의 보육원에 다 찾아가 봤지만 흔적도 없었어요. 신원조회를 해도 안 나왔고요."

"근데 이게 왜 갑자기 등장한 거야? 이 사건과 무슨 연관이 있냐, 이 말이야."

수호가 눈썹을 꿈틀거리며 물었다. 노아는 고개를 저었다. 답답한 건 그도 마찬가지였다. **왜 하필 이 시점에 루지가 수면 위로 떠오른 건가? 무려 21년 만에! 수키는 해답을 쥐고 있을까?**

평소에는 꾀병 한번 부리지 않고 누구보다 학교를 열심히 다니던 아이였다. 학교를 안 가겠다고 한 걸 보니 그날은 불길한 일이 일어날 거라고 직감이라도 했던 걸까? *수키에게도 나와 비슷한 무게의 죄책감이 있나?* 더 많은 걸 보지 못했다는, 학교 건물에서 일찍 나오지 못했다는, 멀어지는 루지의 이름 한 번을 부르지 못했다는…

볼일을 보러 들어가지만 않았더라면 루지는 살아 있었을 것이라고 노아는 확신했다. 아무 일도 일어나지 않았더라면 엄마의 원망 어린 눈빛도, 산속에 나가 늑대처럼 루지를 부르짖는 자신의 메아리도, 살인자 아들이라고 불리며 딱총을 맞고 울던 남도진의 모습도 모두 보고 듣지 않았을 수 있었을 텐데… 자신 앞에 놓인 가능성을 탐구하며 다른 아이들처럼 평범한 학창 시절을 보낼 수 있었을 것이다. 신호음이 세 번 울리자 수키의 목소리가 흘러나왔다.

"그 애 얼굴 기억나?"

"누구?"

잠이 덜 깬 듯 수키가 웅얼댔다.

"남도진."

수화기 너머에서는 숨소리만 들려왔다.

"왜 또?"

"도저히 기억이 안 나서."

"나도 마찬가지야. 우리 다른 반이었잖아. 루지랑 넌 개랑 같이 2반이었고 난 1반이었어."

수키의 목소리에선 아직도 루지를 잊지 못하고 매달리고 있는 노아에 대한 걱정과 그걸 왜 자신에게 묻는지에 대한 당황스러움, 그리고 기억해야 할 사람은 바로 노아 자신이라는 질책이 서려 있는 것 같았다.

전화를 끊은 노아는 장기 미제 사건 파일 아카이브에서 지문 인식을 한 뒤 데이터베이스를 열었다. '2014년, 12월 1일, 트릴시, 모리초등학교, 이루지, 2005년 5월 1일생'을 차례대로 입력하자 열린 사건 파일 증거 품목들에서 노아는 그녀의 미소를 다시 볼 수 있었다. 등 뒤에서 누군가 불에 달군 꼬챙이로 심장만 콕 찍어 앞으로 밀어내는 것처럼 그것은 타들어 가며 살갗을 고통스럽게 두드렸다.

그는 유난히 루지의 이름을 좋아했다. 성경 속 노아의 방주는 여러 사람들과 동물을 구했지만 정작 자신은 루지도, 부모님도 구할 수 없었고, 엄마의 이름인 '숙희'를 바꿔 부른 것인 수키는 이름이 불릴 때마다 행복한 기억으로 가득했을 것이다.

'숙희'라고 부르건, '수키'라고 부르건 집 안에서는 항상 두 여자가 동시에 대답했고, 그 뒤에는 까르르거리는 웃음소리가 퍼졌으니까. 그런 면에서 세쌍둥이 중에 수키가 제일 행운아였음에는 분명했다. 사라지지도 않았고, 루지가 사라지는 현장에 있지도 않았던 운 좋은 아이, 이수키.

이루지. 나중에 넌 뭘 이루고 난 뭘 이루지? 그러나 루지는 아무것도 이룬 것 없이, 이룰 새도 없이 떠나야 했다. 노아는 증거 품목에서 녹색 책가방 사진을 찾아냈다. 모양, 색깔, 지퍼가 달린 위치, 곰돌이, 스키, 체크무늬 니트, 윙크까지… 잊고 있었던 그 가방의 사소한 특징들은 주머니에 있던 사진과 놀랍도록 비슷했다.

"저 그림이 자네를 자극할 거라는 걸 누가 알까?"

침묵을 깬 수호가 물었다.

"저 가방이 루지가 실종된 마지막 현장에 떨어져 있던 걸 아는 사람이겠죠."

"그게 누군데?"

"용의자 남일록 아니겠습니까? 근데 죽었으니까…"

"혹은 미제 사건 파일에 들락날락할 수 있는 경찰일 수도 있지. 자네를 무너뜨리고 싶은… 시선을 돌려 사건 수사를 방해하고 싶은 경찰 말이야."

노아는 수호를 응시했다.

"그럴 만하잖아. 대중의 관심을 한 몸에 받는 사건인 데다가 뜨거운 감자인 렌즈와 채람 코퍼레이션까지 연루되어 있으니. 수사를 안 할 수는 없지만 여당의 야심작인 렌즈 삽입술의 허점이 뽀록나면 안 되겠고. 자네는 렌즈 삽입 반대론자이기도 하잖아? 흔들기 딱 좋지."

수호가 눈썹을 치켜뜨고 말하자 이마에 주름이 졌다.

"말씀 중에 죄송한데 지문이 두 점 나왔네요."

컴퓨터 앞에 앉아 있던 박호연 반장이 난처한 표정으로 입을 뗐다. 노아가 고개를 돌려 그를 바라봤다.

"제가 맞혀보죠. 두 점 모두 제 거죠? 그 외엔 이제 막 만들어진 새 종이처럼 말끔하고요."

노아가 말을 마치자 반장은 고개를 끄덕였다.

24

블랙 해커의 존재 알고도 묵인한 구하늘

2036. 03. 05. 백이든 기자

채람 코퍼레이션 CEO 구하늘(33세)이 저지른 범죄 목록은 탈세와 특허권 탈취, 뇌물 공여 이외에 하나 더 늘어날 예정이다. 정우주는 지난 2035년 9월 19일 구하늘과의 대화에서 자신의 렌즈 아카이브를 해킹해 불법적으로 정보를 입수한 블랙 해커로부터 협박을 받은 적 있다고 고백했다(출처 : 정우주 렌즈 아카이브. 아래 동영상 참조).

아카이브를 해킹하여 정보를 빼내는 범죄 행위를 막고 고객들의 사생활을 지켜야 하는 막중한 책임이 있는 회사의 CEO 구하늘은 정우주에게 신속하게 문제를 처리할 것을 약속했지만, 채람 코퍼레이션에서 추가로 고용한 화이트 해커는 단 2명이었다. 이들은 채람 코퍼레이션이 주력하고 있는 가정용 채람 기기 개발에 투입되었을 뿐 서버를 강화하는 별다른 조치는 하지 않은 것으로 밝혀졌다.

채람 코퍼레이션으로부터 고객들의 일상이 안전하지 못하다는 그 어떤 공표도 나오지 않은 상태에서 6개월이 흐른 지난 3월 2일, 정우주가 호텔 방에서 싸늘한 주검으로 발견됐다. 다른 장기는 온전히 보존되어 있었지만 렌즈가 끼워져 있던 두 안구는 적출된 채였다.

또한 살인사건이 공식적으로 알려지기 전 다크 웹에서 정우주의 경험들이 경매에 오르고 있었는데 (…)

노아는 스크롤을 더 내리지 않고 인터넷 기사 창을 꺼버렸다. 정우주 아카이브에 들어가 있던 영상이 어떻게 백이든 기사에 인용될 수 있었을까? 그는 채람을 반대하는 사람들의 모임 인터넷 카페에 접속했다. 불과 토요일까지만 해도 노아를 포함해 23명이던 회원 수는 어느덧 1,665명으로 늘어나 있었다.

요란한 엔진 소리가 가까워졌다. 구하늘 저택으로 들어가는 대문 옆 수풀에 몸을 숨기고 있던 노아는 보라색 람보르기니의 범퍼가 보이자 두 손을 넓게 벌리면서 모습을 드러냈다. 급히 브레이크를 밟은 구하늘은 창문을 내리면서 욕을 내뱉었다.

"뭐야? 날 기다린 거야? 이제 내 스토커라도 되려고?"

노아는 구하늘의 말을 무시하고 운전석 창문 안에 손과 얼굴을 집어넣은 뒤 멱살을 잡았다. 버튼을 눌러 차 시동까지 꺼버리자, 구하늘이 노아의 손을 뿌리치려고 발버둥 쳤다. 노아는 차 문을 열고 연두색 바지와 하얀색 양복 재킷 차림의 구하늘을 밖으로 끌어냈다. 가슴팍까지 풀어헤친 체크무늬 셔츠 위로 크기가 다른 다이아몬드 십자가 목걸이 2개가 반짝거리고 있었다.

"작년 9월 19일 이후에 정우주 렌즈 작동이 일시정지 됐어. 근데 넌 그 사실을 알려주기는커녕 우릴 갖고 놀았지. 수색영장을 가지고 오라면서 말이야. 마치 살인자가 찍힌 것처럼."

"젠장. 경찰이 시민의 안전을 위협해도 돼? 시계 안 깨진 걸 다행으로 여겨. 네 귀여운 차보다도 비싼 거니까."

바닥에 엎어진 구하늘이 손목시계를 요리조리 확인하며 말했다.

"그리고 이젠 루지를 건드려?"

"루지를 건드리다니?"

"모르나 본데 네 연기는 아주 형편없어."

노아는 주머니에서 종이를 꺼냈다.

"무슨 소리를 하는 거야?"

"추모식에서 넌 내 주머니에 가방이 그려진 종이를 넣었지."

"그 종이가 뭐 어쨌다고? 루지랑 뭘 상관인데? 난 걔를 본 적도 없는데!"

구하늘이 신경질적으로 옷을 털며 일어났다.

"내 말이 바로 그 말이야. 넌 루지를 모르는데 왜 이런 일을 벌이지?"

"그걸 왜 나한테 물어? 내가 하지 않았다니까!"

"난 알지. 넌 수키를 자극하기 위해서 내 주머니에 그걸 몰래 집어넣은 거야. 넌 수키한테 자격지심을 느끼고 있잖아. 그래서 걔 렌즈 기술을 훔쳐 간 거였고. 안 그래?"

"아직도 그 얘기냐? 지겹다, 정말."

"넌 오래전 수키에게 루지가 실종한 당시에 대한 묘사를 들었을 거야. 운동장에 내 가방이 남겨져 있었다는 것도 알고 있었을 거고. 색깔과 브랜드만 알면 2012년 버전의 그 가방을 찾아내는 건 일도 아니지. 안 그렇냐고?"

노아의 말에 구하늘은 소리 내어 웃기 시작했다.

"너희 쌍둥이는 참 기괴해. 가방이 남겨져 있었다거나, 그리고 그게 네 것이었다거나 하는 건 네 도도한 쌍둥이 동생이 얘기해 주지 않았어. 그리고 듣고도 난 까먹었을 거라고. 정말 내가 너한테 그 정도로 관심이 많다고 생각하는 거냐? 그거 하나 때문에 여기까지 온 거야?"

구하늘이 손을 공중에 두어 번 휘저었다. 노아는 총집에서 글록19를 꺼냈다. 그 자리에서 폴짝 뛰다시피 하며 화들짝 놀란 구하늘은 두 손으로 벽을 만들어 보이고는 뒷걸음질 쳤다.

"야, 이노아! 왜 이래?"

"장기 미제 사건 데이터베이스를 해킹했나? 그것도 아니면 누군가가 정보를 찔러줬나? 네가 우리를 조롱할 기회를 마다했겠어? 도덕심이라고는 개미 코털만큼도 찾아볼 수 없는 놈인데!"

"노, 노아야, 이건 아니잖아."

"인정해!"

"뭘 자꾸? 아, 그래. 내가 나쁜 놈인 건 맞아. 렌즈를 처음으로 수키가 개발했고, 나는 그걸 훔쳐서 회사를 세웠어. 나 쓰레기 같은 놈이야. 그건 인정해. 너나 수키한테도 미안하게 생각한다. 근데 루지를 건드렸다는 말은 무슨 말인지 모르겠어. 정말이야."

"노아야!"

등 뒤에서 수키의 목소리가 들려왔다.

"야, 노아 좀 진정시켜라. 나한테 총을 겨누고 있잖아."

구하늘은 다급하게 말을 걸었다.

"그래, 맞아. 잘 생각해 봐. 너와 나의 거리가 얼마나 가깝지? 내 손에서 총이 미끄러져서 빗나가도 넌 치명상이야."

노아가 구하늘을 노려보며 으르렁거렸다.

"루지 어쩌고저쩌고하는데 무슨 말 하는지 도통 모르겠어!"

"뭐 하는 거야? 너 지금 시민한테 총을 들이밀고 있어. 지금 누가 렌즈 속 카메라로 너를 찍고 있을지도 모르잖아. 저 자식 진짜 쏴 죽일 거 아니면 당장 총 내려놔."

수키는 노아에게 가까이 다가가 귓속말로 속삭였다. 그때였다. 구하늘의 저택으로 향하는 진입로에서 사람들이 웅성대는 소리가 들려왔다.

"뭐야? 꼬리도 달고 왔어?"

구하늘이 날카롭게 쏘아붙였다. 노아는 총을 내리고 소리가 난 쪽을 향해 몸을 돌렸다. 피켓과 현수막을 든 10여 명의 사람들이 주차해 둔 수키의 차를 지나쳐 다가오는 것이 보였다. 그들은 마스크와 복면을 쓴 채 일정한 간격을 맞춰 걸어왔다. 시위대를 비추는 카메라는 맨 앞에 자리 잡고 있었다. 옆에 있던 남자가 구하늘을 보자 소리를 지르며 달리기 시작했다.

람보르기니 안에 냉큼 몸을 집어넣은 뒤 방탄유리를 끝까지 올린 구하늘은 후진하려 했지만, 시위대는 금세 구하늘의 차를 에워싸고는 창문을 두드렸다. 카메라맨은 낭패를 봤다는 듯 표정을 구기는 구하늘의 얼굴 가까이에 카메라를 들이댔다.

"국민을 기만한 구하늘은 들어라. 해킹 가능한 채람 렌즈는 악이다! 화이트 해커들이 채람의 서버 강화를 위해 어떠한 노력을 했는가? 정우주가 살해당할 때까지 무엇을 했는가? 국민 영웅의 피가 너의 손에 묻어 있다! 대국민 사과를 하고 채람 코퍼레이션 경영직에서 물러나라!"

카메라맨과 함께 시위를 이끌던 남자가 확성기에 대고 선창

했다.

"물러나라! 물러나라!"

뒤에 있던 사람들이 피켓을 공중으로 치켜들며 우렁차게 복창했다. 노아는 차 안에 갇혀 옴짝달싹 못 하는 구하늘에게 미소를 지어 보인 뒤, 발길을 돌렸다.

"정말 저 자식이 한 거라고 생각한 건 아니지? 그랬다면 혼자 찾아와서 총을 들이밀진 않았을 거 아냐."

수키가 노아를 멈춰 세우고 물었다.

"메시지를 전달했으니까 그걸로 됐어."

"무슨 메시지?"

수키가 노아를 어리둥절한 눈으로 쳐다보며 물었다.

"내 과거를 알아낸 누군가가 날 혼란에 빠지게 만들고 싶어 하는 것 같아."

"왜?"

"이노아의 정우주 살인사건 특별 수사본부로의 발령. 현장 경험 한번 없이 데스크 뒤로 좌천된 내가 갑자기 웬 수사본부일까? 이건 시작부터 잘못 꿰어진 사건이야."

"그게 그렇게 별난 일이야? 네가 못하는 게 뭔데? 주짓수에, 태권도에, 유도에, 합기도에, 경찰대도 수석으로 졸업했잖아."

"성격이 못났잖아. 채람 프로젝트3540을 반대하는 내 신념도 못났고. 홍도웅 청장이 구하늘에게 사주했든, 구하늘도, 홍도웅도 아닌 제삼자가 했든 저들 눈에는 내가 덜떨어진 놈으로 보이겠지. 조그만 타격에도 감정적으로 즉각 대응 하는.”

“그렇다고 진짜 총을 든단 말이야? 너 정말 갈수록 무모해지는구나!”

수키는 노아의 가슴팍을 퍽 치며 대꾸했다.

“그래? 백이든 기자. 어때? 익숙한 이름인가? 정우주 렌즈 아카이브는 이미 파기됐잖아. 근데 2035년 9월 19일 정우주 기억이 기사에 인용이 됐더라. 그에 대해 아는 바 있어?”

“내 정체를 백 기자도 다 알고 있던데, 뭘.”

수키가 어깨를 으쓱 들어 올리며 대꾸했다.

“제발 가만히 좀 있으면 안 되겠냐? 로한이 따라 미행에 나서는 것도 그렇고, 백이든 기자하고 직접 접선하는 것도 그렇고. 나야 신분이 경찰이라 어쩔 수 없지만 넌 민간인이야.”

노아가 한숨을 내쉬며 말했다.

“이미 글러 먹은 거 아니겠어? 이렇게 눈에 잘 띄는데.”

수키가 자신의 긴 백발 머리를 가리키며 대꾸했다.

“내가 여기 있는 건 어떻게 알았어?”

“어제 갑자기 남도진을 묻는 네 전화를 받았는데 내가 가만히 있을 수 있겠어? 네가 아침 일찍 택시 타고 나가는 것 보고 쫓아왔지.”

“구제불능이다, 너.”

노아는 고개를 가로저으며 말했다.

“네 생각에 누구인 것 같아? 진짜 그 종이를 넣은 사람.”

수키의 질문에 노아의 얼굴은 금방 진지해졌다.

탕탕. 메마른 하늘에 소총의 총성 소리가 연거푸 두 발 울렸다. 탕. 그리고 얼마 후 마지막 한 발이 다시 울렸다. 노아는 반사적으로 수키를 끌어당긴 뒤 몸을 숙였다.

시위대는 카메라며, 피켓이며, 현수막이며, 전화기며 손에 들고 있는 모든 것을 던져버리고 바닥에 납작 엎드렸다. 확성기를 들고 소리 지르던 남자가 피가 나는 어깨를 잡고 쓰러진 채 비명을 질렀다. 노아는 수키의 고개를 손으로 누른 채 차대가 높은 수키의 SUV로 가서 몸을 숨겼다.

"나오지 말고 숨어 있어."

총알이 날아온 쪽을 향해 고개를 살짝 내민 노아의 눈에 갈대밭 속에 몸을 숨긴 저격수의 정수리가 들어왔다.

"젬마 24길 33. 구하늘 저택 앞에서 총격 발생. 부상자 한 명 발생. 용의자 라이플 소지."

노아는 무전기에 대고 속사포로 말했다. 총격범은 바람에 나부끼는 갈대밭을 빠르게 헤쳐 나갔다. 노아는 총을 연달아 일곱 발 쏜 뒤, 몸을 낮추고 갈대밭 안으로 들어가 숨을 죽였다.

강한 바람 소리와 시위대의 희미한 웅성거림뿐이었다. 고개를 내밀자 멀리 검은 공 같은 뒤통수가 빠른 속도로 통통 튀어가는 것이 보였다. 저격수는 건물 뒤편으로 사라질 채비를 하고 있었다.

"차 키!"

노아가 갈대밭을 뛰쳐나오며 소리쳤다. 수키는 황급히 노아에게 열쇠를 던졌지만, 그녀의 SUV 오른쪽 뒷바퀴는 이미 퍼져 있는 상태였다. 그러고 보니 눈에 띄게 차체가 기울어져 있었다.

"젠장!"

노아가 욕지거리를 내뱉었다. 멀리서 엔진 소리와 자동차가 빠른 속도로 멀어지는 소리가 들려왔다. 동시에 구하늘의 차에서도 요란한 V12 엔진 소리가 났다. 상처를 입은 시위 주동자와 카메라맨을 태운 그는 곧 시야에서 사라졌다.

"누굴 노린 거야? 시위대야, 우리야?"

수키가 구하늘의 뒤꽁무니를 바라보며 물었다. 노아는 고개를 저었다.

"총격에 실패한 걸까? 아니면 메시지를 전하기 위한 퍼포먼스일까? 네가 한 것처럼 말이야."

수키가 다시 물었다.

"저놈이 쏜 건 세 발이었지. 처음 두 발은 네 차 바퀴에, 마지막 한 발은 시민 어깨에. 차에 먼저 쐈고 말이야."

노아는 저격범이 모습을 감춘 곳을 바라보며 말했다.

"실력이 형편없어서 어깨에 쏜 게 아니란 거네."

곰곰이 생각하던 수키가 입을 뗐다.

"네 생각은 어떤데?"

"이제 보니 내 생각도 그래, 노아야. 널 따라왔든, 아니든 저자는 네가 형사라는 걸 알았던 것 같아."

25

난 상자를 들고나왔어요. 저승사자처럼 내려다보는 자작나무와 마주하자 두려움이 밀려오더군요. 이 애물단지를 어찌해야 할까요? 어쩌자고 이렇게 무모하고 잔인할 수 있었죠?

정말 당신은 내게 유일하게 관심을 두던 루지의 흔적을 세상에서 말끔히 지워버렸나요? 내가 만약 여자아이였다면 과연 나 하나로 끝날 수 있었을까요? 내가 남자아이로 태어나서 루지가 고통을 겪어야 했던 겁니까? 나는 괜히 태어났군요. 난 이 세상의 저주이자 당신 같은 악마가 내린 형벌 같은 존재였어요.

그때 희미한 불빛이 가까워지는 것이 보였어요. 난 얼른 그 집에서 나와 숲 안쪽으로 들어가 숨었죠. 머지않아 파란색 트럭이 서더니 당신이 운전석에서 내리더군요.

"꼭꼭 숨어라. 머리카락 보일라."

머리가 쭈뼛거렸고 심장이 터질 것 같았어요.

생각해 보세요. 내게 주어진 선택지가 무엇이었겠어요? 홈스 쿨링을 하다 실종된 불쌍한 꼬마로 남느냐, 비운의 죽음을 맞이한 살인 용의자의 자식으로 남느냐… 나는 당신이 몰고 온 트럭으로 달려갔어요. 열려 있는 운전석에 올라타 문을 닫았죠. 당신의 눈빛은 번개처럼 번뜩였고 고함은 천둥처럼 쩌렁쩌렁하게 울렸어요. 고통과 슬픔, 공포의 메아리가 날 괴롭혔죠.

도로를 가로지르는 말코손바닥사슴을 발견했던 때를 기억해요. 당신은 꼭 그 사슴 같더군요. 트럭을 모는 나를 기어코 따라와서 공중에서 몇 바퀴 돈 뒤, 쿵 하는 소리와 함께 떨어졌을 때 말이에요. 그다음 기억나는 건 왼쪽 바퀴만 들린 채 트럭이 몇 번 덜컹거렸다는 거예요. 마치 아무도 없는 서커스단에서 혼자 삐걱거리는 놀이기구를 타고 있는 것 같았어요.

눈물과 땀이 얼굴을 적셨어요. 당신의 숨소리를 들을 용기는 나지 않았죠. 자작나무들이 바람 소리에 맞춰 수군댔으니까요. **"살인자의 아들도 결국 살인자야. 네 인생은 끝났어. 경찰이 모든 사실을 알아낼 거야."** 나는 당신을 차디찬 땅바닥에 그대로 두고 열쇠 꾸러미와 보물 상자만 들고 집으로 달려왔어요.

오는 길에 상자에 들어 있던 물건들을 깊은 숲속에 하나둘씩 던졌어요. 루지의 나비 머리핀만 남기고 말이죠. 그건 내 침대

매트리스 밑에 고이 넣어놨어요. 당신의 침실은 온기조차 남아
있지 않았어요.

26

한 번, 두 번, 세 번, 네 번, 다섯 번, 여섯 번, 그리고 일곱 번. 몇 번이고 세어보았지만 그자는 화장실 내부에서 흘러나온 희미한 불빛에 의지한 채 공중제비를 일곱 번이나 돌았다. 그리고 마무리 동작. 두 팔을 벌리고 고개를 쳐든 자세. 남자는 눈을 감고 오랫동안 그 자리에 서 있었다. 무엇을 느끼고 있었을까? *만족감? 우월감? 살인을 향한 갈증? 어떤 이의 삶을 강제적으로 마감시켜야 얻을 수 있는 희열이란 얼마나 사악하고 뒤틀린 것인가?*

도시 교통과에 들러 치프 호텔 주변 CCTV 영상들을 화면에 띄워놓고 들여다본 지 40분 만에 노아는 호텔 근처 베루스 산 국립공원 입구 공중화장실에서 용의자를 발견했다. 1시 27

분과 4시 54분. 그는 CCTV의 위치를 정확히 알고 있다는 것을 자랑이라도 하듯 흐트러짐 없는 자세로 공중제비를 일곱 번 돌았다. 그것도 3시간 간격으로 두 차례나. 1시 27분에는 화장실에서 호텔 쪽으로, 4시 54분에는 호텔에서 화장실 쪽으로 가면서 괴상한 퍼포먼스를 선보였다.

용의자는 4시 57분에 다시 화장실에서 나왔다. 그러나 왔던 길을 되돌아가지 않고 뒤편으로 빠졌다. 카메라는 없고 산으로 향하는 불친절한 샛길만 있는 곳이었다. 노아는 산을 둘러싼 3개의 CCTV를 샅샅이 뒤졌지만, 출입구를 통해 드나든 용의자의 흔적은 찾을 수 없었다.

수호는 정우주와 27층 일행들, 그리고 구하늘의 지난 3개월간 통장 거래 내용을 들고 나타났다. 정우주의 통장에서 정고요의 통장으로 여러 번에 걸쳐 총 7억이 간 것과 구하늘의 통장에서 현금 4억이 야금야금 빠진 것이 눈에 띈다고 했다.

구하늘의 비자금은 조민수 의원의 뒷구멍으로 들어갔을 테지만, 노아는 이를 수호에게 알리지 않았다. 류종국과 김지오의 통장에서는 공범에게 지불했거나 지불받았을 정도의 큰 금액의 이동은 보이지 않았다. 노아는 3개월간 정우주가 그렇게 경멸하던 이복형에게 7억이나 보내준 것이 의아했다. 그러나 수키를 떠올리고는 어깨를 으쓱 들어 올렸다. 형제란.

"막다른 길이네요."

노아가 마른세수하며 말했다.

"쥐새끼 같은 놈. 어디로 사라진 거야? 진짜 산으로 들어간 거야?"

수호가 물었다.

"그랬다면 어디로 빠져나갔을까요? 베루스산은 150km^2 정도 되는데."

"CCTV가 비추는 쪽은 아니었지. 얼마나 오래 계획한 거야? 퇴로까지 다 만들어 놓았을 정도면. 대단한 원한이네."

"분명 산이 거점인데… 산을 거쳐서 호텔로 왔고 다시 돌아 갔잖아요."

"그 산이 어두컴컴한 곳에서 마음대로 쏘다닐 수 있는 곳이냐? 빙벽도 있을 텐데."

노아가 생각해도 일반적인 사람이 택했을 경로는 아니었다. 정신은 사이코패스, 몸은 살인 병기인가?

"산에 사찰 하나 있잖아요. 속세와 단절된."

"있지. 템플 스테이를 할 수 있는 곳."

어느 유명인이 문명이 끊긴 곳에서 명상하며 겨울을 나고 싶다면 꼭 가야 한다고 소개한 유튜브 영상이 기억났다. 이름은 기억나지 않는 그 사찰. 노아는 번뜩이는 눈을 하고 파트너를 쳐다봤다.

명동.

전자레인지에 넣은 라면이 시간이 다 됐다는 알림을 내보냄과 동시에 노아의 집에 초인종이 울렸다. 자정을 넘긴 시각이었다. 현관 외시경 렌즈 방범 커버를 들추고 눈을 가져다 댔더니, 로한과 수키가 보였다.

"집에 간 줄 알았는데."

문을 연 노아가 둘을 번갈아 보며 말했다. 맥주 한 팩을 손에 든 로한 옆에 수키가 전자 담배를 입에 문 채 서 있었다. 17년 전 그가 손목에 붕대를 감고 병실에서 깨어난 이후, 수키가 이토록 초조해하는 모습은 처음이지 싶었다.

그녀는 거실을 멍한 눈길로 훑은 후 외투와 모자, 어깨까지 내려오는 갈색 머리 가발을 벗었다. 조민수 미행에 따라나설 때도, 구하늘 집 앞에 올 때도 스스럼없이 휘날리던 긴 백발이었는데 이수키가 가발을 썼다고? 긴 백발은 한 올도 삐져나오지 않은 상태로 망 안에 폭 싸여 있었다. 로한이 곁눈질로 그녀를 힐끔거리고 있었다.

"문 형사님한테 부탁했어. 같이 와달라고."

"차에 GPS가 달려 있지 않다는 걸 확인했잖아. 널 미행한 게 아냐."

수키의 말에 노아가 답했다. 구하늘 집 앞에서 총격전이 있고 나서 그들은 견인차를 불러 수키의 차를 끌고 곧장 경찰청으로 향했다. 벌레 제거기라고도 불리는 GPS 탐지 장치를 가지고 차를 꼼꼼히 들여다봤지만, 기계가 탐색한 전자기 신호는 없었다.

"그랬습니까? 그건 모르고 있었네. 그럼 총격범이 시위대를 따라갔나 보군요."

맥주를 두 병 집어 든 로한은 수키에게 한 병 건네며 말했다.

"그 방은 들어가지 마."

그러나 노아 말이 끝나기도 전에 수키는 안쪽 방문을 벌컥 열었다. 안은 어두컴컴했지만 수키는 거실의 불 때문에 벽에 덕지덕지 붙어 있는 신문 기사들을 얼핏 볼 수 있었다. '모리마을', '백색증'이라는 굵은 글씨의 기사 헤드라인 옆 화이트보드에 '루지', '남일록', '남도진'이라고 쓰여 있었다. 노아는 황급히 방문을 닫았다.

"구하늘 집 앞 갈대밭에서 발견된 총은 고스트건이었어."

노아가 말했다.

"지문은요?"

"안 나왔지."

로한의 질문에 노아가 한숨을 내쉬며 답했다.

"고스트건? 그게 뭐야?"

거실 바닥에 앉아 벽에 등을 기댄 수키는 맥주를 들이켰다.

"추적이 불가능하단 거야. 총의 하부 프레임에는 총기 번호가 적혀 있거든. 그 부분을 장난감 총기의 부품으로 대체하고 조립했단 거지. 그러니 우리는 총기 번호를 알 수 없고 어디에서 구매했는지 또한 알 수 없어. 범인이 잡히지 않는 이상 말이야."

"그 남자가 치프 호텔 입구 CCTV에 찍힌 용의자와 동일 인물이라고 보십니까?"

로한이 물었다.

"느낌상으로 비슷했던 것 같아. 호텔 CCTV에 찍힌 용의자처럼 키가 작고 몸이 단단해 보였거든."

"둘이 같은 사람이라는 확신이 있다면 희망이 좀 보일 텐데요. 극단적인 채람 프로젝트3540 찬성자일 수도 있으니까 용의자를 좁힐 수 있잖아요. 팀장님도 렌즈 삽입을 했다면 이럴 땐 분명 더 용이할 텐데."

로한의 말에 수키는 침묵을 지켰다. 라면은 불어가고 있었지만 배고픔은 사라진 지 오래였다. 노아는 수키 옆에 앉아 TV를 틀었다.

뉴스에서 젬마에 밤새 60cm의 눈이 쌓일 예정이라는 소식이 전해졌다. 아침 중으로 그칠 예정이지만 오후까지는 정전과 항공기 결항이 예상된다고도 했다. 경찰 대학 마지막 학년 때 꽁꽁 언 강바닥에 가라앉은 시신을 건져내느라 얼음을 깨고 소란을 피웠던 일이 떠올랐다.

이맘때였다. 수십 명이 호수에 망치질을 해대는 동안 노아는 얼음 위에서 인간 줄다리기가 되어 동료들을 붙잡았다. 눈앞에서 잠수부 중 한 명이 조류에 휩쓸려 떠내려가는 것을 보고만 있어야 했던 형사들은 부패가 상당히 진행됐던 그 시신을 다리에 묶인 돌과 함께 건져냈지만, 그 사건 또한 장기 미제 사건 데이터베이스 속에 파묻혀 있을 것이다.

어느덧 노아에게 시간이란, 계절의 변화나 인생에서 뜻깊은 순간의 책갈피가 아닌 해결하지 못한 사건에 대한 후회와 죄책감의 나열이었다.

모두 분노와 죄책감을 빨아들이는 것은 자기를 파괴하는 일이라고 했다. 그러나 노아에게는 그것이야말로 삶의 원동력 중 하나였다. 때로는 증오가 범인에 대한 것인지, 세상에 대한 것인지, 아니면 심연에 잠식된 루지에 대한 것인지 헷갈릴 때도 있었지만. 어찌 되었든 루지는 모든 사유 과정과 행동 동기 위에 살포시 앉아 있었다.

"CCTV는 어떻게 됐어? 그놈이 치프 호텔을 빠져나가서 어디로 갔는지 알아냈어?"

"내일 우린 산에 오를 거야."

수키가 묻자 노아가 답했다.

"뭐? 왜?"

"단서가 우리를 그리로 이끌었으니까."

노아의 대답에 로한과 수키가 어리둥절하다는 듯 쳐다봤다.

"호텔에서 나온 용의자가 베루스산 국립공원 입구 공중화장실로 들어갔거든. 일요일 새벽 4시 54분에."

그자가 체조선수처럼 공중제비를 일곱 번이나 돌았다는 사실은 말하지 않는 것이 좋다고 생각했다.

"그리고 그자는 4시 57분에 화장실에서 나왔지. 그런데 온 길로 되돌아가지 않고 카메라가 없는 화장실 뒤편으로 빠졌어. 그곳은 산으로 올라가는 좁은 샛길이야. 자동차가 들어갈 공간은 없어. 이륜차나 자전거를 미리 주차해 놓았다면 그걸 끌거나 싣고 CCTV 앞으로 지나가는 모습이 찍혀야 하는데 그것도 없었고."

"산으로 드나드는 다른 CCTV는?"

"그 후로 그 어떤 카메라에도 모습을 비추지 않았어. 화장실 입구에서 찍힌 게 마지막이야."

"젠장."

"산 700m 부근에 사찰이 있어. 템플 스테이를 할 수 있지. 그래서 거길 들리려고 해."

"전화나 이메일을 할 수는 없어?"

"속세와 단절된 곳이야. 전화도, 인터넷도 없어. 그리고 만약 용의자가 거기에 머물렀다면 경찰이 직접 가서 증거를 가지고 와야지."

"근데 용의자가 굳이 그 길을 선택했을까요? 옷차림이 한겨울 산행을 위한 것 치고는 너무 가볍던데. 가는 길에 빙벽도 있을 거고요."

로한은 수호가 노아에게 했던 질문을 읊었다.

"그래서 내가 말했잖아. 단서가 우리를 그 사찰로 이끌었다고. 내가 생각해도 이상해. 왜 산으로 올라갔겠어? CCTV가 차고 넘쳐 발걸음을 떼는 족족 추적당하는 것도 아닌데 말이야. 그런데 호텔에서 나온 용의자는 국립공원 화장실로 향했고, 그로부터 3분 뒤 산 입구로 들어갔어. 다른 출입구 CCTV에는 모습을 드러내지 않았고. 그걸 끝으로 자취를 아예 감춰버렸다고. 우리가 얻어낼 수 있는 단서는 더 이상 없어."

"동선 추적의 마지막 길이군요."

로한이 나직이 말했다.

"눈 속에 고립되면 다른 형사들이 너랑 네 파트너를 구하러 산에 또 들어가야 하잖아. 겨울 산이 얼마나 위험한데. 눈사태가 날 수도 있고…"

수키의 목소리는 미세하게 떨리고 있었다.

"그런 일이 벌어지지 않게 해야지."

"만약 범인이 너랑 나 팀장님을 산으로 유인한 거라면?"

"그렇다면 가줘야지. 가서 끝장을 봐야지. 다시는 그놈이 렌즈를 빌미로 다른 사람의 눈알을 파내지 못하도록 말이야."

수키는 불안이 그득한 눈으로 쌍둥이를 바라보았다. 노아는 창밖을 내다봤다. 젬마는 이미 모든 것이 차갑고 하얀 눈으로 뒤덮일 준비를 끝마친 후였다.

27

베루스. 라틴어로 '*진실인, 진짜인*'이라는 뜻의 그 산은 어떤 진실을 품고 있을까?

침엽수가 커튼처럼 펼쳐져 있는 활주로 같은 숲길을 지나자 가파른 빙벽이 눈앞을 가로막았다. 터텀 경찰이라면 정기적으로 연습 빙벽에서 등반 훈련을 한다. 노아는 주기적으로 실제 빙벽에서 훈련해 왔다.

정우주를 죽인 범인이 '완전 범죄'라는 한 차원 높은 곳을 지향하는 건 분명해 보였다. 이 전쟁에서 노아는 그를 완전한 패배자로 만들어야 했다. 그래야 루지 실종 사건을 비롯한 장기 미제 사건 수사에도 시사하는 바가 있을 테니까. 노아의 유일한 희망은 25년이 지나도, 30년이 지나도 루지를 찾을 수 있을 거라는 것 아닌가.

준비운동을 마친 노아는 수호와 둘 사이의 생명 줄인 밧줄을 허리춤에 연결하고 발을 뗐다. 크램폰을 빙벽에 박으며 빙 도끼로 얼음을 조심스레 두드린 그는 알맞은 곳에 나사를 꽂아 돌려 로프 앵커를 만든 뒤, 무게를 분산시키며 절벽을 오르기 시작했다.

"수사 때문이 아니었다면 경치를 감상하느라 시간 가는 줄 몰랐을 텐데."

수호가 말을 던졌다.

"즐길 줄도 알아야지, 이노아 형사. 어쩔 땐 말이야. 내 렌즈를 다시 돌려보기도 해. 이런 평화로운 풍경을 다시 보려고."

대꾸가 없자 수호가 한 번 더 말했다.

"수사는 수사고 인생은 인생이야. 형사 생활을 길게 하려면 둘을 잘 구분해야 해. 내 말 깊이 새겨들어."

수호의 말에 노아는 주변을 휭 둘러보았다. 침엽수림이 단계적으로 솟아 있는 산을 지나 저 멀리 치프 호텔이 우뚝 솟아 있는 것이 보였다. 치프 호텔에서도 베루스산이 보였지. 그때는 이 산을 오르리라고는 예상하지 못했지만.

쉬지 않고 오르자 생각보다 빠르게 정상에 도착할 수 있었다. 빙 도끼를 절벽 너머 눈밭에 휘둘렀다. 몸을 일으켜 설원에 내던지기만 하면 그만이었다. 그때 머리가 핑 돌면서 몸에서 힘이 쭉 빠지기 시작했다. 펌프* 현상이 찾아온 것이었다.

근육이 통제할 수 없는 속도로 급격하게 피곤해졌다. 손아귀에도 힘을 줄 수 없었다. 노아는 순항하는 비행기에서 잠시 졸음에 빠진 조종사처럼 순식간에 집중력을 잃고 마지막 로프 앵커가 있는 1m 아래로 미끄러졌다.

정신 차려, 이노아. 발을 헛디디면 너뿐 아니라 나수호 형사도, 수사본부도 같이 추락하는 거야! 별안간 누군가의 호통이 들려왔다. 몇 미터 아래의 수호는 위를 쳐다볼 뿐이었다.

"괜찮나?"

"네. 잠시 힘이 빠졌어요. 무리하지 말고 쉬엄쉬엄 올라오세요."

드디어 미쳐가는 건가? 노아는 목소리를 무시하고 한 걸음씩 위로 올라갔다. 얼마 후, 수호까지 정상 너머의 설원에 도달하자 비로소 노아는 땅바닥에 몸을 내던져 누울 수 있었다. 앞서 눈을 헤쳐 나간 사람의 흔적이 보였다. 이번에는 골짜기 뒤로 깊은 얼음이 갈라지는 소리가 들렸다.

폭포처럼 흘러내리는 눈과 자욱한 눈먼지가 노아와 수호를 덮치기까지 길어야 40초였다. 그들은 바위가 모여 있는 곳으로 뛰어 들어갔다. **헬멧을 쓰고 숨을 쉴 수 있는 공기주머니를 만들어!** 다급한 목소리가 노아의 귓가에 한 번 더 울렸다.

---

* 근육이 피로해져서 손가락 및 손목의 움직임 범위가 줄어들며, 팔뚝이 부풀어 오른 듯한 느낌이 드는 상태. 등반가가 통제력을 잃고 있음을 나타내며 휴식이 필요하다는 신호이다.

"헬멧을 쓰고 팔뚝으로 입 주변에 숨 쉴 수 있는 공간을 만드세요. 공기주머니요."

노아가 팔을 겹쳐 코와 입을 가려 공간을 만들자, 수호도 그대로 따라 했다. 곧 눈더미가 바위를 덮쳤다. 노아는 눈이 머리를 덮고 쏠려 내려갈 때까지 팔에 힘을 꽉 주며 앞을 주시했다. 바위 뒤에 있는 몇 초 동안 거대한 눈보라 속에 갇힌 기분이었다. 순간, 영원히 이 무거운 눈 속에서 파묻혀 있다가 질식당할 것 같은 두려움이 찾아왔다.

눈사태가 무사히 지나가자, 노아는 수호를 붙잡았다. 다행히 둘은 얇은 눈더미를 몸 위에 얹은 것 외에는 아무런 상처 없이 무사했다. 세상은 다시 평화로운 순백 설원으로 변해 있었다. 앞서가던 사람의 흔적은 야속하게도 사라진 후였다.

무거운 회색 안개에 가려진, 가부좌를 튼 석가모니상이 보인 것은 그로부터 1시간쯤 후였다. 인기척에 나이가 지긋해 보이는 스님이 대웅전에서 걸어 나왔다. 스님은 템플 스테이 운영을 도맡아 하는 젊은 스님이 따로 있다며 그를 부르러 왔던 길을 되돌아갔다.

앳된 모습의 작은 스님은 석가모니상 왼편에 나 있는 건물로 따라오라며 손짓했다. 그는 185cm인 노아보다 10cm 정도 더 작아 보였고, 평퍼짐한 승복 아래 숨겨진 체형은 날렵했다. 신발이 두툼한 겨울 부츠여서 양말과 신발 굽을 생각하면 실제 키는 5cm 정도 더 작을 것이었다.

천장이 낮은 복도식 목조 건물은 헛간처럼 길게 나 있었다. 사무실 하나와 3개의 객실, 공용 화장실이 다닥다닥 붙어 있었다. 사무실로 들어간 스님은 전기포트를 켜고 컵에 티백을 담더니, 물이 끓자 국화차를 만들어 건넸다.

"세상 소식을 얼마나 알고 계십니까?"

노아가 컵에 손을 대 몸을 녹인 뒤 운을 뗐다.

"글쎄요."

"채람 코퍼레이션, 렌즈, 블랙홀, 이런 단어들에 대해 익숙하십니까?"

스님은 고개를 저었다.

"사람 하나를 찾고 있습니다. 일주일 전에 사찰에 머물렀던 사람이 있을까요? 템플 스테이를 하러 오든, 지나가다 들르든 말입니다."

"정기적으로 우리 사찰에 방문하는 사람이 하나 있지요. 이름은 정우주라고 했습니다."

심장이 내려앉는 것 같았다.

"방금 정우주라고 하셨습니까?"

스님은 고개를 끄덕였다.

"키가 2m인?"

"2m는 무슨. 나보다도 더 작은 사람입니다. 대신 산 다람쥐처럼 날렵하죠. 사시사철 산을 아주 잘 타던데요."

"언제 들렀죠? 하룻밤 머물다 갔습니까?"

"3월 1일에 들어와서 2일에 나갔다고 기록되어 있군요. 기억이 나네요."

스님이 책상 위에 있던 조그마한 수첩을 뒤적이며 말했다.

정우주. 488-9392-1133. 2036년 3월 1~2일. 7번 객실.

"혹시 이 사람입니까?"

수호는 전화기에서 치프 호텔 입구와 베루스산 국립공원 입구 CCTV에 찍힌 남성의 영상을 들이밀었다.

"맞아요. 항상 이 옷차림으로 다니더군요."

"7번 객실에 묵었다는 거죠?"

"네. 처음 들른 날부터 항상 저 객실에서만 머물다 가곤 했죠. 이번에도 일찍 나갔더라고요. 동이 트면 우리는 108배와 마당 청소를 하는데 한 번도 같이한 적 없어요. 항상 그 전에 나가고 없었으니까."

"7번 객실이 어디입니까?"

"건너편 건물 왼쪽 끝 방이요."

"그 뒤로 저 방에 묵은 사람은 없습니까?"

"그 사람이 유일해요. 날씨가 험상궂어서 어디 오고 싶어도 오기나 하겠습니까?"

수첩을 든 노아는 수호와 함께 밖을 나갔다. 스님 말대로 건너편에도 긴 목조 건물이 있었다. 4번 객실, 5번 객실, 공용 화장실, 그리고 6번 객실, 마지막으로 7번 객실순이었다.

"이 전화번호는 뭘까요? 정우주의 진짜 번호일까요?"

노아는 정우주 이름 옆에 쓰인 488-9392-1133 번호를 바라보며 묻고는 스스로 그 대답을 찾기 위해 휴대전화 메모장에서 정우주의 전화번호를 찾아 대조했다. 예상대로 스님의 수첩에 적힌 번호는 채람 앱이 깔려 있다던, 사라진 정우주의 휴대전화 번호와 일치했다. 노아는 포켓 와이파이를 꺼내 연결한 뒤 488-9392-1133 번호를 누르고 통화를 시도했다.

"고객의 요청으로 착신이 금지되었습니다."

몇 초 뒤 수화기 너머에서 전자음이 흘러나왔다.

"착신 금지? 전화기가 꺼진 게 아니라?"

어리둥절한 표정으로 노아를 바라보는 수호 뒤로 어둠이 내려앉고 있었다.

28

노아는 로한에게 488-9392-1133 번호를 문자로 보낸 뒤 수호와 함께 7번 객실을 둘러봤다. 라디에이터가 설치된 노란색 장판의 조그마한 방이었다. 두꺼운 솜이불은 개어져 구석에 자리하고 있었다. 스탠드 3단 옷걸이 한 개, 좌식 책상 한 대, 그리고 비어 있는 작은 쓰레기통은 적당한 위치에 놓여 있었다.

노아는 방구석을 전화기 불빛으로 비추면서 떨어져 있는 머리카락을 모조리 수집했다. 대부분 짙은 갈색이나 검은색이었고 비슷한 굵기에, 비슷한 길이였다. 그는 그것들을 지퍼백에 넣은 뒤 책상 위에 올려놓았다. 전화벨이 울렸다.

"알아보니 정우주의 488-9392-1133은 수신, 발신을 안 하는 전화기입니다. 기지국을 잡을 수 없다는 거죠. 애초에 개통은 왜 했는지 모르겠네요. 연락은 메인폰으로 하고 저걸로는 사진이나 동영상 찍고 채람 앱 확인하는 용도인가 봅니다. 그런데 어떻게 보면 저게 메인 전화기 아닌가요? 이미지 정보와 기억이 저기에 다 있는데."

수화기 너머로 로한이 말했다.

"젠장. 수신, 발신도 안 하는 전화기의 번호를 알 정도면 상당히 가까이에 있는 범인인 거야."

사무실로 돌아가며 수호가 중얼거렸다.

"도대체 누굴까요, 그게? 팀장님과 제가 인터뷰한 27층 일행들이 최측근의 전부잖아요. 하지만 심리 치료사나 개인 요리사도 저 번호는 모를걸요? 알 필요도 없죠. 연락을 저기로 안 하는데."

"혹시 약물 디자이너와 저 전화기로 소통했던 건 아닐까? 앱을 통해서. 그건 와이파이만 있으면 되잖아."

노아의 질문에 수호가 답했다.

"그것도 전화기가 있어야 확인을 해볼 텐데 말이죠. 로한아, 알겠어. 헬기를 띄울 수 있는지 청장님한테 전화해 봐야겠다. 정보 고맙다."

"조심해서 내려오십시오."

노아는 전화를 끊으며 스님의 수첩을 앞으로 넘겨봤다. 12월, 1월, 2월에는 투숙객이 정우주밖에 없었다. 그의 이름은 2035년 3월부터 보이기 시작했는데, 같은 글씨체로 같은 이름과 같은 번호가 적혀 있었다. 노아는 수호의 옷자락을 붙잡고 수첩을 가리켰다.

"작년 3월부터 1년 동안이나 한 달에 두 번씩, 2주 간격으로 투숙했네? 정우주 이름을 대고 말이야. 번호도 같은 번호고."

"작년 3월이면 정우주가 약물을 막 시작했을 때죠."

"그게 기폭제였을까?"

"그런 것 같아요. 산을 오르락내리락하면서 체력 훈련을 한 거 아닐까요?"

"진짜 정우주가 약물을 시작한 게 살인 동기라고? 경매를 통한 수익 창출 때문이 아니고? 그럼 살인 준비를 1년이나 했다는 말이잖아. 이 산에서!"

수호가 격양된 목소리로 말했다.

"과수대가 와야 합니다. 팀장님 말대로 그놈이 1년 동안이나 여길 드나들었다면 사찰에 DNA가 없을 수 없어요. 이불이나 머리카락, 문손잡이 같은 데에서 유의미한 증거를 확보할 수 있을 것 같아요."

밖에서 작은 스님의 외마디 비명이 들렸다. 그와 수호는 사무실을 뛰쳐나가면서 본능적으로 총에 손을 가져다 댔다. 하지만 그럴 필요가 없었다. 야생동물이나 낯선 이가 덮친 것이 아니었기 때문이다. 누군가가 노린 것은 사찰이었다. 더 정확히 말하면 7번 객실이 있는 템플 스테이 목조 건물이었다. 화염과 함께 연기가 피어오르고 있었다.

"소화기 어딨습니까?"

노아가 다급하게 소리쳤다. 근처에 나무나 장작 같은 인화 물질들을 찾아볼 수 없는 것은 다행이었다. 대웅전이나 산으로 쉽게 번지지는 않을 모양새였지만, 바람이 정처 없이 부는 터라 건물에서 떨어져 나온 불꽃 부스러기가 애먼 데에 튀지는 않을까 걱정이 밀려왔다.

"절 따라오세요! 큰스님은 사무실에 들어가 계시고요."

작은 스님은 대웅전 뒤 조그마한 건물로 뛰어갔다. 노아와 수호가 그를 따라 들어가 각자 소화기를 챙겨 나왔다.

바람은 건물 뒤편으로 불어나가고 있었다. 그들은 석가모니 상 근처에 자리를 잡고 안전핀을 뽑은 뒤, 강한 화염에 휩싸인 7번 객실과 그 앞 복도를 조준했다. 노즐을 흔들면서 분말을 발사하자 하얀 연기와 시커먼 연기가 하늘을 타고 올라갔다. 뜨거운 열기와 가스 때문에 기침이 나기 시작했다.

"스님, 제 전화기에 와이파이가 연결되어 있어요. 전화를 걸 수 있으니까 신고 좀 해주세요."

노아가 외투에서 전화기를 꺼내 건넸다.

"소방 헬기는 일출 때까지 기다려야 하고 구조 헬기는 기상 상황을 보겠다고 하는데요? 오늘 밤안개가 많이 끼었다고요. 화재가 어느 정도 번졌는지 묻습니다."

몇 분 뒤 스님이 노아와 수호에게 다가오며 소리쳤다.

"제기랄! 방법을 강구해 달라고 전해주세요! 소화기 두 대로 불이 소멸할지 모르겠어요."

그사이 바람이 잠시 잦아들었고, 그 덕분에 노아와 수호는 화재가 시작되었던 7번 객실의 불을 진압할 수 있었다. 객실 안의 물품들은 이미 까맣게 그을려 손이 닿으면 형체도 없이 와르르 무너질 태세였지만, 건물 테두리는 숯처럼 변했을 뿐 완전히 전소되지는 않고 탄화된 상태로 잘 버텨주고 있었다.

"지금 구조 헬기를 띄웠다고 합니다."

몇 분 뒤 작은 스님이 다시 다가와 말했다.

"소방 헬기는요? 소화기에 분말이 얼마나 남았는지 가늠이 안 가는데요."

연기 때문에 대화가 힘들어 노아는 악을 쓰다시피 말했다.

"소방 헬기는 국가 소유라서 규칙을 따라야 한답니다."

"규칙이 문젠가! 그럼 급한 대로 물이라도 받아주십시오. 불길은 잡혀가는데 소화기가 점점 가벼워지고 있으니까요."

수호의 말대로 불길은 대체로 사그라지고 있었다. 하지만 속도가 더뎠다. 작은 스님은 몇 개의 대야에 물을 받아 큰스님과 같이 가져왔다. 두 소화기의 분말이 모두 떨어졌을 때 다행히 6번 객실에 번진 불길도 거의 사그라들어 있었다. 노아와 수호는 객실 안으로 들어가 대야에 받아진 물을 빠른 속도로 여러 번 끼얹었다. 불씨는 힘을 잃고 흐느적거리다가 차가운 물 폭탄을 얻어맞고 고개를 숙였다.

"어떻게 하다 불이 난 겁니까?"

노아가 그은 얼굴에 맺힌 땀을 닦으며 물었다.

"모르겠어요. 대웅전 뒤편에서 저녁 공양을 준비하는데 갑자기 큰스님이 소리를 지르시더라고요. 나가 보니 불이 붙고 있지 뭡니까? 형사님들이 계신 건물이 아니었던 게 그나마 천운이죠."

"방화입니다. 방화범 보셨어요?"

수호가 큰스님을 바라보며 물었다.

"못 봤지요. 무슨 욕망과 번뇌를 가진 중생이기에."

허망한 듯 석가모니상 옆에 주저앉아 있는 큰스님이 말했다. 그도 식은땀을 비 오듯 흘리고 있었다. 작은 스님은 큰스님을 일으켜 대웅전 뒤 건물로 향했다.

"저기에 DNA가 잔뜩 묻어 있긴 했나 보네. 우리가 맞게 찾아온 거야. 범인은 사찰이 본인의 안전지대이자 체력 훈련소였다는 사실을 들킬 줄 몰랐던 거라고. 이 형사, 네가 맞았어! 렌즈를 가져간 것도 경매 때문이 아니었지. 정우주를 처벌하고 싶었던 거야."

"약물을 집어넣은 몸으로 챔피언 자리에 앉아 있는 게 견딜 수 없었던 거예요. 범인은 정우주가 되고 싶었고 그를 동경한 놈이겠죠. 살인은 실망감의 극단적 표현이었고요."

노아가 7번 객실이 있던 곳을 바라보며 대꾸했다.

"네가 정우주의 렌즈를 손에 넣었다고 해서 정우주가 될 수 있을 것 같아? 넌 정우주가 아냐! 똑똑히 들어. 우리가 널 반드시 찾아내서 죗값을 치르게 할 거야. 넌 살인자에 불과하니까!"

수호가 허공에 대고 목청껏 소리치자 낮게 맞받아치는 짐승의 울부짖음 끝에 비명인지, 악에 받친 절규인지 정체 모를 소리가 되돌아왔다.

"머리카락이라도 가지고 나올 걸 그랬어. 제기랄, 다시 원점이라니."

수호가 뼈대만 남은 목조 건물을 향해 허탈하다는 듯 중얼거렸다.

"저희가 여기 있는지 어떻게 알았을까요? 혹시 구하늘 집에서 총격을 가했던 자가 시위대가 아니라 저를 따라왔던 걸까요? 그리고 여기 베루스산까지?"

노아는 일상 속 벌어진 틈을 찾아 기억을 복기하기 위해 애썼다. 반복해서 등장하는 자동차나 익숙한 옷차림 따위는 행동 반경 안에 포함되지 않았다.

"구하늘 집까지 자네를 따라간 거라면 총격범과 정우주의 살인범은 같은 인물이란 거잖아. 그래 보였나?"

수호가 불안하다는 듯 쳐다보며 대꾸했다.

"사실 모르겠습니다. 근데 구하늘 집 앞에서 봤던 남자의 뒷모습도 날렵하고 민첩했죠. 몸집이 작지만 다부졌고요. 자객처럼 사뿐거리는 움직임도 눈에 익었어요. 가까이에서 걸어 다녀도 눈치채지 못했을 정도로. 팀장님도 기억하시죠? 그 남자가 체조선수처럼 공중제비를 돌던 모습."

수호는 고개를 끄덕였다.

"만약 같은 자라면 그 남자가 정우주를 죽이고, 자네를 따라 구하늘 집 앞에 도착해 총격을 가한 뒤 여기까지 우리를 쫓아 왔다는 건데… 총격은 시위대한테만 했다며."

"맞아요. 고스트건이었고 어차피 도망갈 경로도 미리 다 만들어 놨는데도 저를 죽이지 않았죠. 지금도 마찬가지예요. 팀장님과 제가 있던 건물과 7번 객실 모두 불을 지를 수도 있었는데 저희 쪽은 멀쩡했잖습니까?"

"혹시 자네 주머니에 넣어져 있던 그림도 무슨 관련이 있을까?"

만약 그렇다면 그건 무엇을 의미하는 걸까? 정우주 살인사건에 내가 관여되었다는 걸까? 어떻게? 나는 정우주와 친분도 없고 연관도 없는 사람인데!

요란한 헬기 소리가 들려왔다. 강한 바람이 눈과 재를 휘날렸다. 수호는 불빛을 손으로 가리고 고개를 젖혔다.

"사상자가 있습니까?"

확성기를 통해 흘러나오는 구조대원의 목소리가 어둠 속에서 쩌렁쩌렁하게 울렸다. 수호는 손으로 엑스 자를 그려 보였다.

"생존자는 몇 명입니까?"

수호는 숫자 2를 그렸다. 곧이어 헬리콥터의 수송 장치를 타고 헬멧을 쓴 대원이 내려왔다. 그는 의자로 된 들것에 수호를 앉히고 본인과 그를 안전 고리로 연결한 뒤 헬기를 향해 손짓했다. 수송 장치가 당겨지기 시작하고 수호가 구조대원과 함께 헬리콥터로 올라가는 것이 보였다.

"스님, 죄송합니다. 저희가 방문하지 않았더라면 사찰도 멀쩡했을 것을."

노아가 마중 나온 작은 스님에게 말했다.

"집착하지 마십시오. 범인을 잡겠다는 욕심에도, 죄책감에도 말입니다. 반드시 업보를 치르게 되어 있으니까요. 누구라도 말입니다."

스님은 합장하고 고개를 숙여 인사했다.

"어서 오세요!"

노아가 가만히 서서 스님의 말을 곱씹어 보는 중, 헬기 수송 장치에 매달려 다시 내려온 구급대원이 소리쳤다. 노아는 사찰과 스님, 불상이 점점 작아지는 것을 보며 들것에 앉아 로프를 잡고 헬기로 올라갔다.

"아직 산에 범인이 있습니다. 더 탐색해 보죠."

수호가 구급대원에게 말했다.

"무리입니다. 지금은 안개 때문에 너무 위험해요."

"그자가 아직 여기 있대도요!"

"이 밤중에 산에서 어떻게 살아남겠습니까? 뒤쫓지 않으신 게 현명하신 겁니다."

수호가 소리쳤지만 대원은 아랑곳하지 않고 앞만 바라봤다. 조종사는 산기슭의 눈 뭉텅이를 스치고 높이 솟은 봉우리 사이를 아슬아슬하게 곡예비행 하며 빠져나왔다.

헬기가 지나간 뒤편에서 거대한 눈덩이가 툭 떨어져 나갔다. 밖은 이미 깊은 어둠에 잠겨 나무인지, 밤안개인지 구분되지 않았다. 노아도 이 밤에, 몇십 미터 위 상공에서 사람 흔적을 찾는 것이 불가능에 가깝다는 것은 잘 알고 있었다. ***하지만 이러라고 기적이 존재하는 거잖아. 기적은 왜 정우주와 루지로부터 멀리 떨어져 있는 거지?***

다시 원점이라던 수호의 말은 사실이 아니었다. 사실은 그 밑이었다. 햇볕이 들지 않는 곳인데도 노아에게 그림자가 따라붙었으니까. 그러나 노아는 차마 이 말을 할 수 없었다. 입 밖으로 꺼내면 모든 단어가 휘발되어 버리고 주워 담을 수 없을 터였다. 뿔뿔이 흩어진 단어들은 어디에선가 제힘을 가지고 노아와 수호를 짓누를 것이고, 그렇게 되면 그들은 잡을 지푸라기조차 없는 낭떠러지 위에 있는 것이나 다름없을 것이었다.

경찰청이 시야에 들어왔다. 박호연 반장과 로한이 마중 나와 있는 것이 보였다. 그들은 무사히 돌아온 노아와 수호에게 고생했다는 말을 건네며 등을 토닥였지만, 노아는 그 순간 4명의 형사들이 전부 같은 생각을 하고 있다는 것을 느낄 수 있었다. 이 수사가 점점 알 수 없는 방향으로 치닫고 있다고. 그리고 그 중심에는 어쩐지 이노아가 있는 것 같다고.

29

미디어 아트로 벽에 열대어들이 사는 에메랄드빛 바닷속을 수놓은 시청 앞 호수 근처에는 관광객들이 들끓었다. 햄버거 세트 3개를 산 뒤, 대절 버스와 렌터카들로 인해 붐비는 공용 주차장에 겨우 차를 댄 노아는 포장지를 뜯었다. 그의 7년 된, 현대 팰리세이드 조수석에는 수키가, 뒷좌석에는 로한이 앉아 있었다. 외국인들이 영어로 채람 카페가 어디 있는지 묻는 소리가 창문 너머로 들려왔다.

정우주 살인사건은 미궁에 빠진 것이나 다름없었다. 주변인들 중 용의자를 특정할 수도 없었고, 그의 동선도 추적할 수 없게 됐다. 정우주 경험을 경매에 올린 자 또한 용이나 유니콘 같은 상상 속 동물과 다를 바 없었다.

이제 나수호 팀장 말대로 류종국이나 김지오, 정고요 집 앞에서 죽치고 앉아 잠복하면서 그들이 공범과 접선하길 기다리는 수밖에 없는 건가? 용의자는 다음 살인을 할까? 그는 UFC 선수들 같은 강한 사람들의 렌즈를 쟁탈하는 경험 수집가인가? 그런데 왜 채람과 계약을 파기하겠다는 사람들은 없지? '특별한' 경험을 눈 안에 끼고도 도난당할까 봐 두렵지도 않나? 초대받지 않은 생각들이 머릿속에 들끓어 노아는 가만히 있을 수 없었다. 몸 안에 비축된 에너지를 다 써서 더 이상 생각을 할 수 없게 만들어야 했다.

그렇다 해도 수키에게 연락을 한 것은 희한한 일이었다. 둘은 뜬금없이 전화를 걸어 밥을 먹거나 술을 마시는 남매 사이는 아니었으니까. *21년 만에 다시 등장한 루지가 이번에는 수키와 나를 이어주려는 걸까? 애초에 우리 둘 사이를 이을 수나 있고?*

"저 사람들 단순히 유명 인사들의 렌즈를 구매하기 위해 비행기 티켓을 끊는 거 알아? 하루 종일 해가 안 뜰 때도 있고, 마트에 가려면 1시간 운전을 해야 하는 곳도 있고, 또 그 과정에 어떤 험한 꼴을 보게 될지도 모르지만 그런 건 전혀 개의치 않고 말이야."

수키는 관광객들을 바라보고 말했다. 힐끔 본 그녀의 휴대전화 화면에는 백이든 기사에 달린 댓글들이 가득했다. 기사가 나간 이후 사람들은 정우주가 그의 렌즈에 미친 사람에 의해 살해당했다며, 렌즈를 통한 경험 판매를 멈추어야 한다는 의견을 내비쳤다. 그러나 신기하게도 채람 프로젝트3540에 대한 여론은 생각보다 나쁘지 않았다. 로한의 말대로 사람들은 사생활이 해커나 경찰에 의해 열람할지도 모른다는 두려움보다 불특정 다수를 상대로 한 범죄에 희생당하지 않고 싶은 마음이 더 큰 건지 의문이 들었다.

"채람 코퍼레이션이 나라 경제에 도움이 되면 좋은 거 아닙니까?"

로한의 대꾸에 수키는 어깨를 으쓱 들어 올리며 콜라를 마셨다.

"조민수 의원 요새 잠잠한 것 같더라고?"

노아가 햄버거를 베어 물고 말했다.

"경호원의 렌즈에 찍힌 네 얼굴 사진을 가지고 병원을 쑤시고 돌아다니더라. 조마조마하다. 이 나라에 백색증을 가진 사람은 거의 너랑 내가 유일할 텐데."

수키도 치즈버거를 우걱우걱 씹으며 답했다.

"나 가발 썼잖아, 그날."

"가발만 쓰면 다야? 눈썹이랑 속눈썹 색깔은 어쩌고? 피부는?"

노아의 대꾸에 수키가 한심하다는 듯 바라보며 말했다.

"팀장님을 찾아내기 전에 우리가 반드시 잡아야죠! 근데 수키 씨는 컴퓨터를 원래 그렇게 잘했어요?"

로한이 고맙게도 분위기를 환기해 주었다.

"난 컴퓨터가 좋아요. 나에 대해서 뭐라고 판단하는지 신경

227

쓰지 않아도 되니까요."

금세 한풀 꺾인 수키가 답했다.

"렌즈는 어떻게 하다 개발한 겁니까?"

"이런 얘기를 컴퓨터랑은 할 필요가 없다는 거예요. 내가 답변을 거부하면 사람들은 날 무례하다고 생각할 테죠."

"그렇지 않습니다. 오히려 구하늘 씨가 훌륭한 인재를 놓친 것 같아 안타깝게 여기는 중이에요."

수키는 대구하지 않았다.

"채람 프로젝트3540이 통과된 후에 화이트 해커가 되어보는 건 어때요? 블랙 해커들이, 그리고 나쁜 경찰들이 국민 사생활을 마음대로 들여다보지 못하도록."

"고민해 볼게요. 여기. 채람 카페 3호점 점장. 양진영. 우리가 찾는 블랙 해커예요. 렌즈 삽입술은 안 했어요. 컴퓨터와 관련된 정규 교육을 받은 적도 없는데 독학했나 봐요. 꼴에 머리는 있나 보죠. 이력은 청소 용역 업체에서 일한 것부터 해서 방역 업체 용역, 마트 계산대 점원, 택배 기사, 주유소 직원 등 다양하고요. 이 중 청소 용역 업체 일은 아직도 꾸준히 하고 있어요."

수키는 로한의 말에 건성으로 대구한 뒤 노트북 화면을 들이밀었다.

"해커만 하는 게 돈 버는 데엔 더 나을 텐데 뭣 하러 채람 카페를 차렸을까? 청소 용역은 또 뭐고?"

"맞아. 네 말대로 최근에 해커질로 돈을 쓸어 담는 것처럼 보이더라고. 코인 거래소에서 전환한 거액들이 날마다 입금되고 있는 것 같아. 거기에는 다크 웹에서 성 경험을 불법 유통 해서 팔아넘긴 돈도 포함되어 있겠지."

"다크 웹?"

노아의 질문에 수키가 고개를 끄덕였다.

"양진영이 올린 게 맞을 거야. 조민수한테 보여준 영상과 같은 게 다크 웹에서 거래되고 있는 걸 확인했거든."

"거래소 추적은 불가능한 거야?"

"전형적인 돈세탁 방법을 사용하고 있어. 거래소로 들어가는 돈 자체를 분리하고 병합하다 보니까 필터링이 어렵고 일단 거래소를 거친 코인은 다크 코인으로 변환되어 나와. 그걸 개인 지갑으로 송금한 뒤에 거래소에서 현금화를 하니 추적이 불가능하지. 조만간 경비행기 한 대 사겠는데. 개자식!"

"겨우 24살이네."

노아는 서류 속 양진영의 앳된 얼굴을 들여다보며 말했다.

"채람 카페를 차린 건 범죄의 희생양이 될 고객을 추리기 위함이었을 거야. 모르긴 몰라도 조민수가 채람 카페를 밥 먹듯 드나들었겠지. 얼간이 호구 같으니라고! 구하늘과 가까이 지내는 게 양진영 입장에서는 해가 될 것도 없었을 거고. 채람 플레이어에 대해서도 더 빠른 정보를 얻을 수 있으니."

"이 나라에 수키 씨와 양진영 같은 해커들이 많습니까?"

로한이 끼어들었다.

"불행하게도 해커들은 국적이 없어요. 정우주같이 세계적으로 유명한 사람들은, 보이진 않지만 능력 있는 다국적 해커들의 위협을 받고 있다고 보면 돼요."

"양진영이 성 경험 불법 유통 사건과 연관 되어 있는 건 분명하다는 게 밝혀졌고… 정우주 사건과도 관련 있을 가능성이 있을까? 다크 웹에 정우주 경험이 경매에 부쳐졌잖아."

노아가 말했다.

"그건 양진영 컴퓨터를 압수해 봐야 알 것 같아. 현재로서는 정우주 렌즈를 해킹하거나 다크 웹에 경매를 올린 게 누군지 알 길이 없어."

"그럼 일단 저놈들을 현장 검거해야겠네. 양진영이 정우주 해킹범이 아니라 해도 누가 그럴 만한 짓을 했는지 알 수도 있잖아. 양진영이 정우주를 협박했다는 증거가 무더기로 나오면 좋겠지만."

"다음 모임은 언제쯤일까요?"

노아의 말에 로한이 물었다.

"희소식이 있다면, 조민수가 양진영한테 꼬리가 따라붙었다는 사실은 말하지 않았다는 거예요. 그러면 모임 개최를 안 해 줄 거로 생각했는지."

수키가 답했다.

"모임은 채람 플레이어가 있어야 가능하잖아. 지금 채람 플레이어가 있는 곳은 카페밖에 없는데… 설마 3호점 카페에서 다시 하지는 않겠지? 1호점이나 2호점 사장들을 구워삶았으려나?"

노아의 말을 듣고 있던 수키는 버거를 포장지에 싸며 허리를 세웠다.

"오늘 무슨 요일이지?"

그녀가 대답을 재촉하듯 물었다.

"토요일."

수키는 노트북을 꺼내 클릭을 몇 번 하고 자판을 두드렸다. 오른쪽 상단에 '2036-03-08. 20:21:23'이라고 적힌 동영상이 재생됐다.

"지금 조민수 렌즈를 실시간으로 보고 있는 겁니까?"

로한이 화면에서 눈을 떼지 못하며 물었다.

"정말요? 이 정도로 놀라기예요?"

수키가 뒤를 돌아 로한을 바라봤다.

"매번 복잡한 과정을 거쳐서 렌즈 아카이브를 뚫는 줄 알았죠."

"렌즈 삽입자가 아카이브로 로그인할 때는 동공 혹은 지문이 필요해요. 조민수는 켕기는 게 많은지 둘 다를 채택했더라고요. 공무원의 지문은 국가 데이터베이스에 등록된 상태잖아요. 렌즈 삽입술을 할 때 안구에 맞게 렌즈를 안착시키기 위해서 클로즈업된 동공 사진이 병원 데이터베이스에 있는 건 물론이고요. 이 2개를 담당 기관 모르게 확보하는 게 나한테 얼마나 어려운 일일 것 같아요? 물론 보통 사람들에게는 상당히 어려운 일이겠지만."

얼굴이 하얗게 질린 로한은 수키를 쳐다봤다.

"형사님도 공무원이죠. 렌즈 삽입술도 했고요. 내가 지문과 동공 둘을 다 확보하는 건 식은 죽 먹기이지만 걱정 마요. 생각하는 것만큼 형사님은 흥미롭지 않으니까. 이노아라면 모를까."

수키는 잠시 로한의 눈치를 살폈다.

"별다른 뜻은 없어요. 그냥 안심하라는 의미예요."

그녀가 다시 말을 이었다.

"노력해 볼게요."

로한이 대꾸했다. 화면 속 조민수는 차를 타고 어디론가 이동 중이었다. 내비게이션이 다음 신호에서 좌회전하라는 메시지를 내보냈다.

"시동 걸어."

수키가 노아의 팔을 툭 치며 말했다.

"어디로 가는데?"

햄버거를 입안에 가득 채운 노아가 물었다.

"채람 플레이어가 있을 만한 곳."

"조민수가 향하는 곳?"

수키가 고개를 끄덕였다.

"그럼 다들 안전벨트 매."

노아는 아직 반 정도 남은 햄버거를 포장지에 대충 싼 뒤 무심하게 던져놓으며 말했다.

30

은색 돔 모양의 채람 코퍼레이션 건물은 모든 변을 맞댄 정삼각형 모양의 외벽으로 둘러싸여 있었다. 눈에 띄지 않는 구석에 차를 세워놓고 가로등이 비추지 않는 뒷길로 건물을 돌아 걸어간 노아는 사다리꼴 모양의 출입문 모서리에 설치된 CCTV 2개 중 하나를 향해 돌을 던졌다. 기다렸다는 듯 경보음이 요란하게 울리기 시작했다.

"무슨 일이죠?"

얼마 뒤 왜소한 남자 하나가 문 사이로 고개를 내밀며 물었다. 실제로 본 양진영은 수키가 준 자료 속 사진보다 더 앳된 모습이었다. 주위를 잔뜩 경계하는 태세였다.

"지나가는 길에 소리가 나서요. 확인차 들렀습니다."

노아가 배지를 꺼내며 말했다.

"저희는 괜찮아요. 새들이 CCTV를 건드렸나 봅니다."

양진영이 빠르게 눈알을 굴려 사방을 주시하며 말했다.

"채람 코퍼레이션 직원이십니까?"

"네. 주말 야근 중이에요."

"직원 카드를 확인해도 될까요?"

"오늘은 안 가지고 왔어요. 경비도 없는 토요일이라서."

양진영이 주머니를 뒤지며 아쉬운 척 말했다.

"신분을 조회할 수 있는 다른 수단은요?"

"지갑을 놓고 와서…"

"직원 카드도 없이 건물에 어떻게 들어올 수가 있습니까?"

노아가 우두커니 서서 물었다.

"보안카드가 휴대전화에 저장되어 있어요. 급하게 움직이다 보니 오늘은 그것만 가지고 나왔네요."

"들어가서 잠시 확인 좀 해도 되겠습니까?"

"그럴 필요까진 없을 것 같습니다. 아무 이상 없거든요."

"신분증이 없다고 하지 않으셨습니까? 필요한 절차입니다."

때마침 보안업체 승용차가 건물 앞에 도착했고 운전석과 조수석에서 몸집이 큰 2명의 남자가 내렸다.

"경찰입니다. 구하늘 씨에게 알림이 갔습니까? 이분이 직원 카드를 놓고 오셨다고 해서 신원 확인을 할 수 없습니다."

출입문을 가로막은 로한이 양진영을 가리키며 말했다.

"건물 한번 확인하고 알리려고 했습니다. 가끔 새나 바람에 날려온 잔돌이 CCTV를 건드는 경우도 있어서."

보안업체 직원 중 한 명이 대답했다.

"제 말이 그 말입니다. 고급 카메라라서 굉장히 예민해요. 대표님한테는 연락 안 하셔도 돼요. 괜히 여기까지 오시게 하면 회사 생활이 좀 불편해질 것 같아요. 신입 사원이거든요."

양진영이 능청스럽게 말했다. 노아와 로한은 그의 말에는 아랑곳하지 않고 발걸음을 안으로 옮겼다. 양진영은 그들을 밀어 내려 했지만 힘으로 장정 2명을 상대하기에는 역부족이었다. 노아가 곧장 아래층을 향해 성큼성큼 걸어갔다. 조민수의 렌즈를 통해 그가 채람 코퍼레이션 지하로 내려가는 것을 확인했기 때문이다.

지하실에 이르자 노아의 눈앞에 출시 전인 가정용 기기 샘플과 켜진 노트북 한 대가 나타났다. 허둥대며 뒤따라오던 양진영은 갑자기 몸을 돌리더니 달리기 시작했다.

멀찌감치 서 있던 보안업체 직원 둘은 큰 덩치로 출입문을 가로막았다. 양진영은 방향을 틀어 계단을 뛰어 올라갔고, 4명의 건장한 남자들은 약속이나 한 듯 빠르게 흩어졌다. 양진영이 3층 꼭대기에 도달했을 때 위에는 이미 엘리베이터에서 내린 업체 직원들이 버티고 있었고, 뒤에서는 2명의 형사가 그를 쫓아서 올라가는 중이었다. 막다른 길에 다다른 양진영은 계단 난간에 다리를 걸쳐 올렸지만, 4명이 그를 동시에 덮친 후 양

팔을 잡는 통에 그는 거의 공중부양 한 상태로 옮겨져야 했다.

노아는 양진영을 로한에게 맡겨놓고 지하실로 다시 뛰어 내려갔다. 노트북에서는 아직 불법 유통 한 성 경험이 재생되고 있었다. 밖에서 난리가 진행되는 통에도 조민수는 기기 안에서 하던 일을 계속하는 중이었다.

그리고 노아는 화들짝 놀랐는데, 그것은 조민수 때문이 아니었다. 갈색 가발을 쓰고 갈색 컬러렌즈를 낀 수키가 들어와 있던 것이었다. 마침 그녀가 가정용 채람 플레이어와 연결된 노트북 블루투스를 끊었는지 조민수가 신경질적으로 플레이어 문을 열며 나왔다.

"뭐야? 중요한 순간에 왜 영상이 멈춰?"

나체의 조민수는 땀으로 흥건하게 젖은 상태였다. 수키는 휴대전화를 조민수에게 돌려 그의 얼굴을 가까이에 들이댔다. 조민수는 낯선 여자를 보고 놀라기는커녕 눈을 느리게 끔뻑거리며 서 있다가 플레이어 안으로 폴짝 뛰어 들어갔다.

"누구야?"

그가 겁에 질린 목소리로 물었다.

"그건 알 거 없고!"

전화기를 주머니에 찔러넣은 수키는 그를 밖으로 끄집어내서 정강이를 걷어찬 후, 그의 등을 팔꿈치로 찍어 눌렀다.

"30초 드립니다. 옷 입고 나오세요."

노아는 수키에게 달려들어 그녀를 저지했다. 그러고는 채람 플레이어 안으로 옷가지를 던졌다.

"왜 말려? 네가 경호원한테 당한 수모 돌려주려면 몇 대 더 남았는데…"

"정신 차려! 아무리 잡혀 들어가게 생겼다지만 조민수는 여당 최고위원이라고! 차에 있으라니까 왜 말을 안 듣고 나온 거야, 도대체?"

아쉬워하는 수키의 어깨를 잡는 노아가 질책하듯 속삭였다.

"아파. 놔."

수키는 어깨를 돌려 노아의 손아귀에서 벗어났다.

"조민수를 왜 때려눕히냐고! 여기 경찰이 둘이나 있는데."

"가발 썼잖아! 컬러렌즈도 꼈고. 날 어떻게 알겠어, 저놈이?"

수키는 당당하게 말했다.

"당신 누구야? 옷 입고 나가면 어떻게 되는데?"

조민수가 기기 안에서 소리쳤다.

"양 사장은 어디 갔나?"

노아는 시계를 보더니 채람 플레이어를 강제로 개방하고 옷을 입은 조민수에게 수갑을 채웠다.

"조민수 의원, 성 경험 불법 유통 혐의로 현행범 체포해요. 당신은 묵비권을 행사할 권리가 있고 당신이 하는 말은 당신에게 불리한 증거가 될 수 있으며, 당신은 변호사를 선임할 권리가 있고요. 알아들었죠?"

노아가 미란다 원칙을 고지하는 것을 듣고 서 있는 조민수는 몽롱한 얼굴로 휘청거렸다. 노아는 조민수에게 수갑을 채운 후, 그를 끌고 나가 차에 집어넣었다. 양진영은 보안업체 차에 이미 들어가 있었다.

"마약 검사도 해봐야 하는 거 아냐? 변호사 부르네, 마네 난리를 쳐도 모자랄 판에 해롱해롱한 것 봐. 잘하면 성 경험 불법 유통에 마약사범으로까지 줄줄이 사탕으로 엮을 수도 있겠어."

수키가 말했다.

"저희야 고맙죠. 근데 수키 씨는 어떻게 여기가 모임 장소인 걸 알아냈어요?"

로한은 존경에 가까운 눈빛으로 물었다.

"양진영은 해커예요. 채람 카페 3호점 운영자이면서요. 뭐가 아쉽다고 최근까지 청소 업체에 용역으로 계속 일하겠어요?"

"무엇 때문이죠?"

"채람 코퍼레이션 본사 건물에 드나들기 위함이죠! 청소를 언제 하는지는 몰라도 아마 언젠가 건물 보안카드를 슬쩍했거나 복사해 놨을 거예요. 이런 날을 미리 대비한 걸 수도 있죠. 본사 건물에는 개발 중인 기기들이 있을 테니…"

"건물 내부에 CCTV가 곳곳에 있잖아요."

"구하늘은 기기가 개발 중인 곳에는 절대 CCTV를 설치하지 않을 인간이에요. 2층 감정 연구소에 있는 것도 작동 안 할걸요? 보안업체 직원들도 못 믿으니까요. 자기 자신도 못 믿는다고 장담해요. CCTV가 정상적으로 작동되는 곳은 고작해야 1

238

층 로비 정도일 거예요. CCTV를 모니터링하는 사람들은 보안 카드를 이용해서 건물 안으로 들어선 양진영과 조민수를 보고 회사 사람이겠거니 했겠죠."

"지하로 내려간 다음에는 뭘 하는지 알 길도 없었겠고요."

로한이 대꾸했다.

"그렇죠. 조민수는 우리가 봤다시피 정상이 아녜요. 저 대가리와 저 정신상태로 어떻게 최고위원까지 하는지 도통 모르겠지만, 꼬리가 따라붙었다고 해도 모임을 중단할 리는 없어요. 채람 플레이어에 이미 중독되어 있으니까요. 양진영으로서도 조민수 같은 충성 고객을 놓치는 건 말이 안 되고요. 모임은 채람 플레이어가 꼭 있어야 하는데 카페가 아니라면 어디겠어요?"

"채람 코퍼레이션 본사 건물."

가만히 듣고 있던 노아가 답했다.

"빙고! 청장이 오기까지 얼마나 걸릴 것 같아요?"

수키가 로한 쪽으로 몸을 돌리며 물었다.

"길어야 3시간 보고 있어요. 토요일이니까."

로한은 먼눈을 하고 짧은 한숨을 내쉬었다.

"저 쥐새끼는 아마 최선을 다해 연줄을 발휘할 테죠. 형사님 인생에서 가장 짧은 3시간이 될 수도 있겠어요."

수키의 말에 노아가 고개를 끄덕였다. 경찰차가 채람 코퍼레이션 건물 앞에 섰다.

"근데 수키 씨, 아까 팀장님이랑 저 따라온 거 봤어요. 우리가 상부상조하게 된 건 맞지만, 이렇게 모습을 드러내면 곤란해요. 본인 말대로 수키 씨는 민간인이잖아요. 조민수의 미행 현장에 두 번이나 함께했지만 팀장님도, 저도 수키 씨가 위험에 빠지는 건 원하지 않아요. 아무리 수사가 급해도 이렇게 되면 같이 일 못 한다고요. 알아들었어요?"

로한은 목석처럼 부동의 자세로 서 있는 수키에게 쏘아붙인 뒤, 노아에게 인사를 꾸벅하고 경찰차에 올라탔다. 구하늘의 슈퍼카가 부르릉거리는 소리가 들렸다. 쌍둥이는 건물 뒤쪽으로 돌아 차로 향했다.

"궁금한 게 있는데 물어봐도 되냐?"

노아가 운전석에 오르며 말했다.

"왜 그때 구하늘하고 같이 가지 않았어? 그게 쉬울 수도 있었잖아."

"미치겠다. 내가 오늘 여러 사람 애타게 했네. 다음부터는 안 그럴 테니까 걱정하지 마."

수키가 조수석에 올라타며 안전벨트를 맸다.

"누가 나한테 물어보더라고. 근데 오늘 널 보니까 나도 알고 싶어졌어."

"내가 왜 구하늘과 손잡지 않았는지?"

"응. 네 기술이었잖아. 눈 안의 블랙박스."

노아의 말에 수키가 한동안 그를 바라보았다.

"널 만나러 간 날이었어. 채람이라 불린 AI를 몸에 지닌 채.

240

그때 채람은 너에 대한 내 감정을 '분노, 원망, 증오, 걱정, 애정이 3:2:2:2:1의 비율로 섞인'이라더라."

"그런데?"

"너 잊었어? 우리가 어떤 아픔을 나누고 함께 이겨냈는지 말이야. 감정을 무 자르듯 나눠서 구분하는 기계 따위가 인내와 희생이 수반되는 고차원적인 사랑을 안다고? 구하늘은 그러더라. 핏줄이라고 무조건 사랑하란 법은 없다고. 본인이 만든 AI가 얼마나 엉터리인 줄도 모르고 몰래 내 렌즈 기술에 특허권을 신청한 거야."

"넌 오랫동안 그런 상태였어. 내가 자살 시도를 한 뒤에 말이야. 마음속 깊은 곳에 나에 대한 원망과 증오와 분노가 섞인 것 같았지."

"무슨 소리야? 날 싫어하고 원망한 건 너였잖아. 내가 그날 학교에 안 갔다고 말이야. 21년 전에 말이지. 그것 때문에 아직도 날 벌세우고 있잖아! 나라고 멀쩡했는 줄 알아? 넌 네 생각밖에 안 하더라. 그러니까 혼자 죽어버리려고 했겠지. 안 그래? 안 그렇냐고! 우린 늘 붙어 다니는 세쌍둥이였잖아. 기쁜 일이 있어도, 슬픈 일이 있어도 늘 함께하는!"

벌은 내가 서고 있지. 죽지도 못하고 시한부 인생을 살아가고 있으니. 그리고 우린 이제 세쌍둥이가 아니야. 한 명이 죽었는지, 살았는지도 모른 채 21년째 사라진 상태잖아. 예전 같을 수가 없다고. 그러나 노아는 눈을 질끈 감고 입을 꾹 다물었다. 몸

안에 있는 기력이 다한 느낌이었다. 마침내 아무 생각 없이 곯
아떨어질 수 있을 거라는 확신이 생기자, 안도감이 밀려왔다.

31

갑자기 쏟아진 관심에 마냥 편치만은 않은 이든이었다. 유
족에게도 공유하고 싶지 않아 했다던 정우주의 기억을 기사에
인용해 채람 코퍼레이션을 몰아간 것이 썩 내키지는 않았다.
하지만 객관적이고 중의적인 태도를 유지하며 썼던 구하늘에
대한 지난 특집 보도는 어떠했나. 그녀를 인터넷 단두대 위에
올려놓고 공개처형당하게 만들지 않았나.

살해 협박을 받는 통에 아이들 학교와 어린이집을 바꾸고 경
찰에 신변 보호 요청까지 했었다. 잡지사를 소유했기 망정이지
회사 창문으로 불시에 날아든 돌멩이와 서서히 한두 개씩 떨
어져 나가는 광고 계약 덕분에 직원이었다면 해고를 당하고도
남았을 것이다.

이번엔 달랐다. 정우주의 죽음에 감정이입 한 대중들은 경험을 거래하는 것에 대해 다시 고려해 보자는 여론을 만들어 냈다. 잡지사에 시민단체의 응원 전화가 빗발쳤고, 구하늘 집에 찾아간 시위대도 있었으며, 늘어난 광고 요청 덕분에 직원들의 얼굴에는 생기가 돌았다. 기사의 편파성은 정상 참작 될 만한 것이라고 스스로를 위안할 만했다.

밤사이 쌓인 눈은 아직도 기분 좋게 내리고 있었다. 산 중턱에 있을 스노모빌 Arctic Cat의 RIOT25000은 이든이 정략결혼 15주년 기념으로 남편에게 받아낸 선물이었다. 정략결혼이란 말은 이든이 우스갯소리로 만들어 내긴 했지만 각자가 부모를 피해 선택한 도피 결혼인 건 사실이었다.

권위적인 아버지와 순종적인 어머니를 둔 이든은 평생 아버지의 기준에 맞춰 살아왔다. 그럴듯한 일탈이나 반항 한번 한 적 없었지만, 남편을 만나기 전까진 항상 부족한 사람이란 인식 속에 사로잡혀 있었다. 충분히 명랑하지 못하고 충분히 생산적이지 못하다는 자괴감과 반항심 사이에서 그녀를 구출해 준 것은 남편이었다.

이지적인 어머니와 부인에게 자격지심을 느끼는 아버지 밑에서 자란 그는 대리만족의 희생양이었다. 외도를 일삼는 아버지 곁에서 외로움을 느낀 어머니의 아들에 대한 집착은 갈수록 커졌고, 착해빠진 그는 어머니의 친구이자 남편이자 아들의 역할을 자처했다. 그들이 결핍과 공허함의 구렁텅이에서 서로를 건져주기로 약속하고 산 세월이 어느덧 15년이었다.

성공적인 결혼생활, 쾌활한 아이들, 그리고 마침내 누리게 된 직장생활에서의 보람에 감사함을 느끼며 이든은 눈 위의 헬리콥터, 보물 1호를 머릿속에 그렸다. 스키 헤드와 컨베이어벨트가 강렬한 빨간색으로 칠해진 세련된 RIOT은 이든이 3년간이나 남편에게 결혼기념일 선물 대신 사달라고 조른 것이었다.

처음 이든의 바람을 들었을 때 그는 웃느라 하마터면 들고 있던 와인잔을 떨어뜨릴 뻔했다. 그러나 결국 남편은 약속대로 선물 없는 조촐한 결혼기념일을 보낸 지 3년째 되던 작년 6월, 집 앞에 작은 리본이 달린 RIOT을 대령시켰다. 산에서 내려가면 남편이 좋아하는 가리비 파스타와 와인을 곁들인 근사한 저녁 식사를 할 예정이었다.

헬멧을 쓰고 RIOT 위에 올라탄 그녀는 열쇠를 끼워 넣은 뒤 왼쪽 손잡이 밑 초록 버튼을 눌러 시동을 걸었다. 눈이 쌓이는 소리를 들으며 오른쪽 손잡이의 레버를 눌러 속력을 점점 올리자 RIOT은 붕 뜨며 하늘을 날다 쿵 하고 땅에 착지했다.

"이봐, '터틈'이 무슨 뜻인 줄 알아? '안전한'이란 뜻이야!"

안전한 조국을 위해서 그녀는 드디어 의미 있는 한 발을 조심스레 내디딜 수 있었다. 앞으로의 2시간은 그것을 자축하는 시간이 될 터였다. 멀리서 까마귀가 그녀의 외침에 응답했다.

오른쪽에 회색 레인지로버가 시야에 들어왔다. 운전자는 창문을 내린 채 빠른 속도로 달려왔다. 그와 눈이 마주친 이든은 균형을 잃고 그대로 바닥에 곤두박질쳤다. 남자가 빨간 토끼 눈으로 노려보고 있었기 때문이다.

거대한 RIOT이 이든의 몸 위로 넘어졌다. 모빌을 들어 올려 다시 타려고 했으나, 낯선 이의 속도가 너무 빨랐다. 이든을 노리고 있는 게 분명했다.

그녀는 발판과 프레임의 간격이 넓은 모빌에서 발을 뺐다. 허벅지까지 눈이 차올랐고 부츠 안으로 이미 눈이 다 스며들어 움직임이 더뎠다. 그래도 사력을 다해 눈벌판을 달리기 시작했다. 차에서 내린 남자는 기이한 미소를 머금고 이든의 RIOT을 일으켜 세워 올라탔다.

"뭐 하는 거예요?"

RIOT에 시동이 걸렸다.

"뭘 원하죠? 당신 누구예요?"

답은 없었다.

"기사 때문에? 구하늘이 시켰어요? 겁주려는 거면 충분하니까 이제 돌아가요. 장난이 심하다고요!"

남편이 그녀의 포드 레인저와 스노체인의 부재가 지나치게 길다는 것을 알고 이든을 찾으러 산으로 오기까지 얼마나 걸릴까? 적어도 4시간 이상이었다.

남자는 속력을 내고 무섭게 달려오기 시작했다. 마주 보고 있던 이든은 왼쪽으로 방향을 꺾어 달렸고 RIOT은 오른쪽으로 몸을 기울여 회전했다. 이든이 다시 반대편으로 방향을 틀었을 때 왼쪽 옆구리가 따끔거리며 뜨거워지는 것이 느껴졌다.

벌써 저만치 멀어진 남자는 모빌을 멈추고 반대편으로 뛰어갔다. 그제야 옆구리에 통증이 번져가며 뜨거운 피가 흐르고 있다는 걸 알게 된 이든은 혼란과 절망에 잠식되어 남자를 쳐다봤다. 그는 RIOT을 향해 손짓했다. 이든은 세차게 고개를 저었다.

"어서 올라타!"

이든은 큰 소리로 싫다고 받아치고 싶었으나 힘이 들어가지 않았다. 마치 낯선 여자가 몸 안에 들어가 있는 것 같았다. 저도 모르게 입에서 낮은 울음소리가 흘러나왔기 때문이다. 남자를 즐겁게 해줄 의향이 전혀 없었지만, 이든은 이내 헬멧을 집어 던지고 스노모빌 쪽으로 뛰어갔다.

남자는 손을 등 뒤로 뻗어 무언가를 꺼내더니 부채꼴 모양의 물건을 두 손으로 잡고 눈을 가까이 댄 채 한쪽 팔을 뒤로 당겼다. *저게 뭐지? 설마 석궁인가? 나에게 활을 쏘겠다고?* 화살의 끝은 움직이는 이든을 따라오고 있었다.

정신 차려, 백이든. 희망이 있어. 살 수 있다고! 레버를 당겨 출발할 때 이든은 남자의 빨간 눈, 그리고 음흉한 미소와 다시 한번 마주쳤다. 그 표정은 마치 히드라의 머리처럼 증식한다고 느껴질 정도였다. 분명 인간이 아니었다. 짐승도 아닌, 외계인도 아닌, 이 세상에서 한 번도 본 적 없는 미지의 악한 힘을 가진 그 괴물은 입꼬리를 쓱 들어 올림으로써 이든에게서 삶의 의지와 영혼과 지혜를 모두 빼앗은 뒤 잘근잘근 씹어 삼켜버

린 것 같았다.

이든은 속력을 냈다. 그녀는 기자였고, 엄마였고, 아내였으며, 결정적으로는 남자와 달리 도덕적인 기준과 변별력을 가진 정의로운 인간이었다. 모빌의 방향을 이리저리 뒤틀며 서서히 정신을 되찾아 간 그녀는 경사진 곳을 날아 착지할 때 옆구리에서 끔찍한 고통을 느꼈다.

살 수 있어. 살아야 해. 살 거야. 아이들과 남편의 얼굴을 떠올린 후 거리를 가늠하기 위해 잠깐 뒤를 돌았다. 머리에 쇳덩어리가 박히는 느낌을 받고 목이 뒤로 휙 젖혀지며 모빌에서 튕겨져 나가떨어진 것은 그때였다.

그녀는 전진하려는 모빌의 프레임 아랫부분에 머리를 부딪쳤다. 관자놀이로 들어온 화살은 안에서 살을 이리저리 파헤쳤고 화로 위에 올라간 뇌가 뜨거운 불로 달궈지는 그 모든 과정이 슬로모션으로 적나라하게 느껴졌다. 그녀는 자신의 몸 끝에 팔과 다리가 달린 것을 처음 인지하고 신기해하는 신생아처럼 몸속에 일어나는 과정을 하나하나 깨달으며 느끼고 있었다. 그 과정은 아주 천천히, 그리고 고통스럽게 일어났다.

내. 머.리.에. 화.살.이. 박.혔.구.나.

RIOT은 머지않아 앞에서 멈췄다. 이든은 고통보다 더한 공포를 느꼈지만 포복해서 겨우 스키 날을 손으로 잡았다. 머리는 바람에 흩날리는 풍선처럼 겨우 목뼈에 붙어 힘없이 대롱거렸다. 경박한 웃음소리가 점점 가까워졌다.

남자는 이튼의 등을 발로 힘껏 찼다. 외마디 비명을 지르며 얼굴을 땅에 묻고 엎어진 그녀를 돌려 하늘을 마주 보게 눕힌 그는 고통에 신음하는 생명체를 보며 조롱했다. 그녀의 날카로운 비명이 산 깊은 곳의 짐승들을 깨웠는지 공격적인 울음소리가 들려왔다.

"찰칵. 찰칵. 아름답군."

남자는 등 뒤에서 석궁을 다시 빼더니 얼굴, 심장을 쏠 것처럼 몇 번이고 조준하는 시늉을 해 보였다.

"아파? 얼마나?"

제발 이쯤에서 끝내줬으면. 말이 나온다면 바짓가랑이라도 붙잡고 애원하고 싶었지만, 피에 목이 막혀 질식할 것 같았다. 남자는 불구경이라도 하듯 얼굴을 불쑥 들이대며 이튼을 요목조목 뜯어 살폈다. 그녀가 할 수 있는 일이라곤 소리 없이 눈물을 흘리는 것밖에 없었다.

"기사에선 잘도 지껄이더니 인제 와서는 말 한마디 못 하는군. 왜 이렇게 됐어? 혀라도 잘렸나? 응?"

"나한테… 왜… 이러…는… 건데…?"

그녀는 단어를 내뱉을 때마다 목소리 저편에서 나오는 쇳소리와 피가 꿀렁거리는 소리에 놀라며 겨우 말을 이었다.

"지루하군. 안녕. 꺼져버리라고."

실망감을 감추지 못한 남자는 화살촉을 이튼의 심장에 꽂아넣었다. 그녀의 상체가 위로 들렸다. 화선지에 먹물이 번지듯 등 뒤로 새하얀 눈 위에 선홍빛 피가 번져나갔다. 남자는 빨간 눈을 더욱 크게 뜨고 숨을 죽였다. 이든은 시선을 돌려 먼 설산을 바라보았다. *삶이 여기서 끝나는구나. 남편과 아이들과 열정을 쏟아부은 내 잡지사도…*

평생 그리던 삶의 마지막 순간은 사랑하는 가족들에게 둘러싸여 평화롭게 이승의 끈을 놓는 것이었다. 엄마가 능욕을 당한 사실을 알고 복수심과 분노에 휩싸여 세상을 증오할 자식들을 생각하니 그녀는 겁이 남과 동시에 억울했고, 자신과 남겨진 가족들의 처지가, 이 나라의 한 국민이 도착한 삶의 종착역이 애달프고 슬프게 여겨졌다.

가슴을 몇 번이나 들썩이던 그녀는 이내 피로 얼룩진 몸을 축 늘어트렸다. 남자는 그 모습을 보고 별안간 몸을 부르르 털었다.

"이런 젠장."

두툼해진 그의 성기는 폭발하기 직전이었다. 정액은 그의 팬티를 적신 후였다. 제어할 생각조차 하지 못할 정도로 순식간에 찾아온 카타르시스에 너털웃음이 났다. 신선한 쾌락의 발견이었고, 뇌 속의 강렬한 각인이었다. 얼굴이 발그레해진 그는 길고 깊은숨을 내쉬며 일어나더니 담배 한 대를 꺼내 물었다. 눈을 감고 한 모금 빨아들이는 순간 눈꺼풀 위로 강렬한 무지개 색깔들이 오래된 비디오테이프처럼 깜박거렸다.

"왜 이러느냐고? 렌즈는 꿈과 희망이기 때문이지."

이든의 심장처럼 불씨가 꺼진 담배꽁초를 주머니에 넣은 그는 눈을 한주먹 퍼내 헬멧과 옷, 신발에서 피를 닦아낸 뒤 RIOT을 타고 질주했다. 눈발은 더욱 거칠어졌고 속눈썹에 맺힌 물방울은 뺨을 타고 흘렀다. 몸속에서 들끓으며 솟구치는 아드레날린과 얼굴에 내려앉는 차가운 눈의 감촉을 오롯이 느끼며 그는 속력을 냈다. 이토록 *생생하게 살아 있음을 느꼈던 적이 있던가.*

레인지로버에 도착했을 때 그는 뒤를 돌아봤다. 평원에 팔다리를 뻗고 누워 있는 이든은 어느새 빨간 점처럼 작아져 있었다. 그는 검지와 가운뎃손가락을 펴고 나머지는 주먹을 쥔 채 관자놀이에 붙였다가 뗐다. *살인에 대한 경례. 한낱 부질없는, 꽃의 목보다도 쉽게 꺾이는 인간의 연약한 생명력에 대한 찬가. 이로써 마침내 이뤄낸 악마와의 기막힌 앙상블. 이 모든 영광을 블랙홀에게!* 남자는 붉은 눈에서 렌즈를 꺼내 케이스에 집어넣은 뒤 거울을 들여다보고, 큰 소리로 웃기 시작했다.

32

　내 청소년 시절은 늘 꼬리에 꼬리를 문 질문들과 함께했어
요. 당신은 내 어머니를 죽음으로 몰고 갔고 루지를 비롯한 몇
몇 여자아이들에게 나쁜 짓을 한 것 같더군요. 그런데도 나는
당신의 핏줄이었고, 아버지란 사람의 실체도 모른 채 당신이
벌어다 준 돈으로 먹고살았던 기생충이었어요. 무얼 해도 난
이미 당신을 아버지로 둔 죄로 큰 결함이 있는 사람이 되고 말
았던 거죠.

　내 내면에 자리 잡은 수치심을 헤아려 본 적 있나요? 사람들
이 '살인자의 아들'이라며 발을 밟고 가도, 얼굴에 가래침을 뱉
어도 당연한 처사라는 생각이 들었던 어린 내 마음을 상상이나
해본 적 있냐는 말이에요! 언제나 당신은 안개처럼 내 앞길을

막았고 꼬리가 되어 뒤를 졸졸 따라다녔어요. 누나나 여동생이 있었다면 당신은 내 여자 형제들도 잡아먹었을까요? 생각이 여기까지 미치자, 분노가 치밀어 어찌할 바를 모르겠더군요.

베개에 얼굴을 묻고 **"난 아빠를 트럭 바퀴로 밟고 지나간 괴물이야. 덤비지 않는 게 좋을 거야!"**라고 소리치는 걸 연습하고 있었어요. 벽은 주먹으로 하도 많이 쳐 움푹 파였고 손가락 관절엔 피가 짓물러 있었죠. 그 무렵이었어요. TV에서 우주를 본 게⋯ 정말 대단했어요. 술주정뱅이 형이 찰거머리처럼 달라붙어 괴롭혔지만, 어떤 것도 그 아이를 흔들지 못했거든요. 그 집중력과 강인함에 경외감마저 들었죠.

매일 채람 카페를 드나들었어요. 플레이어 안에 들어가서 그의 경험과 감정을 학습할 때마다 내가 살아 있다는 느낌이 들었거든요. 그 아이에게는 한 대 맞으면 두 대로 돌려주는 승부 근성이 있었죠. 가질 거 다 가진 1억만 장자의 사나이가 잃을 것 하나 없는 사람처럼 처절하게 싸우는 것이 어찌나 멋지던지⋯ 주먹이 으스러질 정도로 때리면서 적을 피해 세밀하게 움직이는 그 일련의 과정을 감각이 받아들이니 어떨 때는 내가 정말 블랙홀이 된 것 같은 느낌이 들었어요.

하지만 그러던 정우주도 결국 배신감을 안겨주더군요. 약혼녀가 죽더니 이불에 오줌을 지리는 아이처럼 변하고 말았거든요. 눈뜨고 못 봐줄 지경이었죠. 남들 모르게 온갖 약물을 주입하고 강한 사람인 양 행동하는 건 철저한 기만 아닌가요? 그

역겨운 이중성을 깨닫고 나서는 세상이 송두리째 무너진 듯 한동안 제정신이 아니었다고요.

도대체 왜 사람들은 온순하고 충성심이 강한 나를 배신하는 걸까요? 마음을 끝까지 주면 왜 감사히 여기지 못하고 뒤통수를 치냐는 거예요! 나의 심성은 정말 곱고 순수했어요. 우주라면, 그리고 내 아버지의 말이라면 기꺼이 불구덩이 속도 들어갈 준비가 되어 있었다고요! 그런 바보 같은 믿음에 먹칠을 한 건 그릇된 욕망으로 가득 찬 당신들이었죠. 친구가 될 수 없었던 우리의 처지를 실로 안타깝게 생각하지만 이제 와서 무얼 할 수 있나요?

인간은 믿고 의지할 만한 존재가 아닌 거예요. 내 스스로가 완벽한 사람이 되어서 같은 아픔을 지닌 사람들에게 용기를 주는 게 더 나아요. 욕심과 비굴함으로 오염되기 전 우주의 신체 능력과 조건을 가질 수 있다면 더할 나위 없이 좋겠죠. 이를 위해선 그의 전성기 시절의 경험이 담긴 렌즈를 손에 넣어야 해요.

33

사이버수사과에 디지털포렌식을 맡겼던 정우주의 휴대전화에 대한 서류를 받아 든 노아는 젬마 경찰청 3층 수사본부 사무실로 돌아왔다. 사무실이라 해봤자 10평 남짓의 먼지 쌓인 공간에 책상 2개가 전부였지만.

홍도웅 경찰청장은 진전 없는 수사 현황에 겉으로는 난색을 표했다. 그러나 노아는 그의 속을 투시하듯 빤히 들여다볼 수 있었다. 나를 제거할 수 있는 절호의 기회라 생각하겠지. 나수호 팀장은 무슨 죄람? 홍도웅에게 한 방 먹일 수 있는 일은 조민수와 양진영의 만행을 공론화하는 것뿐이야. 로한이 렌즈 보안과의 위상을 높여주길 바랐다.

정우주의 문자 명세서와 음성 메시지, 통화 기록은 980페이지에 달했다. 쭉 읽어 내려가던 노아의 눈에 43쪽 상단 '2035년 9월 17일 14:38분'에 걸려온 번호가 들어왔다. 발신지는 사노강 근처에 있는 공중전화라고 적혀 있었다.

책상 위에서 선글라스와 모자를 집어 든 노아는 수호에게 담배를 피우러 가겠다고 둘러댄 뒤 경찰청 건물을 빠져나와 벤치에 앉았다. 그리고 정우주 렌즈 아카이브가 담긴 USB를 노트북에 꽂아 넣고, 2035년 9월 17일 14:38분 타임라인을 검색했다.

***

휴대전화 벨소리에 눈을 뜬다. 발신 제한이 되어 있는 번호다.

"안녕하세요, 정우주 씨. 지난 6개월간 매일 오후 4시에 스테로이드와 성장호르몬, 테스토스테론을 꽂아 넣는 장면은 안전하게 복제해 놓았습니다. 전화 끊지 마세요. 9월 20일 오전 1시 30분에 타포중학교와 제제유치원 사이 갈색 창고에 현금 100억을 넣으세요. 꽂혀 있는 열쇠는 돈을 넣은 다음 강에 던지고요. 당신의 24시간은 내 손아귀에 있습니다. 허튼 수작 부리지 마세요."

일방적으로 끊긴 전화기를 붙잡고 정우주는 깊은숨을 연거푸 내쉰다. 화면이 깜깜해진다.

***

　노아는 높낮이가 없는 표준말을 구사하는 협박범이 내뱉은 28.35초 동안의 일곱 문장을 듣고 또 들었다. 미리 써둔 원고를 보고 읽듯 막힘이 없었고 서두르는 기색도 없었다. 그는 사건에서 중요한 키워드를 정렬해 노트북 메모장에 적어 내려가기 시작했다.

2036. 03. 02. 정우주 (블랙홀) 치프 호텔 밀실 살인사건

1. 범행 동기 : 정우주에 대한 깊은 원한과 배신감 (약물).

2. 정우주가 원한을 살 만한 사람 :

 - 정고요 (동생에게 모욕당함)

 - 김지오 (약물 디자이너 고용을 두고 의견 마찰)

 - 구하늘 (정우주에게 채람 코퍼레이션의 치부를 들킴, 정우주가 렌즈를 빼고 기자회견을 열까 두려워함)

3. 조력자 후보 :

 - 류종국 (3월 1일 동선에서 이탈함, 알리바이 확인 불가능)

 - 김지오 (27층 키 카드가 사용된 3월 2일 새벽 4시 40분쯤 깨어 있는 모습 발견, 혼자 아래층에서 취침)

 - 정고요? (키 카드를 가지고 나갔지만 돌려줌)

4. 정우주 렌즈에 관한 특이 사항 :

- 렌즈 해킹범이 약물을 미끼로 협박함.
- 사망 후 정우주의 경험이 경매에 오름.

"팀장님, 렌즈 보안과 해체됐습니다."

원치 않은 급습이었다. 노아는 뒤를 돌아보았다. 로한이 서 있었다.

"뭐? 왜?"

노아는 노트북을 덮다 바닥에 떨어뜨렸다.

"양진영이랑 조민수 불러들여서 조사하는데 청장님이 와서 데리고 갔어요. 저는 도넘으로 발령 났고요."

도넘은 터텀에서 가장 인구 밀도가 적은 도시였다. 동시에 가장 범죄율이 낮은 도시이기도 했다. 최북단에 있어서 한겨울에는 헬리콥터를 타야 하고, 그마저도 헬기를 띄울 수 없는 기상 조건이면 도시에 들어가는 것 자체가 쉽지 않다는 점이 그 이유로 작용했다.

"거기에서 뭐 하는데?"

"그냥 뭐…"

"조민수랑 양진영은 어디로 빼돌렸는지 모르고?"

로한이 고개를 끄덕였다.

"제기랄, 홍도웅!"

노아는 소리를 꽥 질렀다. 왜 로한이 이런 수모를 겪어야 하나? 렌즈 삽입술에 대해 반대하는 입장을 지닌 이는 나 아니었나? 문로한은 렌즈 삽입술이 터텀을 안전하게 만들어 줄 수 있을 거라는 믿음을 가진 사람이었고, 노아 때문에 생겨난 렌즈 보안과에 와서 수키가 줬음에 틀림없는 정보를 가지고 이제 겨우 뭣 좀 밝혀내 보려는 젊고 유능한 형사였다. 눈이 펑펑 온 길을 제설차로 쓰는 일과 겨우내 모닥불 앞에서 손을 비비면서 코코아를 마시는 일 외에는 할 일이 없는 곳으로 발령 나야 할 사람은 로한이 아니라 노아 자신이었다.

"현장 검거를 했는데 어떻게 그럴 수가 있냐?"

노아가 담배를 꺼내며 물었다.

"렌즈를 까보라고 하더라고요."

"거부했어?"

"수키 씨도 있었고 팀장님도 그 자리에 있었으니까요. 그랬더니 수사 과정이 공정하지 못하므로 검거한 사실도 유효하지 않다고 하더라고요."

"돌아버리겠네."

노아 입에서 나온 연기가 부서져 흩어졌다.

"정우주 사건하고도 엮어보려고 했는데 잘 안됐어요. 양진영 노트북 자료를 옮겨놓은 USB도 다 증거 상자 속에 있습니다."

"양진영은 정우주 협박범이 아닌 것 같다."

"어째서죠?"

로한이 눈을 동그랗게 뜨고 물었다.

"양진영은 돈이면 다 하는 놈이니까. 그건 다크 웹에 올리기 위해 정우주 경험을 원하는 다른 해커들도 마찬가지야. 위험을 무릅쓰고 100억을 가져갔겠지. 협박범은 살해범이야. 협박은 그 새끼의 장난일 뿐이고."

노아는 정우주 협박범이 걸었던 전화를 로한에게 들려줬다.

"아마 이 협박이 살해 전 마지막 경고였을 수도 있어. 류종국은 정우주가 협박을 받고 약물 투여를 중단했다지만, 내 생각에는 아닌 것 같아. 정우주가 생전에 올린 유튜브 영상들을 봤는데 작년 9월 20일 이후에도 몸 상태가 아주 좋았거든. 움직임도 날렵했고. 렌즈도 일시 중지시킨 마당에 누가 안다고 약물 투여를 중단했겠냐?"

노아의 말을 듣던 로한이 고개를 서서히 끄덕였다.

"일리가 있네요. 100억도 안 가져갔으니 정우주도 안심했을 거고요."

"하지만 살인범은 정우주가 약물 투여를 멈추지 않았다는 걸 알았던 거야. 그래서 살해를 결심했고."

"그럼 다시 원점이네요. 최측근. 최측근이 아니고서는 그런 정보를 알 턱이 없잖아요. 근데 류종국조차 협박을 받은 후에 정우주가 약물을 중단했다 말했다면서요."

로한의 말에 노아가 미간을 찌푸리며 고개를 끄덕였다. *그렇지. 맞아. 그렇다면 류종국을 용의선상에서 제외해야 하는 건가? 류종국이 거짓말을 하는 걸까? 다시 생각이 꼬리를 물고*

덩굴처럼 피어나가기 시작했다.

땡동. 마침 그의 휴대전화에서 알림이 울렸다. 그는 알림 배너를 클릭했다. 화면은 생중계 중인 뉴스 동영상으로 연결됐다. 앵커가 범죄학과 교수와 대담을 나누고 있었다.

"안녕하세요. 3월 10일 월요일입니다. 오늘 사건 중심에서는 몇 시간 전 있었던 소식을 속보로 전해드려야 할 것 같아요. 블랙홀 정우주가 블랙 해커에 의해 협박을 받고 있었고, 그 사실을 채람 코퍼레이션 CEO 구하늘이 알면서도 별다른 대응을 하지 않았다는 충격적인 사실을 기사화한 페이지 매거진의 백이든 기자 있지 않습니까?"

"네."

앵커가 말문을 열자 교수가 침울하게 답했다.

"백이든 기자가 조금 전 살해된 채 발견됐다고 합니다."

"네. 그 소식을 듣고 저도 뭐랄까… 놀랐다는 표현으로는 부족하고 충격적이고 가슴이 아프고 무섭더라고요. 렌즈 삽입술 도입 이후 살인과 같은 강력 범죄가 줄어드는 추세였는데, 갑자기 유명인들의 살인사건 두 건이 일주일 간격으로 일어나서 다시 국민들이 불안에 떠실 것 같습니다."

"백이든 기자의 경우 사인이 뭐였습니까?"

"석궁이 관자놀이와 심장을 찔렀고 칼은 옆구리를 찔렀다고 합니다."

"석궁과 칼이요?"

"네. 혈흔의 양이 상당히 많은 것으로 보아서 심장이 맨 나중에 가격당한 것 같아요. 과다 출혈이 결국 죽음으로 이어지게 만든 거죠. 참 고통스러웠을 거라고 짐작됩니다."

"끔찍하군요. 더군다나 현장을 그녀의 남편과 아이들이 발견했다고 하더라고요."

앵커는 얼굴을 잔뜩 일그러뜨리고 말했다.

"그렇습니다. 백이든 씨가 평소에 스노모빌을 잘 타러 나가는데 시간이 지나도 안 내려오는 거죠. 그래서 직접 산에 올라가 봤더니…"

교수가 말을 잇지 못했다.

"아이들까지 엄마의 그런 모습을 봐야 했다니. 충격이 얼마나 컸을까요?"

"누구에게나 평생의 트라우마로 남을 법한 장면이죠. 정말 안됐습니다."

"화제가 되었던 그 기사가 발표된 지 닷새 만이었죠?"

"볼륨 좀 더 키워주십시오."

로한이 노아의 휴대전화에 코를 묻고 말했다.

"젬마 북부경찰서 관할이더라고요? 남편은 곧바로 용의선상에서 제외됐고요."

"네. 남편의 알리바이는 확보된 상황입니다. 그런데 뜻밖에도 백이든의 스노모빌에서는 김지오의 DNA가 묻은 증거를 발견했다고 하더라고요. 경찰이 빠르게 그의 집을 급습했고 현장

에 나 있는 족적, 사이즈와 일치하는 비브람 창 부츠를 발견했
다고 합니다."

"김지오는 정우주 선수의 매니저였죠? 오전에 산에 눈이 내
린 것으로 알고 있는데 다행히 족적이 발견되었군요."

"눈은 내리긴 했지만 족적을 뒤덮을 수 있을 만큼은 아니었
던 것 같아요. 경찰은 정우주의 추모식 이후로 행방이 묘연한
39살의 김지오를 긴급 수배한 상태입니다."

"그렇다고 합니다. 김지오를 보신 분이 있으면 국번 없이
112나 젬마 북부경찰서로 연락 바라고요. 범행에 대해서 더 알
려진 사실 있을까요? 동기라든지… 백이든과 김지오는 아는
사이였나요?"

"아직 밝혀진 건 없습니다. 연쇄 살인의 가능성을 염두하고
있어서 서둘러 수배령이 내려진 것 같은데 지금 화면에 나오
는 김지오를 본 적이 있는 분은 제보를 해주시는 게 좋겠네요.
렌즈 삽입자라면 더더욱 좋겠습니다."

"연쇄 살인이요? 혹시 김지오가 정우주 씨 살인에도 연관이
되어 있을까요?"

"애석하지만 같은 말을 반복할 수밖에 없을 것 같습니다. 아
직 밝혀진 바는 없다는 말이요. 확실한 증거가 나올 때까지 섣
부른 추측은 금물이겠죠."

교수의 말이 끝나자 화면에 김지오의 얼굴이 나타났다. 정
우주와 같이 찍은 몇 개의 사진, 대학교 졸업 사진, 운전면허증

사진, 그리고 실의에 빠진 것처럼 보이는 정우주 추모식에서의 사진이 차례대로 화면을 차지했다. 노아와 로한은 고개를 돌려 서로를 바라보았다. 도대체 무슨 말을 해야 할지 둘 다 모르는 채로.

34

홍도웅은 조민수와 양진영을 어디로 빼돌렸을까? *죄수 비밀 수감 시설? 신변 보호 중일까? 혹은 입을 다물게 하는 대가로 다른 나라로의 강제 추방?* 수사본부 사무실 소파에 앉은 노아가 정신을 차린 건 수호가 말을 건넸을 때였다.

"김지오의 백이든 살해 동기가 뭐라고 생각하나?"

"기사 때문 아니었을까요? 정우주가 금지 약물을 투여했다는 게 까발려졌잖아요."

노아가 답했다.

"기사에 김지오에 대한 비난은 없었잖아. 책임을 무는 여론도 없었고… 그가 백이든을 죽일 이유가 뭐냔 말이야?"

"저희는 정우주 사건을 수사 중이지 않습니까?"

"김지오는 정우주의 측근이야. 정우주 죽고 나서 일주일 만에 김지오가 백이든 기자를 죽였다는데, 그게 정우주의 죽음과 아무런 관계가 없을까?"

"김지오가 백이든을 죽였을 리 없다고 생각하세요?"

"증거는 김지오를 가리키고 있지. 하지만 내가 알고 싶은 건 동기야. 그게 정우주 사건을 해결하는 데 실마리를 제공할 수 있을 것 같거든."

"김지오는 정우주와 마찰을 빚은 적 있어요. 약물 디자이너를 소개해 달라는 정우주의 청을 거부했던 2년 전 크리스마스에요. 그래서 류종국에게 가서 약물 디자이너를 소개해 달라고 부탁한 거죠. 2035년 3월부터 정우주는 금지 약물을 본격적으로 하기 시작했고요. 결국 그걸 미끼로 협박을 받은 정우주는 구하늘에게 렌즈가 해킹 가능하다는 걸 밝히는 기자회견을 열겠다고 으름장을 놨어요. 지금 와서 보니 구하늘과 김지오가 공모해서 정우주를 죽였을 가능성도 있을 것 같습니다. 정우주는 더 이상 챔피언이 될 가능성도 없는 데다가 김지오를 배신했고 채람에 대해서는 너무 많이 알아버렸잖아요. 그때 하필 백이든이 기사를 쓴 거죠. 그들에게는 진실의 근처에 다가온 백이든이 막연한 두려움으로 작용했을 겁니다. 그래서 둘이 백이든까지 처리한 거죠."

"정우주 살인에 김지오랑 구하늘이 공모했다고? 둘 중 CCTV에 찍힌 사람이 누군데? 구하늘? 바르셀로나에 가는 중이었다면서? 용의자가 템플 스테이에 주기적으로 머무른 흔적은 어떡할 건데?"

"범행 당일 밤 김지오는 혼자 아래층 소파에서 잤잖아요. 몽유병 핑계를 대면서요. 호텔 입구에 찍힌 사람만 섭외하면 김지오가 혼자 28층에 올라가 범행을 저지르고 오는 게 무리는 아닙니다."

"김지오가 고작 갈등 좀 빚었다고 정우주를 죽였다는 건가?"

"그가 정우주를 발굴했으니까요. 해고는 곧 동맹 관계를 파기했다는 거고 그것은 바로 반역입니다. 나와 같이 일할 수 없다면 그 누구와도 같이 일할 수 없는 거죠. 사이코패스의 관점에서 보자면요."

"근데 2년 전 크리스마스라니? 기자회견은 또 뭐고? 누구한테 들었어? 그걸 왜 지금에 와서야 털어놓는 거야?"

수호가 물었다.

"이 형사!"

"제가 정우주 렌즈를 열람했으니까요."

"뭐? 어떻게?"

노아는 대꾸하지 않았다.

"어떻게 열람했냐고?"

"쌍둥이 동생한테 정우주 렌즈 해킹과 복사를 부탁했어요. 백이든 기사에 인용된 그 동영상도 정우주 렌즈를 해킹했기 때문에 증거로 사용할 수 있었던 거고요."

수호는 노아를 응시했다.

"정상적으로는 해결 못 하는 거 아시잖습니까? 인원 보강도 없지, 채람 수색영장도 안 나오지. 함정은 원래부터 있었고, 수사 자체가 진퇴양난인 건 덤인 상황입니다."

"그래서? 해킹할 수밖에 없었다는 건가?"

수호의 목소리는 낮아졌다. 위기를 직감한 노아는 잠자코 있었다.

"대답 안 해?"

"네. 해킹을 할 수밖에 없었습니다. 그래서 알아낸 정보가 꽤 있고요."

수호는 일어서서 주머니에 손을 찔러 넣고 사무실 안을 돌아다니기 시작했다.

"제기랄. 믿었는데…"

"팀장님."

"자네를 믿었다고. 채람 렌즈 반대론자여서 윗선에 단단히 찍혔다고 해도 말이야!"

수호의 얼굴이 일그러졌다.

"그에 대한 보답이 이건가? 자네는 나와 민간인인 동생까지 위험에 빠뜨렸어. 무슨 정치적인 아젠다와 구하늘을 향한 개인적인 악감정이 섞인 결정이었는지는 모르겠지만 사사로운 목적을 위해서 자네는 내가 힘들게 세워 올린 업적을 한순간에 무너뜨렸다고! 렌즈 보안과가 공중분해 돼서 어르고 달래줄

줄 알았나?"

"아닙니다, 팀장님."

"그럼? 이루지 사건이 끼어들면서 진짜 이성을 잃기라도 한 거야?"

노아는 답이 없었다.

"자네가 한 말이 지금 내 렌즈에도 고스란히 찍혀버렸어! 자네야 렌즈를 안 꼈다지만 나는?"

"죄송합니다."

"죄송? 위법수집증거배제법칙 몰라? 존재 자체가 위법인 증거 수집을 경찰이 솔선수범해서 민간인한테 시켜 주도했는데 그게 정상적인 수사로 인정이 될 것 같나?"

"하지만 우회로도 없는 거 아시잖아요. 그냥 저희 앞에는 막다른 길뿐입니다! 그 끝은 절벽이고요! 뛰어내려서 바람 빠진 튜브라도 잡고 바다를 헤엄쳐 가야 하는 것 아닙니까?"

노아가 맞받아쳤다.

"그래? 그렇게 생각한다, 이거군. 그럼 내가 팀장으로서 내릴 수 있는 선택은 없다. 자네를 팀에서 빼는 것밖에. 렌즈 삽입 반대론자인 건 상관없어. 오로지 자네는 자네가 내린 단독 결정 때문에 경찰 조직 내에서 회색분자가 된 거야. 사건에서 빠지도록 해."

"팀장님."

노아는 모든 장기가 지하 깊은 곳으로 가라앉는 듯했다.

269

"갑작스러운 렌즈 보안과 해체도 그렇고, 어렸을 때 트라우마였던 이루지 미제 사건도 그렇고, 모든 게 한꺼번에 닥쳐서 힘들다고, 좀 쉬어야겠다고 말이야. 기다려. 휴직 신청서 하나 뽑아줄 테니까. 렌즈 보안과에 이어 수사본부도 해체됐다. 무척이나 고맙네, 이노아 형사."

그가 사무실을 나가면서 문을 쾅 닫자, 낮게 깔린 먼지가 공중으로 붕 뜨는 것이 보였다.

*

다음 날 수호는 복직해도 좋다는 소견서를 받을 때까지 배정받은 정신의학과 교수에게 매주 월요일 오전 11시에 50분 동안 심리 상담을 받으라는 공문을 건넸다. 노아의 얼굴은 쳐다보지도 않은 채였다. 공문에는 전문가의 렌즈에 기록될 상담 퍼포먼스를 진행하는 동안 그의 모든 언행에는 점수가 매겨질 예정이고 지각, 결석 시에는 감점의 가능성이 있다는 아름다운 조항이 덧붙여져 있었다.

말 한마디를 분석하고 점수를 매겨 정신상태를 감정할 낯선 사람 앞에서 21년 전 사건에 대해 다시 이야기해야 한다니. 루지를 잃은 슬픔이 모래알 같은 거친 표면 아래에 묵묵히 깔린 지는 오래였다. 누군가가 그 위에 엉덩이를 들이밀고 앉아 문지르면 피가 철철 흐를 테지만, 사실 노아는 그 축축함이 익숙했다. 짓무른 그 상처는 그를 구성하는 일부로 자리 잡았다.

로한
– 팀장님, 수키 씨와 도통 연락이 안 됩니다. (09:21)

"나도 마찬가지다. 이수키, 어디 있는 거야?"
노아는 총과 배지를 반납한 뒤 건물을 나오면서 중얼거렸다. 그는 음성 사서함으로 넘어가는 수키에게 전화를 연거푸 걸었다. 죄책감과 자책에 더욱 무거워진 자신의 몸을 차 안으로 구겨 넣으면서.

35

돌아오는 길에 수키 집에 들러볼까 했지만 불이 켜져 있는 것을 보고 그냥 지나치기로 했다. 노아는 채람 코퍼레이션에서의 언쟁 이후 지금까지 수키와 문자 한 통도 주고받지 않았다. 차 문을 쾅 닫고 씩씩대며 집 안으로 들어서던 게 그녀의 마지막 모습이었다.

어렸을 때였다면 길어진 냉전에 좀이 쑤셔 먼저 장난을 걸었을 텐데. 문득 그는 기억이란 액자에 담긴 수십 년 전 자신의 모습이 낯설게 느껴졌다. 같은 육신에 갇혀버린 전혀 다른 두 영혼의 조우랄까. 그는 망설이다 휴대전화를 열었다. 문자를 몇 번이나 썼다, 지웠다 했다.

노아

– 이따 저녁 같이할래? 나 시간 많거든. 수사본부에서 잘렸어. 렌즈 보안과도 공중분해 됐고. (10:11)

"네 문제를 얘기할 일이냐, 이노아?"

노아는 자책했지만 '사람은 누구나 죽잖아.'라고 썼다 지웠던 첫 번째 문자보다는 더 낫다고 생각하며 고개를 털었다.

집으로 들어선 그는 곧바로 파란 트럭 운전사 남일록과 그의 아들 남도진에 대한 생각에 잠겼다. 잠자코 가라앉아 있다가 바람이 불면 온몸을 뒤덮고, 시간이 지나면 언제 그랬냐는 듯 다시 조용해져 버리는 음흉하고 유해한 먼지들 같으니라고.

주머니에서 발견된 초록색 가방 그림은 정우주 사건과는 별개로 노아가 풀어내야 할 과제였다. **정말 나를 흔들어 놓으려고 심어놓은 증거인 걸까? 혹시 그게 홍도웅이 아니라 남도진이었다면? 21년 동안 마음속에 품고 있던 이야기를 왜 풀어내는 거지? 왜 하필 지금?**

"난 본 걸 말했을 뿐이야! 그 사건 이후로 우리 인생도 진흙탕이 되었단 말이야!"

노아는 침실 벽을 쾅 내리쳤다. 그날의 기억에 대해서는 한 번도 의심한 적 없던 그였다. 남도진과 남일록에 대해 적개심을 품을 이유도 없었다. 무엇보다 그가 파란색 트럭을 운동장에서 본 것은 명백한 사실이었다. 노아는 눈에 생기를 띄고 사소한 것에도 호기심을 가지던 루지를 그려봤다. 이제는 눈을 감아도 얼굴이 잘 떠오르지 않는 그 아이. 노아의 모든 것이 시작된, 그리고 먼 미래에 노아가 도착할 출발점이자 종착점인 그 아이.

노아는 침실을 나와 루지의 사건과, 남일록이 사망하기 전 그 일대의 여아 실종 사건 자료가 지도처럼 벽에 늘어져 있는 방으로 들어갔다. 햇볕 한 줄기조차 들어오지 않는 어두컴컴한 골방에서는 오래된 종이와 고인 공기가 섞인 케케묵은 향이 풍겼다. 노아는 틈만 나면 그 방에 드나들곤 했다. 특히 누군가에게 위로받고 싶은 이런 우울한 날에는 하루 종일 방 안에 처박혀 나오는 일이 없었다.

남일록과 그의 아들은 루지 실종과 남도진 엄마의 자살 이후 마을을 떠났다. 마을 사람들에게 그런 치욕을 겪고 나서 나라를 가로지르거나 지구 반대편으로 갔을 법도 하지만 그들은 바로 옆 마을을 터전으로 삼았다. *왜일까?* 그리고 얼마 지나지 않아 남일록은 사망했다. 뺑소니였다.

노아는 형사 사법 포털에 들어가 사건 번호를 입력한 뒤 수도 없이 들여다본 남일록의 사망 사건을 다시 클릭했다. 남일록은 늘 자신과 함께 다니던 2.5톤 트럭에 치인 것도 모자라 바퀴에 밟히기까지 했다. 시신으로 발견된 그의 마지막 모습은 무척이나 처참했다.

무릎은 정면을 향해 있었지만 허리가 완전히 돌아가 상체는

엎드린 상태로 누워 있었다. 입고 있던 스웨터와 멜빵바지 위로 타이어 자국이 겹쳐 나 있었다. 그중 적어도 한 번은 얼굴을 짓밟고 내달렸는지 눈알은 튀어나와 살점과 함께 아스팔트 바닥에 널브러진 채였다. 그 여파로 얼굴 앞쪽은 완전히 뭉개져 있었다.

그러나 그것들을 바라보는 노아의 얼굴에는 그 어떤 감정도 담겨 있지 않았다. 이목구비가 정상적 기능을 하던 사람의 얼굴이 한순간에 기형적으로 변할 수 있다는 사실이나, 루지를 납치했음이 틀림없는 자가 아무런 실마리도 주지 못하고 비열하게 먼저 세상을 등졌다는 것이 그는 더 이상 놀랍거나 불편하지 않았다. 남일록 생의 마지막 광경은 그저 인류 역사상 벌어진 무수한 풍경 중 하나일 뿐이었다.

트럭 운전석 문은 열려 있었고 키는 꽂혀 있었다. 그가 루지 실종 사건의 주력 용의자라는 소식을 들은 옆 마을 경찰들은 남일록의 죽음을 뺑소니로 종결지으면서 그 부근에서 연달아 일어난 10세 미만 여아 실종 사건에서 조용히 발을 빼려고 했던 듯 보였다.

그들은 주변 CCTV도, 차 키에 묻어 있을 지문도 검사하지 않았고 사람들에게 알리바이도 캐물으러 다니지 않았다. 원한 범죄인 걸로 보였지만, 그즈음 그에게 증오를 품은 사람은 그 일대 사람들 대부분이었으므로 괜히 사람들을 들쑤시고 다녔다가 진전 없는 실종 사건들에 대한 뭇매나 맞을까 우려한 것이었다.

　당연히 경찰은 남일록의 죽음에 대해 더 면밀하게 조사했어야 했다. 국도 한복판에서 남일록이 무얼 보고 차량에서 내렸는지, 그 장소가 남일록과 뺑소니범에게 어떤 의미였는지, 그리고 종국에는 남일록의 차에 타서 그를 산산이 조각내고 짓누른 자가 누구였는지 밝혀냈어야 했다. 공범이나, 남일록의 사악한 비밀을 알았던 자가 존재했을 수도 있지 않은가.

　하지만 당시 사건을 담당했던 형사들은 노아의 끈질긴 요청에도 불구하고 아무것도 기억나지 않는다고, 뺑소니로 마무리했던 것은 상부의 명령이었다는 등신 같은 변명을 늘어놓기만 했다.

　노아는 노트북으로 구글 맵을 열었다. 자작나무 숲 끄트머리에 있는 남일록 사건 현장은 이제 핏자국 하나 없이 깨끗했다. 별안간 머리에 수사본부 생각이 스쳤다. *장기 미제 사건 전담 수사팀으로 가는 데 이번 일이 어떤 영향을 미칠까? 나수호 팀장은 내가 휴직 당한 이유를 경찰청장에게 사실대로 말할까?* 노아는 잡고 있던 마우스를 내리치며 소리쳤다.

　"멍청하긴. 정말 멍청한 짓을 했어, 이노아!"

　커서는 은색의 네모난 물체 위로 이동했다. 냉장고가 가로로 누워 있는 것과 같은 길쭉한 물체였다. 이제껏 남일록 사망 당시의 사진을 무수히 들여다보았지만, 마우스는 처음 보는 것을 가리켰다. *저게 뭐지?* 노아는 화면을 확대했다. 남일록이 발견된 장소로부터 북쪽으로 200m가량 직진한 뒤 왼쪽으로 꺾어 들어가면 보이는 숲에서 자작나무로 둘러싸인 것은 이동식 컨테이너였다.

웬 컨테이너가 여기에 있지? 검색을 해보았으나 주소는 나오지 않았다. 그는 위도와 경도라도 적어놓기 위해 책상을 뒤졌다. 수첩 하나가 손에 잡혔다. 베루스산 사찰에서 유일하게 건진 투숙객들 장부 수첩이었다.

거칠한 재생지를 지나 3분의 1지점부터 두껍고 매끈매끈한 재질의 종이가 나타났다. 계속 넘기자 끄트머리에 찢겨나간 페이지가 나왔다. 질감이 어딘지 익숙했다. 종이를 만지작거리며 기억의 회로를 돌리던 노아는 골방에서 뛰쳐나와 침실로 들어가 투명 파일에 끼워져 있는 작은 종이를 가져왔다.

정우주 추모식 날 주머니에서 발견된 21년 전 가방 그림이었다. 절취된 부분을 서로 맞물리기도 전에 그는 이미 예상할 수 있었다. 그림이 그려진 종이는 수첩의 찢긴 부분에 자연스럽게 맞아 들어갈 거라는 것을.

사찰에서 발견한 수첩의 한 페이지와 초록색 가방 그림이 그려진 종이의 아귀가 서로 맞물리다니. 그것은 무엇을 의미하는가? 노아의 주머니를 향해 몰래 손을 뻗었던 자가 정우주의 살인범이란 말인가? 노아의 과거를 알고 있는 자가 정우주를 죽였고 베루스산까지 수사본부를 미행한 걸까? **남도진! 남도진은 어디 있는 거지?** 한 가지 가능성이 노아의 머리를 스치고 지나갔다. 하지만 수키는 이번에도 전화를 받지 않았다.

노아

– 남도진이 보육원에 맡겨졌다고 하지 않았어?
그게 아니라면? 어딘가에서 새 삶을 살고 있었던 거라면? (11:04)

여전히 남도진의 이름으로 신원조회를 해도 기록은 나오지
않았고, 2시간이 지나도 수키로부터 돌아오는 답 또한 없었다.
불안이 노아를 집어삼키는 중이었다.

36

"안녕하세요, 제 이름은 이수키입니다. 백이든 기자가 기사를 쓸 수 있도록 정보를 제공해 줬던 비밀 정보원이자 카메라가 탑재된 렌즈를 최초로 개발한 사람이죠. 정우주가 블랙 해커에게 협박받고 있었다는 영상을 백이든 기자에게 제공해 준 사람도 접니다. 맞습니다. 저는 정우주 렌즈를 해킹했어요."

살면서 이수키가 준 열쇠를 사용할 날이 있을 줄이야! 노아는 로한과 함께 문을 열고 집 안으로 들어섰다. 숲 향의 방향제 냄새가 코를 훅 치고 들어왔다.

"수키야!"

"수키 씨!"

가발도, 컬러렌즈도 착용하지 않은 영상 속 수키는 거실에 앉아 있었지만, 노아와 로한의 부름에 대답해 줄 당사자는 보이지 않았다. 수키의 휴대전화를 거실 테이블 위에서 발견한 노아는 머리털이 바짝 서는 것을 느꼈다. 눈은 자연스럽게 그녀의 차를 쫓았다. 창문가로 다가간 노아는 뒷마당에 수키의 SUV가 서 있는 것을 발견했다.

"비밀 정보원으로서의 일은 비록 음지에 있었지만 부끄럽지 않았습니다. 백 기자님이 세상을 떠나기 전까지는요. 하지만 렌즈를 개발한 것은 인생을 통틀어 제일 후회하는 일입니다. 제가 카메라가 부착된 초경량 렌즈를 만들어 내는 데 성공했기 때문에 채람 코퍼레이션이 생겨났으니까요. 결국 그 때문에 정우주 씨가, 백이든 기자가 사망한 것처럼 느껴집니다. 지금 채람 렌즈는 저 같은 해커들이 해킹하고자 하면 얼마든지 가능하죠. 정부는 국민들을 살아 있는 CCTV로 만들겠다는 원대한 포부를 발표했고요. 하지만 저처럼 국가기관이 아닌 개인이 여러분의 렌즈를 손쉽게 해킹해서 사생활을 엿볼 수 있다면요?"

노아는 로한의 전화기에서 흘러나오는 수키의 말을 제대로 들은 것인지 의문이 들었다. **수키가 지금 정부와 채람 코퍼레이션에 대한 비난을 퍼부은 건가? 그것도 민간인인 스스로를**

인터넷상에 공개수배 하면서? 무슨 수를 써서라도 저 영상이 실시간으로 송출되는 것을 막아야 했다. 수키는 노아에게 총과 배지가 없다는 것을 알 리 없었고, 멀건 얼굴을 하고 정우주를 걱정하며 우는 연기를 했던 김지오는 아직 도주 중이었다.

"제가 정우주 씨의 렌즈를 해킹한 것은 살인사건임에도 불구하고 채람 코퍼레이션 CEO 구하늘이 그의 렌즈를 제공해 주지 않았기 때문입니다. 살해 용의자의 모습과 대화가 아카이브에 담겼을지도 모르는데 말이죠. 그 후 모두가 알다시피 정우주의 경험은 다크 웹에서 경매에 부쳐졌고요."

노아는 거실에서 뒹구는 수키의 맥북을 열었으나 비밀번호를 알 턱이 없었고 쌍둥이의 생일부터 부모님의 생신, 기일, 루지가 실종된 날 등 온갖 번호를 입력해 보았지만, 노트북은 묵묵부답이었다.

"애초에 카메라가 탑재된 초경량 렌즈를 만든 게 실수였어요. 매일 후회하고 있습니다. 저에게는 범죄율을 줄이고자 하는 야망도 없었고 1년 중 겨울이 절반 가까이 되는 나라에서 사람들에게 즐거움을 주고자 하는 목표도 없었어요. 하지만 제 바람과는 달리 채람 코퍼레이션은 가정용 기기까지 만들어 모든 경험을 플레이어 안에서 생생하게 재생할 수 있게 하겠다더군요. 그렇게 되면 이제 나의 동의 없이도 다른 사람이 내가 포함된 순간의 경험을 입고 오감으로 느낄 수 있게 될 겁니다. '터텀'이란 단어의 유래처럼 우리나라가 '안전한' 국가인가요? 여러분은 안전하다고 느끼나요? 범죄율만 줄어들면 안전한 나라일까요? 우리들의 사생활과 감정은 보호받을 가치가 없냐는 말이에요!"

노아의 전화기가 빗발치고 있었다.

"경험을 돈으로 사고파는 것은 끔찍한 일입니다. 집에 그런 기기를 들이는 것 또한 재앙이죠. 채람 플레이어는 전두엽을 망가뜨릴 테고 결국 우리는 현실과 환상을 구분하지 못하게 될 테니까요. 렌즈 삽입술은 인간성을 말살하는 최악의 기술입니다! 그런 렌즈를 채람 프로젝트3540을 통해 전 국민의 눈에 씌움으로써 범죄율을 줄이겠다는 것은 터무니없는 발상이라고요!"

"팀장님, 이 영상을 시청하는 사람이 터텀 인구수를 훨씬 넘어섰습니다. 외국에서도 보나 봐요. 서버가 곧 터질 것 같은데요."
로한이 노아에게 말했다.

"제가 할 수 있는 일은 젬마 서부경찰서 렌즈 보안과에 익명의 제보를 보내는 것이었습니다. 국회의원 조민수가 구하 늘로부터 제공받은 현금 4억이 블랙 해커인 양진영에게 들어 갔단 사실을 해킹과 미행을 통해 알아낸 후였죠. 채람 카페 3 호점 운영자 양진영은 미성년자들을 이용해서 성 경험을 불 법적으로 유통하는 비밀 모임을 주최하고 있었어요. 렌즈 보 안과는 마침내 그들을 검거할 수 있었습니다. 하지만 어쩐지 곧바로 팀은 공중분해 되었고 조민수와 양진영은 자취를 감 췄습니다. 중범죄를 잡겠다는 일념으로 채람 프로젝트3540 에 찬성했던, 그러나 그 누구보다 정의롭고 진실했던 렌즈 보 안과 팀원도 결국 아무 이유 없이 터텀 최북단으로 발령이 났 죠. 이렇게 사건은 유야무야되었습니다."

손질하다 만 채소들이 널브러져 있는 주방 식탁, 오븐에 들 어가기 위해 진열된 작은 컵케이크들. 준비물을 갖추어 놓은 채 전화기와 차를 두고 나간 수키라니. 금방 돌아올 모양새를 하고 나갔지만 돌아올 수 없는 듯해 보이는 수키는 도대체 어 디에 있는 걸까?

"이렇게밖에 진실을 밝히지 못하는 제가 참 무능하게 느껴 집니다. 제가 백 기자님께 비밀 정보를 찔러주지만 않았어도 오늘 그녀는 살아 있었을 텐데… 여러분! 백 기자님은 안전하 고 자유로운 나라를 위해 죽음을 무릅쓴 거예요. 모두가 그녀

가 이 나라를 생각했던 따뜻하고 올바른 마음을 잠시나마 기
려주길 부탁드립니다. 저 또한 백 기자님의 희생을 기억하겠
습니다. 평생."

로한의 전화기 화면은 암흑으로 변했다.

"젠장. 어딜 간 거야, 도대체?"

노아는 머리를 헝클어뜨리며 방 안에 들어와 잡동사니들이
널브러진 책상 위와 서랍을 뒤졌다. 두서없이 놓인 물건들 사
이에 눈길을 끄는 것이 있었다. 빳빳한 노란 서류봉투였다. 구
김이 거의 없고 모서리가 닳아 있지 않은 그것은 최근의 것으
로 보였다.

노아는 불규칙하게 뒤섞인 물건들 사이에서 이상하리만큼
반듯하게 놓인 그 봉투를 집어 올렸다. 종이가 두 장 들어 있었
다. 첫 번째 종이 상단에는 '친양자입양관계증명서'라고 쓰여
있었다. 2005년 트릴시 모리마을 출생인 남도진이 2017년 2월
9일에 노다정에 의해 친양자로 받아들여졌다는 사실이 명시되
어 있었다.

"노다정?"

노아도 알고 있는 이름이었다. 정우주의 추모식에서 마이크
를 든 구하늘의 입에서 흘러나온 기억이 있었다. 로한은 마침
노아를 발견하고 수키의 방 안으로 들어오는 중이었다.

"노다정은 정우주의 어머니야."

노아가 마른침을 삼키며 입을 뗐다.

"정우주요? 그렇다면 남도진이…"

노아의 등 뒤에서 서류를 응시하던 로한이 대꾸했다.

"정고요란 거지."

"네?"

"남도진이 입양 가고 정고요로 개명한 거라고."

"그럼 팀장님 주머니에 가방 그림을 그려 넣은 자가 남도진, 아니 정고요란 말입니까?"

로한이 미간을 찌푸리며 되물었다.

"제기랄. 내가 왜 그 아이를 알아보지 못했지? 추모식에서 눈을 마주쳤는데도 날 보고 당황하거나 움찔거리는 기색이 전혀 없었는데."

노아는 머릿속에 정렬되어 있는 기억의 방에 하나씩 방문해 추모식에서 정고요를 마주쳤던 순간의 장면을 한쪽 방구석에, 어린 시절 남도진의 얼굴을 그 옆방 구석에 집어넣고 눈을 감았다. 이목구비가 뭉개지고 머리가 헝클어진 까칠한 피부의 정고요에게서는 곧 울음이 터질 것 같은 예전의 촉촉한 눈동자와 날렵한 턱선을 지닌 남도진의 모습은 찾아볼 수 없었다. 그저 술에 찌들어 있고 주눅이 잔뜩 든 알코올중독자의 모습뿐이었는데.

"정우주 어머니는 남도진을 왜 입양한 걸까요? 그것도 친양자로?"

노아도 같은 의문이 들었다. 그는 두 번째 서류를 집어 들었다. 노민승의 가족관계 증명서였다.

"노민승은 또 누굽니까?"

"남도진의 외할아버지."

로한의 질문에 노아가 답했다.

"그렇네요. 여기에 노다정이 노민승의 딸이라고 나와 있으니까요."

"아니. 여기 봐. 노민승의 자녀란에 노다정 말고 노연지도 있잖아."

"사망했다고 나와 있는데요?"

"그래. 2014년에 말이지. 루지가 사라진 해에 말이야."

노아는 인내심을 가지고 바라보았지만 로한은 고개를 갸우뚱거렸다.

"2014년은 남도진의 엄마가 죽은 해이기도 하지."

로한이 실눈을 뜨고 그를 바라봤다.

"노연지는 남도진의 친엄마라고! 노다정은 노연지의 언니였고."

"네? 그럼 남도진이 이모와 이모부한테 친양자로 입양을 갔다는 겁니까?"

로한은 두 손으로 머리를 감싸며 말했다.

"이 서류들에 의하면 그래. 이들은 남도진의 아버지가 남일록, 즉 실종 사건의 용의자라는 과거 자체를 없애주기 위해서 이전 가족관계가 완전히 소멸하길 원했던 것 같아. 그래서 친양자 신분으로 입양한 거야. 조카한테 새 삶을 주고 싶어서! 남도진 이름으로 신원조회를 아무리 해도 나오지 않은 이유가 설명되는군."

"그런데도 배은망덕한 놈이 고마워하지도 않고 동생을 죽인 겁니까? 둘이 이복형제라고 해도 실질적으로는 사촌지간이잖아요. 피를 나눈!"

"그래, 맞아. 미치겠군. 이수키는 이 중요한 사실을 알아내 놓고 왜 홀연히 사라진 거야?"

노아가 얼굴을 찌푸리며 휴대전화로 인터넷을 열었다. 수키의 고백 영상은 이미 수십 개의 채널에서 인용되어 퍼지고 있었고, 기자들뿐 아니라 각종 커뮤니티에서 활동하는 사람들은 수키의 말을 나르며 그녀에 대한 칭찬과 비난을 내뱉기에 바빴다. 이름만 검색해도 사람들은 이제 수키의 얼굴과 인적 사항, 구하늘과의 관계, 그리고 쌍둥이 오빠인 노아가 채람 프로젝트3540 반대 시위를 주동한 경찰이라는 사실까지 빠르게 알 수 있었다. **백이든이 채람 코퍼레이션에 대한 폭로 기사를 써서 살해당한 거라면 이제 수키 앞에는 어떤 운명이 놓여 있단 말인가?**

"왜 내 인생에 있는 사람들은 하나둘씩 말도 없이 떠나는 거야!"

노아는 컵의 바닥에 가라앉는 젖은 차 가루처럼 텁텁한 목소리로 울부짖었다.

37

노아도, 수키도 나를 알아보지 못하더군요. 이것 참, 매우 섭섭하더라고요. 수키는 그렇다 쳐도 노아까지 나를 기억하지 못하다니. 경찰공무원 기억력이 그렇게 형편없을 수 있나요? 그런 주제에 렌즈 삽입도 안 했다니. 실명을 무릅쓰고라도 했어야죠!

옛 기억을 되살려 주기 위해 노아를 위한 깜짝 이벤트를 준비했어요. 게스트는 수키였죠. 어렸을 적엔 소문난 말썽꾸러기들이었는데 지금은 서로 데면데면하더군요. 이런 걸 보면 핏줄도 다 소용없다니까요.

이 세상은 렌즈가 없으면 굴러갈 수 없죠. 다른 사람의 인생을 사는 건 터텀만의 특권이자 아주 재미난 놀이니까요! 제2,

제3의 블랙홀이 나와서 나의 신체 능력을 업그레이드해 줘야 하지 않나요? 언제까지 정우주의 경험만을 먹고 살 순 없잖아요. 정우주는 아내와 아이를 지키지 못했고, 스테로이드 없이는 주먹 하나 제대로 뻗지 못하는 약물 중독자에 우울증 환자 아니냐고요!

백이든 뒤에 수키가 있다는 것을 알고 당장 그 자리에서 그년을 찢어서 죽이고 싶었지만, 어린 시절 잠깐이나마 스쳐 지나간 기억이 있는지라 매정하게 굴 수만은 없더군요. 수키에게 선물로 백이든 숨이 끊어지는 순간의 영상을 보내줬어요. 남편도 갖지 못한 그녀의 마지막 여정이었죠. 내 눈에도 렌즈가 돌아가고 있다면 그 순간을 두고두고 리플레이할 텐데…

지금쯤이면 훌륭한 형사 이노아 씨가 미련한 여동생을 구출하러 오고 있겠죠? 이 얼마나 가엽고 애처로운 남매간 우정인가요! 이제 와 무슨 소용이라고… 나는 정우주에게 그랬듯 할로세인을 묻힌 천을 수키의 코 밑에 갖다 댔어요. 종이 인형처럼 몸을 축 늘어뜨리더군요. 어때요? 노아가 즐거워할까요? 그녀석이 어젯밤 잠을 충분히 잤어야 할 텐데요. 나와 본격적으로 게임을 시작하려면 말이죠.

38

회색 안개 속에 갇힌 기분이었다. 백이든의 죽음부터 김지오의 수배, 렌즈 보안과의 해체, 수호의 불호령과 휴직 권유, 그리고 수키의 방송과 그녀의 실종까지. 이제 선명한 경계선이 나올 때까지 답답한 안개 속을 헤치고 앞으로 나아가는 수밖에 없는 건가? 무엇과 조우하게 될지는 운명에 맡겨놓은 채? 안개가 걷히기는 할까?

20여 년에 걸쳐 묘하게 연결된 모두가 가진 공통점은 나와 수키밖에 없어. 루지는 우리 쌍둥이의 막냇동생이고, 정우주는 루지 실종 사건 용의자의 아들인 남도진과 이복형제였으며, 이든은 수키를 비밀 정보원으로 둔 기자였지. 루지의 실종부터 내 특별 수사본부 발령, 그리고 일주일 간격으로 벌어진 정우

주와 백이든의 살인까지 모든 것은 그저 우연에 불과한 걸까? 아니면 우리는 비극을 몰고 다니는 저주받은 남매라도 되나? 왜 그런 사람들 있지 않은가. 죽음을 친구로 둔 사자(使者)들.

여전히 수키의 집 안이었다. 수키가 사라지고 나서야 그녀의 집에 와보게 되었다니. 나는 항상 왜 뒷북을 치고 돌아다니는지. 루지를 불러 세우지도 못했으면서 장기 미제 전담 수사팀으로 발령 나야 한다고 떼를 쓰지 않나, 수키에게 안부 전화 한 번 없었으면서 불 꺼진 집에 들어와 흔적을 찾아 헤매질 않나.

책상 위 액자에 담긴 가족사진은 그를 더 절망의 구렁텅이로 빠지게 했다. 8살 크리스마스 때 쇼핑몰에 있는 대형 트리 앞에서 찍은, 5명의 가족 모두가 활짝 웃는 사진이었다. 그는 액자를 내려 사진을 덮어버렸다.

"마음을 추스르려고 잠시 속세와 떨어져 지내려는 건 아닐까요?"

로한이 등 뒤에 다가와 물었다.

"걔 휴대폰에 내 전화가 이틀 동안이나 부재중으로 찍혀 있어. 이렇게 오래 집을 비워? 휴대폰과 차를 놔두고?"

"어디 들를 만한 데가 없습니까?"

"아주 먼 친척을 제외하고는 없어. 우리에게 남은 가족은 서로뿐이야."

"집 밖에 잠깐 나갔다가 누군가와 마주친 건 아닐까요?"

"납치의 가능성을 말하는 건가?"

로한은 대꾸하지 않았다.

"그나저나 넌 수키와 뭐로 연락을 한 거야? 네 번호는 부재 중으로 안 떠 있던데."

노아가 말을 이었다.

"수키 씨가 알려준 번호가 따로 있어요. 488-7551-2266."

로한이 전화 목록을 뒤지며 말했다.

"제길. 비밀 전화기가 또 있었구나. 아마 너나 백 기자하고만 연락했겠지. 이수키에 대해 모르는 것투성이니."

"혹시 조민수일까요? 채람 코퍼레이션에서 수키 씨 얼굴이 노출됐잖아요. 양진영은 렌즈 삽입술을 안 했다 치지만 조민수 는…"

앙심을 품은 조민수에게는 수키에게 해코지하고도 남을 능력과 자원이 충분했다. 도대체 무슨 생각으로 수키를 수사에 끼게 했을까? 노아의 머릿속에는 나수호 팀장이 떠올랐다. 그가 날 바라보는 답답한 심정이 이랬겠지. 꼴 좋다, 이노아. 업보라고. 그런데 왜 수키가 희생해야 하냐 말이야!

그때 노아의 전화로 메시지 하나가 도착했다. 발신 번호는 488-7551-2266이었다. 로한이 알고 있는 수키의 번호.

가여운 이노아 형사. 21년 동안 잘 지냈나요? 사랑하는 사람의 죽음이라는 마음의 짐을 혼자 짊어지며 지난 세월을 보냈으리라 생각하니 마음이 착잡해지네요.

잿빛 공터에서 홀로 서 있는 그 심정을 이해해요. 모든 게 나 때문이라는 자책, 사람들의 차가운 눈초리, 무언의 손가락질, 저들끼리의 수군거림은 가시의 형태로 흩어져 마음을 마구잡이로 찌르다가 시간이 지나면서 하나의 덩어리로 뭉쳐지죠.

볼썽사나운 그것은 어둠이라는 양분을 잘 받아먹고 창살이 단단한 감옥 안에서 자라나요. 희망의 멜로디를 따라 나가고 싶지만, 마음에 갇혀 있는 나는 쇠사슬 없이는 자유로울 수 없다는 걸 깨닫게 되고요.

이제 당신도 고통과 번뇌를 집어 던질 수 있다면 좋겠네요. 당신의 눈앞엔 소녀의 죽음의 비밀을 파헤칠 기회가 놓여 있어요(그렇습니다, 루지는 죽었지요).

끝까지 연민과 동정심을 잃지 않고 따라올 수 있길…

당신의 오래된 벗이.

노아는 루지의 이름이 들어간 괄호 안 두 문장을 한참 동안 들여다봤다. **루지가 죽었다고? 그걸 왜 이 자식은 확언할 수 있는 거지? 왜 나는 아직도 일말의 희망을 붙잡고 있는 거고? 이 자식은 정말 루지가 어떻게 죽었는지, 왜 죽었는지 알고 있는 건가? 가족인 나는 그걸 몰라서 21년 동안 지옥 속에서 나뒹굴었는데? 우리 부모님은 그걸 몰라 세상을 등지게 됐고, 고아가 된 수키와 난 그걸 몰라서 살얼음 위를 걷듯 위태롭게 인생을 버텼는데?**

노아는 수키의 침실로 들어가 문을 걸어 잠근 뒤, 그녀의 침대에다 얼굴을 묻고 큰 소리로 고함을 질렀다.

"루지가 죽었다고? 루지가 죽어버렸다고?"

노아는 침대를 주먹으로 쾅쾅 치며 얼굴을 매트리스 위에 묻었다. 눈물과 콧물이 수키의 하얀 침대 시트 위에 끈적하게 달라붙었다.

"팀장님, 문 좀 열어보세요."

로한이 문밖에서 노크했다.

"무슨 인생이 이러냐, 로한아? 이 새끼의 말 한마디로 이렇게 허무하게 밝혀질 건데… 21년 동안 왜 나를 희망에 빠지게 했어?"

노아는 주머니에 넣어진 가방 그림, 수키의 비밀 전화기로 온 문자 메시지, 그리고 그가 기억하는 어린 시절 남도진의 얼굴을 차례로 떠올렸다. 몸과 마음이 화로 안 장작처럼 활활 타들어 가는 것 같았다.

"아닐 수도 있잖습니까? 문 좀 열어보십시오, 팀장님."

"날 벌주고 싶었던 거야. 나한테 고통을 주고 싶었던 거라고. 근데 왜 내가 아니라 수키를 데리고 간 거야!"

한 악마가 심어놓은 불행의 씨앗은 결국 사람들 모르게 21년 동안 무럭무럭 자라나 악행의 나무가 됐다. 햇볕이 들지 않는 숲 가장 깊은 곳에서 왕성하게 가지를 친 이 나무는 옆에 있는 나무들과 토양까지 병들게 하고 있었다.

"현실을 부인하고 싶었던 거예요. 고아가 된 어린아이가 스스로를 지키려고 만든 방어기제입니다. 아버지가 아동 살해범이라는 걸 믿을 수 없었을 테니까요. 그러니 남일록한테 불리한 진술을 한 팀장님 탓을 한 거예요. 그게 훨씬 쉬우니까."

로한이 대꾸했다.

"문 좀 열어보세요. 수키 씨의 비밀 폰과 정고요 핸드폰 통신사로 기지국 추적 요청을 보냈어요. 답이 왔습니다."

로한이 말을 이었다. 노아는 방문을 열고 눈물로 젖은 얼굴을 드러냈다.

"어디로 갔다냐, 그 개새끼?"

"정고요 전화기는 김지오 수배가 떨어진 직후 팀장님 고향마을인 모리마을에서 꺼진 게 확인됐습니다. 그런데 수키 씨전화기는 저 문자 메시지를 끝으로 카일럼시에서 마지막으로 끊겼어요."

"내 고향마을은 남동쪽이야. 카일럼시는 서북쪽이고. 둘은나라 반대편이잖아."

노아가 말했다.

"어디로 가야 할까요?"

로한이 난처하다는 표정으로 물었다.

"우리 고향 마을로 갔겠지. 우리 모두에게 의미 있는 장소는그곳이니까. 남도진은 나한테 고통을 주고 싶었을 테니까."

"수키 씨 번호로 온 메시지는요?"

"문자는 예약 전송으로 보낼 수 있잖아. 추적될 걸 알면서 이동 중에 메시지를 보내진 않았을 거야."

노아는 벌떡 일어나더니 현관 옆 벽에 걸린 수키의 차 열쇠를 꺼내 들었다. 로한도 노아를 따라 집을 나섰다. 수키의 SUV는 가로등 하나 없는 국도를 빠르고 신경질적으로 내달리기 시작했다.

39

　노아와 로한은 뭉툭한 콧날 끝이 콧구멍보다 더 아래로 튀어나와 있는 위협적이고 세모난 코가 마치 트롤의 것 같고, 그것이 해안가의 주상절리로 버티고 있다고 하여 트릴이라는 이름이 붙은 터림의 남동쪽 도시에 들어왔다. 꼬불꼬불한 언덕을 오르다가 무서울 정도로 가파른 경사의 내리막길을 지난 다음, 암막 커튼처럼 서 있는 나무가 우거진 길을 지나자, 세쌍둥이, 그리고 남도진의 고향인 모리마을이 나타났다.

　주변이 오래된 빙하처럼 파란색으로 보이는 블루아워쯤이었다. 마을 뒤편은 거대한 설산에 의해 가로막혀 있었다. 산 맞은편은 내리막길을 타고 마을로 들어오는 국도의 시작점으로서, 차량 통행량은 저 멀리 절벽을 감춘 검은색 절리에 하얀 물

보라가 부딪치는 빈도수보다 훨씬 더 적어 보였다.

그들은 민가를 지나쳐 오르막길을 타고 마을회관으로 향했다. 루지 실종 이후, 산으로 향하는 언덕을 깎아 만들어 생겨난 작은 마을회관은 사람들이 많이 떠나 10여 가구밖에 되지 않는 민가를 모두 내려다볼 수 있는 전망대 옆에 자리 잡고 있었다. 자로 반듯하게 재서 구역을 나눈 듯 일정한 간격의 집들이 얇은 눈을 이고 있는 지붕 밑으로 은은한 주황색 조명 빛을 뿜어냈다. 바닷가를 따라 슈퍼, 학교, 주유소, 식당, 그리고 술집이 드문드문 있었다. 책 속에나 나올 법한 조용하고 평화로운 풍경이었다.

노아는 언덕 위를 올려다보는 몇몇 주민들과 눈이 마주쳤다. 모자 아래로 빠져나온 그의 하얀 머리칼과 피부를 보자 그들은 흠칫 놀라며 커튼을 쳤다. 몇 시간 후면 찾아올 어둠과 공포를 대비하는 건지, 마을에 오랜만에 찾아온 백색증 괴물을 피하려는 건지 분간이 가지 않았다. 분명한 건 그들에게서 할 수만 있다면 마을 전체에 보이지 않는 투명 돔을 설치해 노아를 저 멀리 튕겨내 버리겠다는 공격적이고 방어적인 태세가 풍겼다는 것이다. 그들은 모리초등학교 근처로 향하는 노아와 로한의 뒤꽁무니를 뾰족한 눈초리로 쫓았다.

기역(ㄱ) 자로 꺾어진 1층짜리 건물인 모리초등학교는 바로 옆에 중·고등학교를 두고 있었다. 굳게 닫혀 있는 교문 안쪽 눈 덮인 운동장에는 새 발자국과 고양이 발자국만 나 있을 뿐이었다.

　노아는 금세 앞마당인 산을 오르고 뒷마당인 바다에서 물장구를 치는 해맑은 미소의 어린 세쌍둥이들을 상상했다. 이내 그 잔상은 교문을 나서는 루지의 뒷모습, 병실에서 자신을 때리던 수키의 슬픈 표정으로 변했다.

　"여깁니까? 그 운동장."

　로한이 적막을 깨고 물었다. 노아는 그가 무엇을 묻는지 대번에 알아듣고 고개를 끄덕였다.

　"누구세요?"

　등 뒤에서 들려오는 소리는 세퍼드의 목줄을 잡은 중년 여자의 것이었다. 노아를 봤음에도 로한에게 얼굴을 향한 채였다. *여전하군. 유령 취급하는 건.* 노아는 그녀를 기억했다. 같은 학교에 다니던 최은우의 엄마였다. 세월을 직격으로 맞은 듯 보였다. 까무잡잡한 피부, 주름이 깊게 팬 이마와 볼, 그리고 건강과 담을 쌓은 것처럼 보이는 펑퍼짐한 몸까지. 노아는 목줄을 팽팽하게 유지한 채 앞발을 세우며 사납게 짖어대는 개로부터 한 걸음 떨어지며 안주머니에서 형사 배지를 꺼냈다.

　"젬마 형사입니다."

　그녀는 예상 밖이라는 듯 눈을 크게 뜨고 노아를 바라봤다.

　"연락이 끊긴 사람 하나를 찾고 있습니다."

　로한의 말에 여자의 눈이 더욱 휘둥그레졌다.

　"이 마을 사람은 아니니 걱정하지 마세요."

노아가 덧붙였다.

"사흘 전에 이 근처에서 마지막으로 휴대폰이 꺼진 사람이 있습니다. 혹시 마을을 방문한 외지 사람이 있습니까?"

셰퍼드가 로한의 말을 알아듣기라도 한 듯 날카로운 이를 드러내며 으르렁거리는 바람에 여자는 개의 목줄을 더욱 강하게 잡아당겨야 했다.

"아뇨. 그런 사람은 못 봤어요. 우리 마을은 다른 지역 사람들을 환영하지 않거든요. 그러니 형사님들도 어둠이 내려앉기 전에 마을을 빠져나가는 게 좋을 거예요. 밤에 우리는 여길 드나들지 못하게 울타리를 쳐놓아요. 저 문은 어둠 속에선 절대 열리지 않을 거라고요. 오늘도 마찬가지겠죠."

여자는 나무가 우거진 국도 시작점에 살짝 보이는 마을 입구의 철문을 가리켰다.

"오랜만이구나."

그러고는 마침내 고개를 돌려 노아에게 말을 걸었다. 노아는 살짝 목례했다.

"누가 없어졌니? 설마 수키?"

노아는 눈을 질끈 감았다.

"생각나는 게 있으시면 여기로 연락해 주세요."

로한이 명함을 건네자 여자는 고개를 끄덕이더니 걸음을 옮겼다.

"어둠이 가라앉으면 철문으로 마을을 봉해버린다고? 알고 계셨어요?"

로한이 이해할 수 없다는 듯 고개를 갸우뚱거리며 물었다.

"안타깝지만 그렇습니다. 우리 마을만의 규칙이죠! 이 차 주인 되시는가 보군요. 볼보. 아주 견고한 차죠. 물론 철문을 뚫고 지나갈 만큼은 아니겠지만."

마을회관 주차장에서 덩치가 큰 남자가 수키의 SUV 옆에 서서 소리쳤다. 수염을 길게 기른 그는 이쑤시개로 치아 사이를 쑤시고 있었다. 처음 보는 남자였다.

"형사님들이 우리 마을엔 무슨 일로 오셨을까나?"

옆에서 비슷한 체구의 대머리 남자가 끼어들었다. 마을에 하나 있는 슈퍼를 운영하던 사람이었다. 그는 노아를 보고 활짝 웃었다. 유달리 '형사님들'이라는 말에 강조하며 말하는 것으로 보아 조롱하고 싶은 눈치였다.

"공무 수행 중이죠. 휴가라도 나왔겠습니까?"

노아의 답에 남자들이 미소를 지었다.

"아무렴. 그러시겠죠, 형사 나리들. 어둠이 들이닥치기 전에 나가는 게 좋을 겁니다. 저 여자 말이 다 맞으니까."

"그렇지. 자고로 여자들의 말을 들어야 하는 법이지."

슈퍼 주인이 건너편 철문을 향해 고갯짓하자 이쑤시개를 문 남자가 맞장구쳤다.

"근처에 하룻밤 묵을 수 있는 곳이 있습니까?"

로한의 질문에 남자들은 놀리듯 웃으며 뜸을 들였다.

"밤새 얼어 죽지나 않길 바랍니다. 행여나 마을회관에서 잘 수 있을 거란 생각은 추호도 하지 마쇼. 거긴 노숙자 쉼터가 아니니까. 우린 분명 말했소이다. 어둠이 내려앉으면 철문은 닫힌다고!"

남자들은 낄낄거리며 언덕을 내려가더니 흩어졌다.

"환대 한번 끝내주네요."

로한이 고개를 내저으며 중얼거렸다.

"네가 만약에 남도진이라면 이런 고향에 왜 왔겠냐? 좋은 기억 하나 없고 고통만 느끼다 떠났을 텐데."

언덕을 오르며 노아가 물었다. 로한은 주춤하며 대답을 망설였다.

"괜찮아. 말해봐."

"수키 씨를 마을 사람들 보는 앞에서 어떻게 하려고 했을까요? 복수의 의미로."

"그렇지. 복수는 복수 대상이 가장 아끼는 사람에게 하는 법이니까 말이야."

노아는 턱에 힘을 잔뜩 주며 민가를 하나씩 찬찬히 뜯어보았다. 블루아워가 끝난 하늘은 짙은 남색으로 변하고 있었다. 해변 수평선 근처는 분홍빛과 주황빛으로 물드는 중이었다. 길어야 30분 후면 낯설고 작은 도시는 완전한 암흑과 추위에 잠길 것이었다. **남도진은 아직 이곳에 있을까?**

자동차나 자전거가 주차되어 있지 않은 유일한 집 하나가 눈에 들어왔다. 다시는 보고 싶지 않았던, 모든 행복을 앗아간 악마가 살았던 그 집. 마을에서 제일 떨어진, 철문과 가장 가까운 그 집에서는 불빛 한 줄기조차 새어 나오지 않았다. 노아는 철문을 바라본 뒤 담배를 한 개비 물고 불을 붙였다.

철문이 대수인가? 닫힌 문은 언젠가 열려야 하는 게 인지상정인 것을! 지금 나가지 않는다면 꼼짝 없이 낯선 추위와 어둠 속에서 기나긴 밤을 지새워야 하겠지만, 그런 것쯤은 노아에게 아무런 문제가 되지 않았다. 정말로.

40

노아는 어디로 가고 있을까요? 혹시 북쪽으로? 거기에 수키는 없을 텐데⋯ 지나가는 캠핑카에 수키의 휴대폰을 던져놓았거든요. 노아에게 보낸 문자는 예약 발송을 걸어놓으면 되는 일이었고요. 이 사실을 알게 되면 노아는 분노와 증오에 몸을 바들바들 떨겠군요. 하지만 인내심을 가져야 하죠. 어쩌면 그녀석은 이미 답을 알고 있는지도 몰라요.

어렵게 얻은 제2의 인생을 아무것도 증명하지 못하고 날려먹다니⋯ 사람들은 날 멍청한 놈이라고 여길 거예요. 이모와 이모부는 나 같은 놈을 입양할 만큼 훌륭한 분들이었으니까요. 내가 당신의 아들이라는 것을 매 순간 상기시키는 데에도 탁월한 재주가 있긴 했지만요.

이모는 한밤중에 나를 보고 깜짝 놀라 유리컵을 떨어뜨리거나 비명을 지르기도 했어요. 이모부는 놀란 아내를 보호하듯 자기 뒤에 숨겼죠. 내가 마치 벌레나 괴물이라도 된 듯 벌벌 떠는 모습이란. 그들이 내 주위에 있을 때면 항상 긴장하는 게 느껴졌어요. 초대받지 않은 파티에 들어선 듯 불편하고 외로웠죠. 나는 갈수록 엄마의 아들이라는 정체성보다 남일록의 아들이라는 정체성이 내 안에 더 크게 자리 잡는 걸 느꼈어요. 당신이 이 말을 듣는다면 뿌듯해할지도 모르겠군요.

그나마 우주가 있어 버틸 수 있었어요. 그 아이를 질투했느냐고요? 오, 그럼요! 그는 건강하고 사랑 충만한 어린 시절을 보냈으며 삶의 기쁨이자 명랑함 그 자체였으니까요. 주변을 환하고 따뜻하게 밝혀주는 등불과도 같았어요. 자기부정과 존재의 후회감에서 오는 깊은 슬픔과 분노, 우울 따위를 우주는 알지 못했을 거예요. 그런 때 묻지 않은, 진귀한 보석과도 같은 아이를 어떻게 시기하지 않을 수 있었겠어요?

난 그 아이의 모든 것을 부러워했어요. 우리는 출발선부터 다르잖아요! 내가 사람들에게 아무리 잘 보이려 발버둥 쳐도 그들은 내 뒤에 찰싹 붙은 어둠과 우울을 귀신같이 알아보고 화들짝 놀라거나 경직된 표정을 짓기 일쑤였어요. 화장실이나 전화를 핑계로 하나둘씩 자리를 떠나기도 했고 저 아이는 왜 여기 있는 거냐며 옆 사람에게 수군거리기도 했죠.

가족끼리 캠핑을 간 날이었어요. 내가 19살, 우주가 15살이었어요. 장작이 필요한 이모가 우주에게 나무를 주워 오라고 시켰어요. 곧바로 우주는 홀로 숲속으로 떠났죠. 나는 노래를 흥얼거리는 우주를 몰래 따라갔어요. 왜 그랬는지는 모르겠어요. 얼마 지나지 않아 우주가 쪼그려 앉아 우는 게 보였어요. 나중에 물으니 새끼 고양이가 길을 잃고 숲을 헤매고 있었기 때문이라고 하더군요.

믿어지나요? 그깟 고양이 때문에 걸음을 멈춰 눈물을 떨구는 사람이 존재한다는 게… 길 잃은 짐승을 보고 눈물을 흘리는 우주라면 나를 보고도 울어줄 수 있지 않겠어요? 내가 새끼 고양이와 다른 게 뭐가 있나요? 가엾고 기구하기로는 인간인 내가 훨씬 더하지 않나요? 우주는 결국 그 고양이를 집으로 데려왔죠. 10년이 지나 죽을 때까지 정성스레 길렀어요.

아직도 그날을 떠올리면 미소와 눈물이 동시에 나와요. 우주에게 난 말 없는 괴짜 형에 불과했겠지만 나는 그 아이를 동경했어요. 우주를 탐구하는 것만으로도 당신이라든가, 루지라든가, 엄마를 떠올리지 않아도 되었으니까요.

내가 할 수 있는 일은 새하얀 도화지 같은 그 아이가 시커멓게 오염되지 않게 지켜주는 것 뿐이었어요. 그 아이의 순수한 열정을 지독하게 사랑했으니까요. 끝까지 강인한 챔피언으로 남아주기를 바랐죠. 그 바람은… 안타깝게도 끝까지 지켜지지 못하고 말았지만.

41

 울타리가 허물어진 그 집 앞마당 진입로에는 다른 집들과는 달리 눈이 쌓여 있었다. 사람의 손길이 닿지 않고 방치된 곳처럼 보였다. 그래도 짙은 보라색인 기둥 색깔이 바래지 않은 걸 보면 누군가가 페인트칠은 정기적으로 하는 모양이었다.

 현관을 두드리는 소리에 대한 응답은 없었다. 로한은 노아가 고개를 끄덕이는 걸 보고 뒤에서 손잡이를 돌렸다. 문은 높은 바이올린 음처럼 삐걱거리며 힘겹게 열렸다. 노아는 오른손으로는 로한의 글록19를 쥐었고, 총을 받친 왼손으로는 전등을 비추며 좌우를 빠르게 살폈다.

 경찰대 재학 시절부터 선생님들이 종종 하던 말이 있었다. 나이가 들수록 편견 없는 유연한 사람이 되려 노력했지만 인간과 사건에 대한 데이터베이스가 쌓이면 쌓일수록 직감이라고 하는 것에 대한 신뢰는 더욱 커지더라는. 그러나 절대 그 직감을 무시하면 안 된다는. 노아는 고향에서 마주한 처연한 분위기에 등골이 서늘해지며 형사의 촉이 곤두서는 것을 느꼈다. 그 불길한 직감이 제발 틀려주길 바랐다.

나무 바닥에 낮게 고여 있던 먼지를 일으키며 집 안으로 들어선 노아는 메케한 공기에 기침이 나왔다. 한 사람의 발자국이 희미하게 나 있었고, 그 옆에 무언가가 끌려온 줄 같은 자국이 몇 개나 나 있는 것이 눈에 띄었다. 그것들은 거미줄이 복잡하게 얽혀 있는 나선형 계단으로 이어졌다.

외관과는 다르게 내부는 그야말로 폐허 그 자체였다. 거실 창문 근처 선반에 놓여 있던 액자 유리는 산산조각 나 있었다. TV에는 누군가가 도끼 같은 둔기로 찍은 흔적이 있었고, 소파 가죽도 날카로운 것에 찍히고 베인 상처로 가득했다. 주방 안쪽에 보인 침실의 매트리스에는 곰팡이가 가득했다. 옷장 문을 조심스레 열어봤지만 아무것도 보이지 않았다.

그들은 2층을 향해 불빛을 비춘 뒤 금방이라도 무너질 것 같은 계단을 밟고 올라가기 시작했다. 걸음을 뗄 때마다 심장박동이 빨라졌다. 그에 대한 보답이라도 하듯 2층 방문은 굳게 닫혀 있었다. '도진이 방'이라고 쓰인 작은 칠판이 걸린 채였다. 노아는 방문을 발로 툭 쳤다.

"남도진 나와!"

인기척은 없었다. 로한은 노아의 신호를 기다렸다가 문고리를 돌려 문을 활짝 열고 발로 찼다. 노아는 여차하면 방아쇠를 당길 요량이었다.

"젠장."

집 근처에 도착했을 때부터 풍겼던 서늘함의 출처를 마침내 두 눈으로 확인한 노아는 예감이 틀리지 않았음을 확인하고 낙담할 수밖에 없었다. *어느 형사가 예상과 직감이 맞아떨어지는 것을 보고 기뻐하기는커녕 절망하는가!*

목에 밧줄을 건 남도진이 곰팡이가 낀 매트리스 옆 바닥에 쭈그리고 앉아 있었다. 배가 부풀어 올라 바지 지퍼가 터진 그는 목뿐 아니라 두 다리가 골절되어 기형적으로 꺾인 상태였다. 피가 굳어 있는 자국 옆에는 천장에서 떨어져 나온 나무 지지대 일부가 널브러져 있었다.

행여 수키가 있는지 옷장 문은 열 필요가 없었다. '아동 강간 살해범 아들', '나가 죽어라', '지옥행 열차를 타고 사라져라'는 문구가 빨간 스프레이로 쓰인 상태로 문이 활짝 열려 있었기 때문이다. 침대 위에는 공책과 오래되어 보이는 머리핀이 가지런히 놓여 있었다. 창문 밖으로 어둠이 내려앉는 동시에 철문이 닫히는 중이었다.

노아는 안주머니에 챙겨 다니는 라텍스 장갑을 꺼내 끼고 공책을 열었다. 이복동생이었던 정우주가 생의 마지막 순간을 맞이하는 찰나의 장면으로 시작하는 그 기록장엔 남일록의 범행을 간접적으로 인정하는 내용이 담겨 있었다. 옆에 놓인 노란색 머리핀의 정체를 알기까지도 그리 오랜 시간이 걸리지 않았다.

노아는 이제는 낡고 더러워진, 초라한 나비 한 마리를 들어 올렸다. 턱까지 내려오는 백발을 가지런히 모은 뒤, 오른쪽 귀 위에 핀을 꽂고 다니던 9살 루지의 얼굴이 머릿속에 빚어지기 시작했다. 사뿐사뿐 걸을 때마다 나비 한 마리가 머리 위에서 나풀거리는 모습도.

"그래서 수키 씨는 어찌 되었단 거야? 어디 있냐고?"

로한이 큰소리쳤다.

노아는 앉은 자리에서 일기장을 몇 번이나 읽어보았지만, 수키의 행방에 대한 단서는 어디에도 없었다. 결국 그들은 혼란을 어깨에 이고 집을 빠져나와야 했다. 마을 사람들 몇몇이 마을회관 주차장에 서 있었다. 호주머니에 손을 찔러 넣고 서 있던 대머리 남자가 철문을 가리키며 미소 지었다. 로한이 트릴 경찰서에 전화를 거는 동안 노아는 마을회관 주차장으로 걸어 올라갔다.

"철문은 열어야 할 거요. 시체를 싣고 나가야 하니까."

"무슨 시체?"

"누가 죽었어?"

"저 저주받은 집에서?"

마을 사람들의 질문이 귓가에 웅성거리며 맴돌자, 노아는 시커먼 해변 쪽으로 고개를 돌렸다. 절벽이 파도에 조금씩 깎여 나가는 소리가 들렸다. 수키, 루지와 함께 해변을 뛰노는 어린 자신이 보이는 것 같았다. 바닷물이 들어왔다 모래알 속으로 사라지고 다시 빠져나가는 것을 멍하니 바라보는 남도진도…

노아는 마을회관 주차장을 뛰어 내려가는 남자들을 쫓으며 글록19를 겨눴다.

"들어가면 쏘겠어. 사건 현장 훼손은 증거인멸의 의도로 간주한다. 아까부터 심히 거슬렸어, 너 이 새끼들. 공무집행방해도 끼워 넣어주지."

언덕 위에서 노아와 로한에게 말을 걸었던 남자 2명은 경고에 멈춰 섰다.

"말도 더럽게 안 들어먹는 빌어먹을 마을 같으니라고!"

마침내 저 멀리서 사이렌 소리가 들려왔다.

42

살인 용의자 현상수배 (검거 보상금 1억까지)

– 인적사항, 특징 및 사건개요

1. 인적 사항 : 김지오 (39세, 남자)

2. 신체 특징 : ①신장 184cm ②호리호리한 체격 ③뿔테 안경
   (벗었을 가능성) ④어깨까지 내려오는 검은색 머리 (염색이나 이
   발 가능성)

3. 사건 개요 : 2036. 03. 10. 젬마시 아모산 200m 지점에서
   피해자 백이든을 살해 후 도주

- 신고 전화번호 및 안내 사항

1. 국번 없이 112, 젬마 북부경찰서 강력1팀 873) 372-5596
2. 2036. 03. 10. 이후 김지오의 도주 모습이 담긴 렌즈 아카이브를 제공하는 시민들에게 소정의 금액 지급, 가장 마지막 타임라인의 아카이브 제공자에게는 5,000만 원 지급
3. 신고자, 제보자의 신원이 노출되지 않도록 비밀 절대 보장

젬 마 북 부 경 찰 서 장

도넘시에 사는 오이안은 전화기에서 흘러나오는 공개수배에 눈과 귀를 기울였다. 마트에서 장을 보고 나오는 길이었다. 정우주 추모식에서 찍힌 매니저 김지오의 사진이 여러 장 보였다. 오이안은 걸음을 멈추고 화면 속 김지오를 가만히 들여다봤다. AI가 수배지를 읽어주자 낮고 깊은 김지오의 육성이 흘러나왔다. *'나 때문이에요. 모든 게 내 탓입니다. 우주는 내가 죽였어요!'*

오이안은 딸 유미가 뱃속에서 태동하던 시기에 렌즈 삽입술을 하기로 결정했다. 가족들은 채람 프로젝트3540이 실현될 때까지 조금 더 기다리자고 했지만, 딸이 세상에 나오는 순간부터 모든 나날을 눈에 담아서 기록하고 싶었던 그는 재작년 여름에 젬마까지 내려가 180만 원을 주고 수술했다.

지금은 아내와 함께 운영하는 술집에 손님이 없을 때마다 채

람 앱에 들어가 딸을 추억할 수 있어 그 결정은 인생에서 내린 최고의 것이 됐다. 때로 그는 밤새 휴대전화를 들여다보며 유미를 추억하고자 일부러 가게에서 잠을 자기도 했다. 2년 남짓의 짧은 인생 내내 코에 호스를 꽂고 있어야 했지만 유미는 누구보다 부드럽고 따뜻한 천사였다. 그 아이에게서 나는 분 냄새를 다시 맡을 수 있다면. 보물 같은 그 미소에 입을 맞춰줄 수 있다면. 작은 손으로 볼을 톡톡 쳐주며 잘 자라고 토닥여 주던 손길을 다시 느낄 수 있다면. 그나마 유미의 모습들을 채람이라도 간직해 다행이었다.

아직 동이 트지 않은 아침 9시의 도넘은 마치 화성에 눈이 내린 모습 같았다. 멀리 인가에서 나오는 불빛만이 그가 발을 디디고 있는 곳이 지구라는 사실을 알려주는 듯했다. 바람의 멜로디에 곰이 다가오는 소리가 묻히지 않는지 신경을 곤두세우며 산탄총을 괜히 어루만진 이안은 스노모빌의 시동을 걸고 전조등을 켜고 경찰서로 향했다.

도넘의 유일한 경찰관인 63세의 박규현 경위는 아버지와도 같은 사람이었다. 지역 접근성이 다른 도시들에 비해 현저히 떨어지는 도넘시는 그 덕분에 터텀에서 유일하게 범죄율이 거의 없는 평화로운 곳이었다. 잔잔한 호수처럼 평탄한 나날은 이웃들에게 살인적인 추위와 세상으로부터의 고립을 대가로 안겨주었지만 마을의 안정은 사실 규현의 공이 컸다. 그는 눈이 몇 미터나 쌓이는 날이면 직접 길을 내주는 환경미화원이

자, 고장 난 스노모빌을 고쳐주는 엔지니어이자, 개 썰매 경주 대회를 매년 주관해 양로원의 노인들에게 삶의 활력을 주는 사회복지사였다.

"왜? 누가 또 모빌 타고 가다가 뒤집어졌냐?"

규현이 아침 일찍 모습을 드러낸 이안을 보고 깊게 팬 이마 주름을 드러내며 물었다

"아뇨."

"그럼? 어제 만희가 14살이 된 기념으로 스노모빌을 몰아보더니 나자빠져서 꼬리뼈가 작살났어. 기겁하는 줄 알았다."

"김지오가 지금 우리 도시에 있는 것 같아요, 아저씨."

규현으로서는 완전히 예상 밖의 말이었다. 35년의 경찰 인생 동안 사소한 시비나 절도 같은 경범죄를 처리해 본 적은 있어도 폭행이나 강간, 살인은 접해본 경험이 없는 그였다. 그런데 나라를 떠들썩하게 만든 살인 용의자가 마을에 잠입했다니.

"도로가 마비됐잖아. 헬기를 타고 들어와야 하는데?"

"신분증 검사 따위 안 하는 거 아시잖아요."

"우리 마을은 유일하게 안전하고 지루한 곳이야. 뇌가 있는 사람이라면 여길 은신처로 삼지는 않을 거라고."

"미련하나 보죠. 어제 새벽에 그 사람이 길을 물으러 들어왔어요. 확실해요."

검은 외투를 걸친 김지오는 검은색 야구 모자를 썼고 운동 가방 하나를 사선으로 메고 있었다. 가녀림과 강인함이 오묘하

게 공존하는 그에겐 사람을 홀리게 하는 무언가가 있었다. 수배지에서 설명한 것처럼 뿔테 안경을 쓰지도 않았고 머리도 짧았지만, 큰 키에 창백한 얼굴, 부르텄지만 도톰한 입술은 화면 속 김지오가 분명했다. 머리카락의 길이가 들쭉날쭉한 것으로 보아 수배선상에 오른 걸 알고 대충 자른 것 같았다.

김지오는 "근처에 호텔이 있나요?"라고 물었다. 목소리가 떨리는 것을 본인도 감지했는지 바로 헛기침을 하며 불안함을 달랬다. 그처럼 젊은 이방인이 오후 2시면 하루를 마감하는 터텀의 가장 고립된 최북단의 마을에서 호텔을 찾는 것은 좀처럼 드문 일이었다.

"뭐 하다 이 새벽에 호텔을 찾아요? 헬리콥터는 아까 낮에 사람들 마지막으로 내려주고 떠났는데. 도로도 지금 얼어서 다 봉쇄됐을 거고. 설마 도보 여행 중?"

오이안은 오랜만에 보는 외지인에 말문이 트인 아기처럼 질문을 쏟아냈다.

"여기 호텔은 없어요. 검색해 보면 알겠지만."

대꾸가 없자 오이안이 말했다.

"휴대폰 배터리가 없어서요."

물을 마신 지 오래된 듯 갈라진 목소리가 흘러나왔다.

"게스트하우스가 유일하게 한 채 있죠. 주황색 집인데. 아, 여기는 간판이 없어서 건물을 색깔 별로 구별해요. 지금은 그마저도 보이지 않겠지만… 그렇다고 라이트를 켜면 안 됩니

316

다! 곰들을 자극할 수 있으니까요. 항상 총을 가지고 나가야 하죠. 특히 이 새벽엔. 도넘은 처음인가요?"

김지오는 고개를 끄덕였다.

"데려다줄까요? 총이 있는데."

오이안은 웬지 호의를 베풀고 싶어졌다.

"괜찮습니다."

고심하던 그가 마침내 말을 뗐다.

"아니면 우리 집에서 머물다 가도 되고요. 게스트하우스보다는 싸게 쳐줄게요."

김지오는 고개를 저은 다음 현금을 주고 물 한 병을 샀다. 오이안이 몇 번이고 새벽 외출이 위험하다고 만류했지만 그는 기어코 괜찮다며 나갔다. 오이안은 시야에서 사라져 가는 김지오의 뒷모습을 바라봤다. 발레리노처럼 사뿐사뿐 걷는 남자였다. 가게 문이 닫히는 순간 머리칼이 바람에 흘날리자, 그는 주위를 두리번거리면서 모자를 다시 고쳐 썼다.

"3월 13일 0시 46분이었네요."

규현은 오이안의 채람 앱 속에 담긴 기억을 자신의 렌즈에 기록했다.

"그 시간에 집에도 안 가고 가게에서 뭐 하고 있었어?"

규현의 질문에 그가 멋쩍은 웃음을 지어 보였다.

"또 가게에서 밤새 휴대폰 들여다본 거야? 유미 보려고?"

오이안이 고개를 끄덕였다.

"야, 그 사람이 진짜 김지오였다면 큰일 날 뻔한 거야."

규현이 핀잔하는 어조로 말했다.

"아무 일 없었잖아요. 만약 제가 그 사람을 발견한 마지막 아카이브 제공자면요?"

오이안의 목소리에서는 공포보다 설렘이 묻어났다.

"아무한테도 얘기하지 말고 집에 들어가 있어. 조심하고."

규현은 오이안의 어깨를 툭 쳤다. 진짜 있을지도 모르는 김지오 걱정에 착잡해진 그였다.

오이안은 5,000만 원을 타게 되면 채람 코퍼레이션에서 개발한 가정용 플레이어를 집에 들여놓아야겠다고 생각했다. 모든 기억을 그 기기 안에서 재생할 수 있다면 유미를 다시 볼 수 있을 뿐 아니라 세 가족이 행복했던 때로 돌아가 그 아이를 만지고 품에 안을 수 있을 테니까. 그는 식료품이 담긴 종이봉투를 안고 집으로 향했다. 김지오를 자신보다 늦게 본 목격자가 없길 바랄 뿐이었다.

43

어느 날 김지오가 찾아왔어요. 역시 동족은 서로를 알아보는 특별한 안테나가 있나 봐요. 약물 디자이너를 고용하자고 조르는 우주를 설득해 달라더군요.

심장이 저렸어요. 쿵, 쿵, 쿵. 쪼그라든 내 심장은 심해로 가라앉아 더 이상 내려앉을 곳이 없었죠. 나는 우주가 깨지고 다칠까 봐 전전긍긍했는데 정작 그 아이는 용서받지 못할 오물을 뒤집어쓰고 모두를 속이려고 하다니!

화가 나기도 했지만 무엇보다 마음이 너무 아팠어요. 우주는 극심한 고통을 겪고 있었던 게 분명했으니까요. 내가 그 고통을 끝내줘야 했죠. 우주 사망 보험금을 두둑하게 챙기고 싶어 했던 김지오도 거기에 동의했고요.

토요일 저녁에 호텔에서 쫓겨나는 것은 계획이었어요. 라운지 바에서 양주 2병을 시킨 다음, 화장실로 가 변기에 비웠어요. 몇 방울은 몸에 뿌렸고요. 술 향기를 맡으면서 욕구를 제어하기란 쉽지 않은 일이었어요. 치러야 할 대의와 의지가 있었으니 망정이지 그렇지 않았더라면 속수무책이었겠죠.

직원에게 이끌려 28층에 도착했을 때 우주의 눈빛은 내 의지를 더욱 견고하게 만들었어요. 그 녀석은 평소에 나를 절대 그런 경멸의 눈초리로 보지 않거든요. 모든 게 그 빌어먹을 약물 때문이었을 거예요. 할 수만 있다면 우주의 몸을 열어서 그 더러운 것들을 모조리 꺼내주고 싶었다니까요.

김지오는 호텔 직원에게 전화하는 척하면서 미리 심어놓은 조력자에게 신호를 줬어요. 양진영이었죠. 재활원으로 끌려가서 알리바이를 만들기 전, 돈이라면 무엇이든지 할 그에게 난 위장할 수 있는 옷가지를 건네줬어요.

김지오가 1층에서 기다리고 있을 테니 같이 엘리베이터를 타고 28층으로 가라고 했죠. 그 대가로 버러지 같은 놈이 우주의 채럼 아카이브가 깔린 휴대폰을 손에 넣을 수 있었던 거예요. 다크 웹에 경매로 올린 경험으로 벌어들인 돈이 곧 있으면 60억을 돌파한다죠?

원래 백이든은 안중에도 없었지만, 그 여자가 우주 죽음의 진실도 파헤칠까 봐 두려워하던 김지오는 백이든을 죽여야겠다고 했어요. 안 그래도 기사 때문에 성이 나 있던 차였는데 나로서는 잘된 거였죠. 채람 렌즈가 금지되면 우주를 능가하는 강한 챔피언의 업적을 알리지 못하게 되잖아요! 백이든은 남들이 즐거워하는 꼴을 보지 못하는 열등감에 **빠진** 우울한 사람일 뿐인데 왜 우리가 그 여자의 손에 놀아나야 하죠?

애석하게도 수배가 떨어졌더군요. 증거를 남기는 실수를 한 김지오가 너무 부끄러웠어요. 머지않아 그는 잡히겠죠. 모든 것이 탄로 나게 될 거예요. 김지오는 내가 공범이라고 고백할 수밖에 없을 테니까요. 난 법의 심판을 받을 수 없어요. 허술하기 짝이 없는 법 조항이라는 것은 코에 붙이면 코걸이, 귀에 붙이면 귀걸이라는 걸 모두가 아는 사실 아네요?

모든 것이 시작된 곳에서 끝내는 것이 나아요. 이곳에 오니 왠지 모르는 편안함이 느껴지는 건 무엇을 말해주나요? 당신의 영혼이 머무는 이 집이 어쩌면 내게 주어진 운명이었고 당신의 그림자 속에서 지내는 것이 내게 맞는 옷이었나 봐요.

이모와 이모부로부터 분에 넘치는 사랑을 받았던 지난날은 내 운명의 궤도에서 벗어난 시간이었어요. 새 삶을 온전히 누리지 못하고 그들을 아프게 한 것에 대해 미안하게 생각해요.

동정받기를 원하지는 않아요. 이제야 비로소 난 당신의 품으로 돌아갈 수 있으니까요. 그곳에서 사랑스러운 어머니를 만날 수 있다면 좋겠군요. 물론 루지도요. 당신이 친히 배웅을 나와주길.

44

"죽는 순간까지도 수수께끼를 하다니. 누구랑! 무엇을 위해! 남도진, 이 이기적인 새끼."

노아는 일기장을 손에 쥐고 말했다. **남도진은 루지의 실종에 대해서도 거짓말했고, 친아버지도 죽였으며, 입양해 준 이모와 이모부의 은혜도 모르고 사촌 동생이자 이복동생이었던 정우주마저 처참하게 죽였다! 그리고 살인을 저지를 수밖에 없었던 말도 안 되는 이유를 알리고 자살했다!**

한쪽 구석에서 휴대전화를 손에 쥔 로한이 다가왔다.

"팀장님, 김지오가 지금 도넘에 있다는데요?"

"도넘?"

"네. 도넘경찰서 박규현 경위가 전화했습니다. 제 공식 업무는 다음 주 월요일부터인데 괜찮으면 지금 올라와 줄 수 있겠냐면서요."

"수키를 김지오한테 넘겼을까? 오히려 이게 미끼일 수 있잖아."

로한은 노아가 가리킨 부분을 읽어보았다.

"메시지를 예약 전송하고 수키 씨 전화기를 던져놓았다는 부분이요?"

"그래."

노아의 답에 로한이 고개를 천천히 끄덕이며 생각에 잠겼다.

"얼마 전 도넘에 폭설이 내렸잖아요. 도로가 막혔을 텐데. 수키 씨를 납치했다면 같이 헬기를 타고 도넘으로 들어갈 수 있었을까요?"

"혼자 들어갔을 수도 있지. 수키를 어디에 감금해 놓고 말이야. 일단 박 경위한테 정우주 살인사건 특별 수사본부가 올라간다고 전해. 나수호 팀장한테도 전화해서 알리고."

노아는 길게 숨을 내쉬고 활짝 열린 철문을 바라보았다. 남도진의 일기장을 손에 꼭 쥔 그는 차에 올라탔다. **이번에는 절대 놓치지 않아. 수키마저 사라지게 둘 수는 없어. 내 마지막 남은 가족이니까.**

*

송곳처럼 솟은 얼음 동산이 발밑에 놓여 있다가 헬기가 높은 상공에 도달하자 빙산은 지진이 난 것처럼 갈라져 보이기 시작했다. 바람이 작은 동체를 마구 흔들어 놓는 탓에 수호와 로한은 안전벨트를 꽉 동여맸지만, 정작 베테랑 헬기 조종사는 지상에 있는 듯 평온해 보였다. 노아는 그 무엇에도 아랑곳하지 않고 창밖으로 시선을 던질 뿐이었다.

얼어버린 북극해와 하얀 눈에 반사된 잔광 때문에 온 세상이 유리알 속에 있는 것처럼 보였다. 터럼 최북단 해안지역 도넘 사람들은 태양도 지평선 아래로 숨어 들어가 버린다는 극겨울 시기를 겨우 떠나보냈지만, 여전히 그 후유증에 시달리고 있었다. 사방이 설산으로 가로막혀 있어 한여름이 아니고선 마을에 손쉽게 들어갈 수도, 나올 수도 없기에 모든 생명체가 겨울 성안에 갇혀 있는 모양새였다.

저 멀리 북극곰의 가죽을 벗겨서 말려놓은 장대가 우직하게 서 있었다. 옆에는 언덕에서 포대 썰매를 타는 아이들이 보였다. 아이들은 머리 위로 지나가는 헬기를 손으로 가리키며 미소 지었다. *수키를 죽였을 리는 없어. 죽일 이유가 없잖아. 납치되기 전에 미리 영상을 만들어 놨으니까. 하지만 그 영상을 보고 마음이 변했다면?*

새하얀 눈 평원에 헬리콥터의 검은 그림자가 드리워지자 창문 너머로 눈먼지가 일었다. 메인 로터와 테일 로터가 분주하게 돌아가는 중이었다. 헬기가 몇 번 덜컹거리니 조종사는 엄지를 치켜세웠다. 선글라스를 고쳐 쓴 노아는 수호, 로한과 함께 밖으로 발을 내디뎠다. 눈은 정강이까지 푹 들어갔다. 헬기 이착륙 관리장에서 나온 박규현 경위는 그들을 안으로 불러 모았다.

"김지오가 우리 마을에 있다니 믿을 수 없군요. 내 인생에 이런 불명예가 있다니… 내가 경찰로 재직하는 동안에 우리 마을에서 큰 범죄가 일어난 적이나 범죄인이 몰래 숨어 들어온 적은 단 한 번도 없습니다."

"렌즈 제보자는 김지오밖에 못 봤다고 했습니까? 여자 한 명을 더 보진 못한 건가요?"

노아가 물었다.

"그 여자도 용의자입니까?"

박 경위가 대꾸했다.

"인질입니다."

"이런. 무기를 소지하고 있습니까?"

"실전 무술에 굉장히 강한 사람입니다. 무기가 없어도 위험한 인물이죠."

박 경위는 나무 탁자 위에 지도를 펼쳤다.

"도넘에는 집을 포함하여 건물이 총 19채 있습니다. 우리는 색깔별로 건물을 구분해요. 간판이 없죠. 노란색이 식당, 빨간색이 경찰서, 파란색이 마트, 초록색이 보건소, 분홍색이 체육관, 그리고 하늘색이 렌즈 제보자가 근무하는 술집이에요. 민가들은 모두 보라색이고요. 게스트하우스는 딱 한 곳 있습니다. 주황색 건물."

마을은 크게 5구역으로 이루어져 있었다. 한 구역당 건물 네다섯 채가 한 번에 모여 있었고 구역 간의 거리는 상당했다. 다른 구역에 있는 건물로 이동하려면 큰 개가 이끄는 썰매나 스노모빌을 이용해서 간다고 했다.

"이 큰 건물은 뭡니까?"

로한이 제일 북단에 동떨어져 있는 회색 건물을 가리키며 물었다.

"쓰레기 소각장이에요. 그 너머는 사냥 지역이고요."

노아는 규현의 대답을 듣고 밖으로 뛰쳐나갔다. 저 멀리 우뚝 솟은 굴뚝에서 하얗고 옅은 회색의 연기가 피어오르고 있었다.

"굴뚝밖에 안 보이네요. 중간에 산이 가로막고 있어서."

"맞아요. 저기에 있어야 수증기가 산에 가로막혀 최대한 마을 쪽으로 못 올 테니까요."

"2명씩 짝을 지어서 소각장으로 한 팀, 게스트하우스로 한 팀, 그렇게 갑시다."

노아의 말에 수호와 로한이 서로를 쳐다봤다.

"왜요?"

노아가 낌새를 눈치채고 말을 던졌다.

"자네는 총도 없고 배지도 없다. 엄연히 휴직 상태야. 또 사라진 사람은 자네 가족이니."

"맞아요. 하지만 전 지금 김지오를 뒤쫓아 온 거잖아요. 수키가 아니라."

그러나 노아의 말은 수호에게 먹히지 않는 눈치였다.

"여기 있어."

수호는 노아를 보지 않은 채 말하고는 대답을 듣기도 전에 서둘러 나머지 형사들을 데리고 밖으로 나갔다.

"경위님, 팀장님, 문 형사까지 저 빼고 3명이니까 같이 움직이겠네요. 어디로요? 소각장으로요? 민가는 언제 가려고요? 젬마 경찰들이 왔다는 소문이 삽시간에 퍼지면 마을 사람들이 안전하지 못할 수도 있어요. 빠르게 김지오 몰이를 해야 한단 말입니다."

그들을 따라 밖으로 나간 노아는 스노모빌에 몸을 걸치던 형사들에게 말했다. 박 경위와 로한은 수호의 눈치를 볼 뿐이었다.

"소각장에서 어딜 먼저 들르실 건가요? 반입존? 처리시설존? 아니면 굴뚝? 중앙통제실은 김지오가 숨어 들어가지 못했을 거예요. 아무리 세도 혼자 여러 명을 제압할 수 없었을 테니까… 갑자기 모든 공정을 멈추어도 의심할 게 뻔합니다."

"무슨 말이 하고 싶은 거야?"

수호가 날카롭게 쏘아붙였다.

"저랑 팀장님이 소각장에 가고, 김지오가 아직 얼굴을 본 적 없는 문 형사와 박 경위님이 게스트하우스부터 시작해서 민가를 차례로 방문하는 게 어떠냐는 거예요. 곧 북부서도 소식을 듣고 올라올 텐데 그 전에 수사본부랑 도넘 경찰들이 잡아들이는 게 낫잖아요."

"자네 미래를 위한 일이야. 명령에 불복종하면 앞으로 조직에서 어떻게 될지 몰라."

수호가 신경질적으로 말했다.

"알아서 움직이십시오. 저는 직접 스노모빌을 타고 소각장으로 가볼 테니."

"이노아!"

"김지오를 독 안에 든 쥐라고 생각할 수 있겠지만 전혀 아닙니다. 이 날씨에, 수배가 내려진 위험을 무릅쓰고 들어오기로 한 도시가 도넘이에요. 김지오는 지금 눈에 뵈는 게 없거나 미쳤을 거라고요."

"이 형사는 무시하세요. 저희는 게스트하우스로 이동하죠. 나는 분명 여기 남아 있으라고 했어. 너 달랠 시간 없다. 다음은 휴직이 아니라 정직일 거야. 혹은 파면일지도. 장기 미제 팀은커녕 경찰서에 발도 못 붙이게 될 수도 있어."

수호는 로한과 박 경위, 그리고 노아를 차례대로 보며 말했지만, 노아는 기어코 이착륙 관리장 밖에 있는 남자의 계좌에 돈을 두둑하게 찔러준 뒤 스노모빌을 한 대 빌렸다. 한 모빌에 탑승한 박 경위와 로한은 먼저 내달리더니 왼쪽으로 꺾어 갔다. 노아는 시동을 걸고 산 입구가 나올 때까지 그대로 직진했다. 거대한 산이 앞을 가로막았을 때 오른쪽으로 방향을 틀었다.

등 뒤에서 스노모빌 엔진 소리가 점점 크게 들려왔다. 뒤를 돌아보니 그림자처럼 따라오는 자가 있었다.

"왜 이렇게 말을 안 들어먹어, 이노아! 정도껏 해야지."

"수키만은 안 됩니다. 형사 모가지가 날아가도 지켜야 해요. 이번만큼은."

노아는 스노모빌의 속력을 더욱 올렸다.

45

소각장 굴뚝에서 모락모락 피어나던 연기가 잠잠해졌을 즈
음 반대편에서 세 대의 스노모빌이 스쳐 지나갔다. 소각장 뒤로
파도가 잘게 부서진 얼음 조각을 덮쳤고, 그 근처에서 곰 한 마
리가 어슬렁거리는 것이 보였다. 노아가 모빌을 휘파람으로 불
러 세우자 곰이 다가오기 시작했다. 마을 사람 중 한 명이 등 뒤
에 있는 산탄총을 꺼내 장전 바를 앞뒤로 움직였다. 공중을 향
해 총알을 한 발 발사하니 곰은 황급히 오던 길을 되돌아갔다.

"곰 헌팅 투어를 찾고 있습니까? 100만 원 정도면 껍질까지
벗기는 쇼를 보여드리고 저녁까지 대접해 드릴 수도 있는데."

무리 중 가장 나이가 들어 보이는 남자가 말했다.

"아까 보낸 곰을 따라잡으면 되겠네요."

노아는 그 자리에서 100만 원을 이체한 뒤 말했다.

"저 형님이 껍질 벗기는 쇼를 잘해요! 그걸로 목도리도 만들고 장갑도 만들어 팔아요. 얼마나 따뜻하다고… 저녁때 고기 남는 거 있으면 연락하슈. 그건 내가 기꺼이 동참하리다."

일행들은 다시 모빌 시동을 걸고는 자리를 떴고 남자는 총을 어깨에 메며 연신 싱글벙글했다.

"내가 앞장설게요. 바닷가 근처까지 가서 한번 기다려 봅시다. 근데 이 사람들 사진기도 안 가져왔네. 게스트하우스에서 머무르나 보죠?"

"그러려고요. 소각장에서 일하시나요?"

"그렇죠. 벌써 8년째요. 우리 건강은 남아나질 않겠지만 가족을 먹여 살릴 수만 있다면 되는 거 아니겠습니까?"

남자는 본인이 듣기에도 꽤 멋진 말이었다고 생각한 듯 뿌듯해하는 눈치였다.

"소각장으로 갑시다."

노아의 말에 남자가 의아하단 듯 쳐다봤다. 그는 동료들이 연기를 뿜고 사라진 방향을 황망하게 바라봤지만, 이미 그들은 시야에서 사라진 후였다.

"젬마 경찰입니다."

수호가 배지를 들어 보였다.

"젬마? 젬마 경찰이 여길 왜… 규현이 형님은 어디에 있습니까?"

남자는 곧바로 경계하는 태세를 취했다.

"소각장으로 안내하세요. 100만 원 값어치는 해야죠."

"그… 아침에 발견된 시신 때문에 그럽니까?"

남자가 두려움에 떨며 조심스레 물었다.

"네. 그 시신 때문에 왔습니다."

심장이 덜컹 내려앉는 것 같았지만 노아는 덤덤한 어투로 답했다.

"정말 몰랐습니다. 우리가 그걸 발견했을 때는 이미 다른 쓰레기들에 묻혀 있었어요. 벙커에서 쓰레기를 들어 올려서 내던지는 작업을 하다가 토막 난 팔다리를 발견한 거라고요. 그 시신과 우리는 아무 관련이 없습니다."

"어디 있습니까? 그 팔다리 어디 있어요?"

안절부절못하는 남자에게 수호가 물었다.

"이미 전처리 과정 다 끝내고 소각했죠. 좀 전에 먼저 간 동료가 발견했어요. 저는 뒤늦게 가서 알게 됐고요. 비밀로 하자고 했는데 어느 인간이… 저는 정말 책임이 없어요. 제가 본 게 아니니까요. 제가 통제실에 있었더라면 당장 멈추라고 했을 겁니다! 원한다면 최초 목격자를 다시 부를 수 있어요."

"어느 지역에서 온 차량에서 반입됐습니까?"

"모르겠어요."

노아는 1,000도가 다 되는 소각로에서 태워진 듯한 뜨거운 분노가 올라왔다.

"여자였습니까, 남자였습니까?"

"그것도 잘… 처음에는 마네킹인가 했는데 아니었어요. 그 잘린 부분이… 근데 저희가 잘못 봤을 수도 있죠. 마네킹이었을 수도 있어요. 우리가 그걸 벙커에서 끄집어내서 직접 본 게 아니니까…"

"피부색이나 털 색깔은요? 손톱에 매니큐어를 칠했다든지, 아니면 검은 털이 무성한 남자 다리였다든지, 태닝을 한 구릿빛 피부였다든지, 그런 신체적 특징 있잖습니까?"

"글쎄요."

남자는 난처한 듯 발을 동동 굴렀다.

"아무것도 기억이 안 난다고요? 정말 이럴 겁니까?"

"저도 기억을 하고 싶지만…"

"모든 작업을 중단하고 경찰에 신고해야 하는 것 아닙니까?"

노아가 호통쳤다.

"소각을 정해진 시간까지 끝내야 해서…"

"아까 저 굴뚝에서 난 연기는 그럼 사람 팔, 다리를 태우고 나온 배출가스였습니까? 그걸 이 마을 사람들이 마신 거고? 이웃들이 알아도 됩니까? 아니면 이 마을 사람들은 곰을 죽여서 해체하는 것과 사람을 살해해서 토막 낸 게 비슷하다고 생각하나요?"

남자는 어쩔 줄 몰라 했다.

"소각장으로 갑니다. 그게 수키일 리는 없습니다."

노아의 말에 남자의 눈이 커졌다. 그때 수호의 무전기에서 로한의 목소리가 들렸다.

"나 팀장님 어디입니까? 왜 안 따라오십니까?"

"어쩌다 보니 지금 소각장이네."

무전기 너머에서 사람들이 웅성대는 소리가 들려왔다.

"게스트하우스에서 방금 김지오를 발견했습니다. 여주인을 인질로 잡고 대치 중이에요. 주황색 건물로 오세요."

노아가 날카롭게 수호의 무전기를 바라봤다.

"들었죠? 그리로 안내하세요!"

수호가 남자의 옷을 잡아끌며 말하더니 그의 모빌 뒷좌석에 자리를 잡았다. 노아는 남자의 산탄총을 뺏어 들고 어깨에 멨다. 그가 이어서 한 말은 여분의 총알을 모두 달라는 것이었다. 도넘시는 완전한 어둠에 잠겼다.

46

"난 백이든을 죽이지 않았어!"

북극곰의 가죽을 걸어놓은 장대의 환한 불만이 마을을 밝혀주는 유일한 불빛이었다. 노아와 수호가 스노모빌을 게스트하우스에서 멀리 떨어진 곳에 세우고 걸어가는 동안 김지오의 날카로운 비명이 적막을 뚫고 들려왔다.

"무기 버려! 자네 말을 들어줄 테니 민간인은 풀어주게나. 저분은 죄가 없지 않은가? 한국 정부로부터 독립하고 초창기부터 이 마을에 정착한 분이네. 부모님도 아직 살아 계시고 자녀도 4명이나 있어. 여기 그중 한 명이 있고. 나머지 가족들도 오는 중이야. 제발 이런 모습을 보게 하지 말게나."

애원하는 박규현 경위 옆에 키가 큰 젊은 여자가 발을 동동

구르면서 울고 있었다. 로한은 2층을 향해 총을 겨누고 있었다. 형사들 뒤로 남자들이 붉으락푸르락한 얼굴로 산탄총을 든 모습이 보였다. 겁에 질려 부모님의 손바닥 안에서 눈물을 삼키며 서 있는 아이들 옆에는 목줄이 팽팽하게 당겨진 핏불테리어가 위협적인 이빨을 드러내고 짖어댔다. 뒷문으로 접근한 노아와 수호는 앞뜰에 있는 사람들에게 조용히 하라는 신호를 보내고 손잡이를 조심스레 돌렸다.

둔탁한 부츠가 나무 바닥에 닿았다. 무거운 하중이 올라가며 삐걱거리는 소리를 내자 그들은 부츠를 벗어버렸다. 얼마 되지 않는 계단을 다 오르는 데 영겁의 시간이 흐르는 것 같았다.

열려 있는 2층 다락방 문 너머로 김지오가 여주인 목에 칼을 들이대고 서서 창문 아래를 바라보는 것이 눈에 들어왔다. 방에는 오줌 지린내가 풍겼다. 아마 이런 일을 처음 겪어보는 여주인이 놀란 탓이었을 것이다. 노아는 산탄총을 바닥에 내려놓았고, 수호도 허리춤에 차고 있는 권총을 풀었다.

"김지오 씨, 놀라지 마세요. 이노아와 나수호 형사입니다."

노아가 다락방 입구에 모습을 드러내며 말했다. 김지오가 재빨리 몸을 돌리는 통에, 칼이 인질의 목을 긋고 지나갔다. 여주인은 몸을 부들부들 떨며 큰 소리로 흐느끼기 시작했다.

"얘기 좀 합시다."

노아와 수호는 양손을 손바닥이 보이게 얼굴 가까이에 올리고 가만히 서 있었다.

"가까이 오지 마! 이 여자 어떻게 될지 몰라. 올라오지 말라고 했잖아!"

"압니다. 하지만 김지오 씨가 원하는 걸 듣고 싶어서 그래요. 마을 사람들이 다 있는 데서 말고 여기서 조용히요. 총은 버렸습니다."

노아는 발로 총을 저 멀리 치우며 말했다.

"그 여자 내가 안 죽였대도!"

김지오는 여주인을 데리고 한 발짝 가까이 다가오며 말했다.

"무죄를 입증하도록 도와드릴게요. 저희가 어떻게 하면 됩니까?"

김지오는 불안해 보였다. 노아는 그가 남도진의 사망 소식이나 모든 것을 고백한 일기를 썼다는 사실을 알고 있는지 가늠할 수 없었다.

"그걸 지금 나한테 물어보는 거야? 난 그날 아침에 집에 있었어. 정말이라고!"

"알겠습니다. 그럼 일단 저 여성분은 보내주죠. 피를 흘리시잖아요. 겁에 질려 있고요. 저희가 김지오 씨 누명을 벗도록 도와드릴게요. 약속합니다."

"당신들 말을 믿으라고? 내가 이 나라 경찰들을 몰라? 증거가 나왔다며! 내 DNA가! 그다음부턴 나는 그냥 죄인인 거야. 내가 칼을 버리고 여자를 놔준다면 나를 벌레만도 못한 취급할 테지."

"범행도구가 안 나왔어요. 자백과 정황만으로 살인죄 입증이 쉽지 않다는 것도 아시지 않습니까? 김지오 씨 말이 맞다면, 무죄가 확실하다면 꼭 도와드리겠습니다."

"거짓말! 진범이 잡힐 때까지 이 여자랑 여기에 있을 거야. 그러니까 수작 부리지 말고 나가서 범인이나 잡아 와!"

"저분은 가는 게 좋습니다. 저희가 전하고 싶은 말이 있으니까요. 김지오 씨와 관련되어서요. 수사 기밀입니다. 저희를 좀 도와주세요."

"닥쳐!"

"정고요가 범인입니다. 정고요가 남도진이고… 제 쌍둥이인 루지를 납치한 범인의 아들이고… 그러니까 정고요와 저는 어렸을 때부터 알았단 겁니다. 그걸 빌미로 저에게 접근해서 수사를 방해했어요. 아무래도 정우주 살인까지도 관련이 있는 것 같아요."

"남도진? 무슨 소리를 지껄이는 거야?"

"여기서는 말 못 합니다. 저분이 가야 해요. 그래야 김지오 씨와 마음 놓고 이야기할 수 있어요. 모든 걸 말씀드리겠습니다. 김지오 씨 무죄를 입증할 수 있는 증거입니다."

김지오가 숨을 가쁘게 쉬기 시작했다. 그는 분명 고민하고 있었다.

"김지오 씨."

수호가 그의 이름을 나직이 불렀다.

"내가 바보인 줄 알아? 당신들 지금 날 농락하고 있잖아. 다 알아. 그만하라고!"

김지오가 버럭 소리쳤다.

"아뇨. 진실을 얘기하고 있어요. 정고요를 입양한 건 알고 계시죠? 원래 정고요는 정우주 어머니의 조카였어요. 본래 이름은 남도진이었고요. 그리고 남도진과 저는 같은 곳에서 나고 자랐습니다. 정고요의 친어머니 노연지 씨가 죽고, 자매인 노다정 씨가 정고요를 친양자로 입양했죠. 이 사실은 알고 계셨나요?"

"고요가 범인이라면 왜 여기서 날 잡겠다는 거야? 가서 그 자식을 잡으라고!"

남도진이 목숨을 끊은 사실은 아직 모르나 보군. 노아는 더 밀어붙여 보기로 했다.

"혹시 그가 트릴시 모리마을에 관해 이야기한 적이 있던가요?"

"라파엘 형제님!"

그때 익숙한 목소리가 밖에서 들려왔다.

"아우구스티노 신부입니다."

김지오는 몸을 돌려 창문 아래를 내다봤다. 건너편 이층집 다락방에서 산탄총을 조준한 젬마 북부서 형사들의 손에 긴장이 들어갔다. 노아가 김지오에게 가까이 다가가자 형사들이 총에서 얼굴을 떼고 어리둥절한 표정을 지어 보였다.

"형제님, 제발 이러지 마세요. 죄 없는 사람은 놔주세요."

김태오가 간절하게 말했다.

"제가 안 그랬습니다, 신부님. 진짜라고요!"

"일단 칼은 내려놓고 1층으로 내려오십시오."

그러자 김지오의 눈에서는 놀랍게도 눈물이 흘러나오기 시작했다.

"형, 제발… 이것보다 나은 사람이잖아."

"그런 게 아냐, 태오야."

김지오는 고개를 절레절레 흔들었다.

"고요가 다 고백했어. 형이랑 공범이라고 말이야. 이미 뉴스에도 다 퍼질 대로 퍼졌어!"

"공범이라니? 그게 무슨 말이야? 말도 안 돼. 모함이야!"

"김지오 씨."

노아가 끼어들었다.

"닥쳐. 이게 무슨 말이야? 나랑 공범이라고 얘기했다니? 뉴스에 다 퍼졌다는데? 왜 나한테 이 말을 해주지 않았지?"

훌륭하군. 김태오가 입을 떼게 허락한 형사가 누군지 턱주가리를 날려주고 싶을 정도였다.

"말하려고 했습니다. 인질을 먼저 보낸 다음에 말입니다."

수호가 수습하려고 했다.

"이것 봐. 여기까지 올라와서도 날 속이는데 내가 순순히 당신들을 따라갔다가 어떻게 될지 눈에 뻔히 보인다고!"

김지오는 노아와 수호에게서 눈길을 떼지 않으며 말했다.

"형, 내려와서 진실을 얘기해. 인질극이 성공리에 끝날 리 없잖아. 곧 더 많은 형사가 도착하면 형 이마에 레이저가 조준될 거라고. 난 형까지 잃고 싶지 않아."

김태오가 말했다.

"우주도 죽었는데 내 인생이 이제 무슨 의미가 있어?"

"행여나 그런 생각은 하지 마. 그런 죄악을 저지르지 말라고! 나 그럼 형이 아니라 나 자신을 용서 못 할 거야. 고요의 마지막도 지켜주지 못했는데 형까지 잃을 수는 없어."

"고요의 마지막이라니?"

노아는 재빨리 달려갔다. 빌어먹을. 범인이 인질의 목에 칼을 들이밀고 있는데 공범의 사망 소식을 가족에 전하게 내버려두다니!

투쟁과 도피. 김지오는 무엇을 선택할 것인가? 그러나 놀랍게도 그는 그 무엇도 아닌 체념과 포기를 선택한 듯 보였다. 망연자실한 그는 칼을 쥔 손에서 힘을 스르르 풀고 인질을 잡은 손을 놓아버렸다. 수호는 여주인을 감싼 뒤 계단을 내려갔고 노아는 김지오의 칼을 낚아챘다.

"개새끼야, 수키 어디에 숨겼어? 어디 있냐고? 넌 알잖아!"

노아가 물었다. 나무 바닥에 드러누워 버린 김지오는 귀머거리 밀랍 인형과 다를 바 없었다. 눈을 뜬 채 멍하니 허공을 응시할 뿐이었다. 삐걱거리는 나무를 오르는 경찰들의 둔탁한 부츠 소리가 연달아 들렸다. 수키를 부르짖는 자신의 메아리 속에 파묻힌 노아는 수갑을 찬 김지오가 끌려 나가는 것을 보고만 있어야 했다.

47

몇 시간째 로한의 사택 안을 서성거리는 중이었다. 박규현 경위가 마련해 준, 도님경찰서 옆 작은 통나무집이었다. 꽤 오랫동안 사람이 드나들지 않았던 듯 퀴퀴한 냄새를 풍겼고, 곳곳에 먼지가 쌓인 곳이었다. 그러나 노아의 감각과 감정은 모두 죽어 있는 듯 보였다. 수키를 찾아야 한다는 뜨거운 열망 외에는.

노아를 바라보는 로한의 눈길은 불안했다. 이따금씩 노아가 신발도 안 신고 바깥을 뛰쳐나가 눈밭을 향해 소리를 꽥 지르며 뛰어다니는 기이한 행동을 일삼았기 때문이다. 로한은 그를 잡으러 다니느라 진이 빠질 지경이었다. 수키가 사라진 이후로 아무것도 먹은 것이 없는데도 그런 힘은 어디에서 나오는지 도무지 알 수 없었다.

나수호 팀장은 김지오를 데리고 젬마로 내려갔다. 노아는 김지오의 심문을 기다릴 바에야 직접 단서를 취합해 수키를 찾아 나서는 쪽을 선택했다. 정우주가 살해되고 능청스러운 연기를 했던 김지오와 같은 방 안에 있다가는 수키를 찾기도 전에 그의 머리통을 날려버릴 것 같았기 때문이다.

"정고요의 일기 말입니다. 시작하자마자 '당신은 아무 소리도 들리지 않는 외딴곳에서 가여운 그 아이에게, 나를 유일하게 알아봐 주던 소중한 친구에게 무슨 짓을 했나요?'라고 나와 있잖아요. 12쪽에 '머지않아 당신은 차 바로 앞에 세워진 조그마한 집 안으로 들어갔어요. 무얼 하는지 시간이 아무리 흘러도 당신은 나오지 않았어요. 밖으로 불빛이나 소리도 새어 나오지 않았죠.'라고 쓴 뒤에 여기에서 루지 씨의 머리핀을 발견했다고 하고요. 혹시 이곳에 대해 기억나는 바가 있으세요? 남일록이 소유한 또 다른 집이나 사무실 같은 곳이요."

노아는 로한의 말을 듣고 21년 전으로 거슬러 올라가, 머릿속에 있는 비디오를 천천히 재생해 봤다. 애석하게도 특별히 떠오르는 곳은 없었다. 남도진이 루지를 본 적 없다고 했고, 그의 집 안에서도 루지의 흔적을 찾을 수 없어서 또 다른 공간까지 수사가 넓혀지지는 않았기 때문이다.

그때 노아의 머릿속에 은색 이동식 컨테이너가 떠올랐다. 남일록이 사망한 장소 근처 자작나무 숲에 있던 네모난 물체 말이었다.

"일기 줘봐. 밖으로 불빛이나 소리도 새어 나오지 않았죠, 라고? 창문이 없고 방음이 되는 곳이란 건가? 혹시 여기에 있는 이 컨테이너일 수도 있을까?"

구글 맵을 켠 노아는 남일록이 뺑소니를 당한 장소 근처의 창문 없는 컨테이너를 찾아 보여줬다. 다시 보니 두 공간은 생각보다 훨씬 더 가까웠다. 컨테이너가 나무들에 둘러싸여 있어 현장에서는 잘 보이지 않았을 테지만.

"남일록 사망 장소에서 엎어지면 코 닿을 거리에 있었는데 이제껏 아무도 여기를 몰랐다고요?"

"현장에서는 둘 사이를 가로막는 무성한 나무 때문에 잘 안 보였을 거야. 이 사진은 드론이 찍은 거라서 보이는 거지."

노아는 컨테이너를 발견한 사진이 담긴 휴대전화를 들이밀고 말을 이었다.

"그래서 마을에서 거의 쫓겨나다시피 했는데도 멀리 못 갔던 걸까요?"

"저 컨테이너가 트로피가 있던 장소이자, 은신처이자, 아지트였다면 그럴 수 있지. 머나먼 곳으로 가버리면 이 컨테이너에 손쉽게 드나들 수 없었을 테니까."

"남일록 소유가 아니었던 걸까요? 왜 수사를 더 안 했을까요?"

사고 현장 일대 주변을 면밀히 수색했어야 한다고 덧붙이고 싶었지만 로한은 입을 오므렸다. 괜히 수사의 허점을 다시 들취 노아의 마음을 어지럽히고 싶지 않았다.

"그래서 말도 안 되는 일기를 이렇게 정성스레 쓴 건가? 범행 현장이 이렇게 가까이에 있었는데도 몰랐냐고 날 조롱하려고? 왜! 그냥 주소를 써서 보내지! 비열한 놈 같으니라고."

로한은 노아가 다시 밖으로 뛰쳐나가 버리지는 않을까 조마조마해졌다.

"수키는 남도진이 21년 만에 다시 등장했다고 확신한 것 같아. 내 가방에 넣어진 가방 그림 때문에 말이야. 그 새끼가 어디에 숨었는지 알기 위해 만사 제쳐놓고 남도진을 조사했던 거고. 그리고 마침내 친양자입양관계증명서를 통해 남도진이 정고요인 줄 알아낼 수 있었어. 그런데 왜 나한테 얘기해 주지 않았을까?"

"정우주 사건 수사에 방해가 될 수 있다고 생각했을까요?"

고심하던 로한이 답했다.

"그렇다고 혼자 정고요를 캐고 있었단 말이야? 너한테도 아무 말 없었던 거지?"

"전혀요. 근데 별로 놀랍진 않습니다. 수키 씨라면 혼자서 그렇게 하고도 남을 것 같으니까요. 이상한 건 그게 아닙니다. 일기에 따르면 정고요는 백이든의 죽어가는 과정을 수키 씨한테 영상으로 보내줬다고 했잖아요. 그 말은 즉, 정고요의 연락을 받았을 때는 수키 씨가 백이든이 이미 죽었다는 걸 알았을 때란 말이죠. 그럼에도 수키 씨는 왜 그 자식한테 제 발로 걸어갔을까요?"

"제기랄. 그렇네. 왜일까?"

노아의 머리에 불현듯 스치고 지나간 것이 있었다. 그의 얼굴이 금세 일그러졌다.

"왜요, 팀장님?"

"만약 정고요가 루지를 빌미로 수키를 꾀어냈다면? 수키를 거기로 데리고 가주겠다고 한 거라면?"

"저 컨테이너로요?"

"컨테이너의 정체를 수키가 알았는지는 모르겠어. 어쨌든 정고요는 21년 전 일이 벌어졌던 **그곳**으로 데려가 주겠다 했을 거야. 그래서 수키가 순순히 따라간 거라고! 어떻게든 루지의 흔적을 찾고 싶었을 테니까! 젠장. 루지도, 수키도 모든 원흉이 나야. 내가 아니었으면 남일록 부자의 꾐에 넘어가지 않았을 텐데!"

"아뇨. 원흉은 남일록이죠. 정고요로 신분을 세탁한 남도진이고. 그자가 주도권을 쥐게 내버려두지 마세요, 팀장님. 이제 팀장님이 진실을 밝힐 차례입니다."

로한이 노아를 바라보며 말했다.

"말도 안 되는 확률을 뚫고 태어난 세쌍둥이잖아요. 어떤 어려움이 있어도 그렇게 해야 합니다. 지옥을 같이 견뎌왔으니."

로한이 덧붙였다. 도넘시에 눈이 다시 내리기 시작했다. 노아는 짐을 주섬주섬 챙겼다. 전화를 걸어 헬기를 부른 뒤였다.

48

여름이었다면 도넘에서 트릴까지 해안 국도를 타고 3시간이면 갈 수 있었을 테지만 동쪽 도로는 완전히 막혔다고 했다.

"이 나라는 렌즈를 눈에 씌울 게 아니라 인공 태양을 구해 와야 해. 어둠이 내려앉으면 범죄가 시작되는 건 통계적으로도 입증됐다고!"

노아가 말했다. 베루스산을 비롯한 여러 산이 가로막고 있는 탓에 노아와 로한은 서쪽 국도를 타고 나라를 시계 반대 방향으로 거의 한 바퀴나 돌아 내려가야 했다. 가로등도 없는 외진 길을 달리는 동안 위험물질이 그득한 미지의 행성에 도착할 것 같았지만, 도로에서 트릴시로 향하는 표지판을 보았을 때 심장이 마구 뛰기 시작했다.

"김지오는 수키가 어디 있는지 입도 뻥끗 안 하는 중이란다."

노아는 나수호 팀장의 문자를 보며 말을 건넸다.

그들은 모리마을로 들어가기 전 중앙선을 넘어 좌회전했다. 자작나무 숲이 나타나자 수키에 대한 걱정과 거리의 고요함에 노아의 감각들이 한층 더 예민해졌다. 장대처럼 곧은 나무들은 무질서하게 휘청댔다. 조금만 더 가면 남일록이 차에 깔려 죽은 장소였다. 노아는 파이프를 꺼내 창문을 내리고는 땅에 꽂았다. 설원에 안긴 깊이를 보아하니 쌓인 눈은 20cm 정도였다.

노아는 차에서 내려 나무 사이를 헤치며 걸어갔다. 260mm 정도 되어 보이는 발자국이 보였다. 손전등을 끄자 깊어진 어둠 속에서 숨소리와 눈 속에 정강이가 파묻히며 사각거리는 소리, 바람 소리, 그리고 멀리 짐승들의 울음소리만 들렸다.

새들의 분주한 날갯짓 소리가 가까워졌을 때 발밑에 묵직한 무엇이 걸렸다. 반사적으로 파이프를 휘둘러 봤지만 움직임이나 바람 소리, 진동 따위가 느껴지지는 않았다.

손전등으로 앞을 비추자, 옆으로 쓰러진 곰 한 마리가 보였다. 이마에 총알 자국이 나 있었고 피가 털 군데군데에 말라붙은 상태였다. 물자 공급이 1년에 몇 번 이루어지지 않는 마을에서 귀한 식량이 될 자원을 그냥 버려두고 떠났다는 것은 총격이 사냥이 아닌 자기 보호의 목적이었다는 것을 뜻했다. 저격수는 곰을 해체할 시간도, 가죽을 벗겨낼 시간도 없이 황급히 그 자리를 떠야만 했던 사람이었을 것이다.

얼마 후, 빽빽했던 나무 뒤로 낡고 찌그러진 컨테이너 한 채가 나왔다. 누추하다 못해 거의 무너지기 직전인 그것은 지구 종말을 맞이한 것처럼, 관리는 고사하고 사람의 손길이 오래 닿지 않은 듯했다. 스산하게 몸을 살랑거리는 자작나무 때문에 컨테이너 주변은 발을 디디기 불쾌할 정도로 음산한 기운을 풍겼다. **이렇게 가까이 있었는데 아무도 모르고 있었단 말이야?**

좀 전의 발자국은 여전히 컨테이너를 향해 있었다. 돌아 나왔단 표시는 없었지만, 무언가를 끌고 들어간 흔적도 없었다. 사람 혼자 들어갔거나, 수키가 같이 들어갔다면 제 발로 걸어 들어갈 의지와 능력이 상실된 상태였을 것이다.

노아는 계단 3개를 조심히 올라가 철제문에 귀를 댔다. 정적이 흘렀다.

"여기 다섯 발이다. 최대 일곱 발."

노아가 고개를 끄덕이며 신호를 보내자, 로한은 손잡이를 향해 실탄 다섯 발을 연속으로 쐈다. 멀리서 새들이 잠을 깨운 것에 대한 신경질적인 울음소리와, 위험을 감지하고 날개를 퍼덕이는 소리가 들려왔다. 손잡이가 툭 떨어지고 총알이 박힌 부분에 동그란 구멍이 났다. 노아는 발로 문을 힘껏 밀었다.

21년 동안 베일에 싸여 있던 미지의 공간이 허무하게 모습을 드러내는 순간이었다. 그자가 보였다. 가슴을 펴고 당당히 선 남자. 눈에 빨간 피가 차오른 그는 추모식에서보다 키가 훨씬 작아져 있었고 사제복도 입고 있지 않았지만 분명 김태오였다.

"난 사람들에게 뜻밖의 선물을 주는 걸 좋아하지."

소름 끼치는 미소를 머금은 그는 끝이, 보는 것만 해도 날카로움에 치가 떨리는 큰 쇠갈고리를 오른손에 쥔 채 서 있었다. 그 옆에 케이블타이로 침대 모서리에 묶인 수키의 한쪽 다리가 보였다. 교복처럼 입고 다니는 회색 운동복이 걸쳐 있었다.

"수키야!"

그렇지만 노아의 부름에 반응한 것은 수키가 아닌 김태오였다. 갈고리를 휘두르며 달려드는 바람에 로한은 김태오를 피하다가 발을 접질렸다. 로한이 넘어지자 총은 저 멀리 눈에 파묻혔고, 총을 잡으려던 그는 계단 모서리에 머리를 찧고 튕겨 나갔다.

노아는 김태오를 향해 바로 돌진했다. 총을 집어 들려고 허리를 숙이던 김태오는 계획을 바꿔 컨테이너 뒤편으로 무기를 뻥 차버렸다. 노아는 김태오가 등을 돌린 틈을 타 파이프를 휘둘렀다. 머리를 맞은 김태오가 휘청거리며 몸을 틀었다.

하지만 그는 순식간에 노아를 밀치더니 배 위에 올라탔다. 새빨간 눈에서 핏물이 뚝뚝 떨어졌다. 김태오는 눈을 연신 깜빡거리면서도 박치기를 하기 위해 고개를 까딱거렸다. 치프 호텔 27층에서 기도하던 우아한 신부님은 사라진 지 오래였고, 응축된 폭력성을 한순간에 분출하는 무자비한 빨간 눈의 괴물이 노아 위에서 미소 짓고 있었다.

노아는 양팔로 김태오가 무기를 들고 있는 팔을 들어 올렸다. 김태오는 몸의 중심을 무너뜨리는 위험을 감수하면서도 노아의 얼굴을 주먹으로 때렸다. 강한 가격에 귀가 멍해지며 힘이 살짝 풀리는 순간, 갈고리가 눈앞으로 성큼 다가왔다.

힘을 쓸 새도 없이 뾰족하고 무거운 대형 바늘은 노아의 이마에 박혀 들어갔다. 천둥이 치는 듯 강한 타격이 뇌 안에 울리며 머리 가죽을 중심으로 몸이 갈라지는 고통이 혈관을 타고 점진적으로 퍼져나갔다. 노아는 비명을 지르려 했지만, 혀가 굳고 손끝이 떨렸다. 세상이 뒤틀리는 느낌이었다.

그러나 그는 본능적으로 바닥을 더듬었다. 손끝에 쇠 파이프의 감촉이 닿았을 때, 노아는 남은 힘을 쥐어짜 김태오의 옆구리를 향해 휘둘렀다.

"문 형사한테 떨어져… 컨테이너 오른쪽으로… 걸어가."

노아의 목소리는 피로 젖어 갈라졌고, 한쪽 눈은 피에 가려 이미 보이지 않았다.

"누구의 승리로 끝날 것 같나?"

김태오가 조롱하듯 물었다.

"바보 같은 질문이군."

노아는 제 입이 움직이는 건지, 꿈속에서 말을 하는 건지 분간하지 못했다. 심장은 목젖에서 뛰는 중이었고, 시야도 점점 흐려지는 것 같았다.

"아무도 날 능가할 수 없어. 난 세계 최강이니까."

하지만 김태오의 말을 듣자 노아의 의식이 한순간 또렷해지기 시작했다.

"겨우 그 때문에 사람을 죽여? 세계 최강이 되고 싶어서? 채람 카페에 가서 정우주의 경험을 사면 되잖아! 사제의 신분으로 어떻게 사람을 죽일 수 있나? 정고요와 김지오를 말리지는 못할망정 범죄를 도모하기나 하고 말이야."

"뭐? 도모? 이걸 보고도 모든 게 우리 셋이 한 일이라고 생각해? 나를 과소평가하는 건가? 그 천치 같은 놈들이 그럴 능력이 된다는 거야?"

"그럼? 이제 와서 다 뒤집어쓰겠다는 거야? 진짜 영웅 놀이에 심취해 있는 건가!"

"놀이라니! 난 진짜 영웅이야! 사회의 쓰레기들을 처단한 영웅!"

"정고요가 모두 고백했어. 게다가 네가 친히 김지오에게 알렸잖아, 도넘에서."

노아의 말에 김태오가 헛소리를 내며 웃었다.

"술잔 외에는 뭘 들어본 적도 없는 주정뱅이가 정말 그런 짓을 할 수 있을 거로 생각해? 이봐. 걘 목에 감긴 밧줄 하나도 천장에 달 힘이 없다고!"

이건 또 무슨 소리지? 정우주 추모식이 열리던 날, 몰래 따라와 주머니에 종이를 집어넣은 게 남도진이 아니라 김태오였단

353

건가? 그 종이를 베루스산 템플 스테이에 있는 수첩에서 찢은 자도 그였고? **작년 3월부터 1년간 산에 오르면서 정우주 살인을 준비한 것도, 키 카드를 훔치고 호텔 방 비밀번호를 알아낸 뒤 정우주를 죽인 것도, 백이든을 죽인 것도, 수키를 납치한 것도 모두 김태오의 짓이었단 말인가!**

"혼자 저지른 일이라면 왜 정고요를 끌어들여? 네 형은 또 어떻고! 둘은 핏줄 아닌가?"

"핏줄? 그 새끼는 나한테 해준 게 없어. 할머니는 사악한 악마였어. 차라리 고아원에 맡겨지는 게 나았을 뻔했다고. 난 더 어리다는 이유로 할머니가 휘두르는 모든 학대를 견뎌야 했지. 그거 아나? 형제라도 언제나 더 약한 아이가 표적이 된다는 거! 그러는 동안 김지오는 뭘 했게? 날 내버려두고 집을 뛰쳐나갔지. 내가 그 이후에 어떤 삶을 살았는데! 난 사랑이 필요한 불쌍한 어린양일 뿐이었다고. 김지오를 끌어들인 건 내 억울한 어린 시절에 대한 복수야!"

노아는 뇌 안에 안개가 잔뜩 낀 기분이었다.

"정고요는 말도 못 해. 처음엔 불쌍히 여겼어. 고통스러운 삶이었을 테니까. 하지만 이모와 이모부의 은혜도 모르고 술독에 빠져 사는 인생이란. 고해성사랍시고 연민을 자아내는 악어의 눈물을 흘렸지. 정고요는 추모식에서 널 보고 오더니 끝에 가서는 내게 애원했어. 죽고 싶다고, 제발 죽여달라고 말이야. 난 그를 도와준 것뿐이야. 너도 걔가 사라져서 기쁘지 않아? 정고요는 이루지를 못 봤다고 거짓말했잖아. 걔네를 처리하는 게 얼마나 피곤하고 귀찮은 일이었는지 아냐고! 넌 나에게 고마워해야 해. 나처럼 강한 사람을 숭배해야 한단 말이야. 경찰도 못한 쓰레기 청소를 내가 해줬잖아!"

"너 같은 놈은 모든 걸 다른 사람의 탓으로 돌리지. 비겁하고 타락한 사람은 너야!"

"비겁? 타락? 하! 그건 내가 아니라 정우주를 설명하는 단어겠지. 모든 것의 시작은 블랙홀이었다는 정고요의 일기를 읽지 못했나? 비겁한 내 영웅이 타락하지 않았다면 이 모든 걸 저지르지 않았을 거라고. 난 정말 블랙홀을 숭배했어."

김태오는 화를 이기지 못하고 컨테이너를 발로 찼다.

"루지는? 추모식에서 주머니에 종이를 넣은 것도 넌가?"

김태오는 기괴한 웃음을 지어 보였다.

"오, 이루지… 운명 같은 우연이 아니고 뭐람? 네가 수사본부로 발령 난 건 내 위대함을 알릴 기회였어. 정고요는 추모식에서 널 보고 두려움에 벌벌 떨더군. 백발에 뱀파이어처럼 하얀 피부, 파란색 눈은 쉽게 잊을 수 있는 광경은 아니잖아? 바로 알아보던데? 그러고는 계집애처럼 남일록과 이루지가 떠오른다며 날 붙잡고 질질 짰지. 너와 게임하는 건 재미있었어. 어린 시절의 향수를 자극하는 그림을 보고 구하늘에게 바로 달려가더군. 감동했지 뭐야?"

"구하늘 집 앞에서 총질을 해댄 것도 너였고?"

노아가 증오심에 치를 떨었다.

"그럼 누구겠어? 채람을 반대하는 자라면 다 내 적이라고. 난 정우주를 능가하는 새 렌즈가 필요해! 시위대가 시위를 생중계하면서 구하늘 집으로 향했잖아. 사실 그날 가슴이 철렁했지. 이수키가 없었다면 네가 구하늘을 총으로 쏘았을지도 몰랐으니까. 우리의 게임이 거기에서 끝났다면 아쉬웠을 거야."

"정우주를 능가하는 렌즈? 정말 정우주의 경험이 탐나서 그를 죽였단 거야? 그렇다 해도 넌 정우주가 될 수 없잖아! 모르겠어? 넌 보잘것없는 살인마에 불과해."

"정고요가 그러던데… 그날 수키는 학교에 안 나왔다고. 불쌍한 노아만 나왔다고. 우리 불쌍한 이노아, 너도 죽여줘? 이수키와 같이 보내주면 되나?"

"수키를 입에 올리지 마."

"눈물겨운 가족애군. 이수키는 자초한 거야. 백이든을 죽일 때 그년도 같이 처리해야 했어. 백이든 전화기를 보니 모든 정보를 이수키한테 받았더군. 개 같은 년!"

노아의 머릿속에 미동이 없던 수키의 다리가 스쳤다.

"이 형사, 이건 내 위대한 작품이야. 알아주길 바라. 너와 이수키가 등장해서 계획이 변경되긴 했지만, 그 또한 아주 즐거웠어. 모두가 정고요의 일기와 그의 죽음, 그리고 김지오가 공범이라 고백한 거에 놀아난 걸 보고 매우 기뻤지 뭔가? 그나저나 여기는 어떻게 찾아냈지?"

노아는 그를 노려볼 뿐이었다.

"형사 나부랭이! 오는 게 있으면 가는 것도 있어야지. 이제껏 내 이야기를 실컷 들었잖아. 내 질문에도 답하란 말이야! 이루지가 사라졌을 땐 아무도 여길 발견하지 못했다면서."

"넌 이해 못 해."

고어텍스 수트 안 노아의 몸은 화산 덩어리처럼 달궈지고 있었다.

"이해를 시켜줘 보지 그래? 네 머리가 둘로 갈라지기 전에 말이야."

노아의 답에 김태오가 흥미로운 듯 쳐다봤다.

"우린 세쌍둥이야. 사라진 동생을 찾는 건 당연하지. 하긴. 너 같은 게 형제의 끈끈한 우애에 대해 알 리가 있나? 나를 희생하면서도 바라는 가족의 평안함이나 정의, 진실의 가치에 대해 느껴본 적 있겠냐고!"

"정의의 여신과 진실의 요정, 이루지의 영혼이 어깨에 살포시 앉아 컨테이너의 위치를 귀에 속삭여 줬다는 건가? 난 말이야. 그보다는 더 나은 대답을 기대했어. 지도를 펼쳐놓고 다트 던지기를 했다든지, 뭐 그런 재미난 것 말이야. 아주 실망이군."

김태오는 다시 웃기 시작했다. 그때 뒤에서 로한이 나타났다. 인기척을 들은 김태오는 고개를 홱 돌리며 등 뒤 허리춤에서 과도를 꺼냈다. 또 다른 무기의 존재를 알지 못했던 로한은 삽시간에 배에 꽂힌 칼을 내려다봤다. 그는 김태오가 칼을 다시 빼지 못하도록 그의 손을 꽉 잡았지만, 김태오는 한 손으로 로한의 몸을 잡고 다른 손으로 칼을 쑥 빼버렸다.

"이노아 형사, 잘 보라고. 여기에 오지만 않았어도 당신 머리에 갈고리가 박히거나, 동료가 칼로 쑤셔지는 수모는 당하지 않았을 거야. 그냥 집에서 아이스크림을 먹으면서 TV를 보고 있었을 수도 있었는데 말이야. 근데 무슨 상관이야? 나 같은 놈은 모든 걸 다른 사람 탓으로 돌리는데."

숲 깊은 곳에서 야생동물들이 포효했다. 도망가려는 김태오의 발목을 붙잡는 로한을 보고 노아는 컨테이너를 돌아 나가며 외투 주머니에서 무전기를 뺐다. 노아의 얼굴은 땀과 피로 뒤덮인 지 오래였다.

"트릴시 4번 국도 자작나무숲 속 컨테이너. 이수키 납치 현장. 경찰차와 헬기 지원 바란다."

"어디라고?"

"모리마을 철문에서 1km 정도 떨어져 있다. 신호탄을 쏠 테니 헬기를 띄워주길 바란다. 경찰 한 명은 칼에 찔렸고, 다른 한 명은 머리에 갈고리가 박혔다! 응급 수술이 필요하다."

노아는 손전등을 켜고 로한의 총을 찾기 위해 숲속을 뒤지기 시작했다. 김태오가 로한에게 욕을 내뱉는 소리가 들렸다. 로한이 김태오를 놔주지 않는 모양이었다.

마침내 하얀 눈밭에 폭 빠진 검은 권총을 봤을 때 노아는 손전등을 끄고 몸을 낮게 웅크렸다. 철제 계단에 쿵쿵거리는 소

358

리가 들렸다. 노아는 컨테이너를 돌아 총을 쐈다.

외마디 비명을 지르며 허벅지를 붙잡고 땅으로 떨어진 김태오는 얼굴을 잔뜩 일그러뜨렸다.

"무릎 꿇어. 손을 뒤통수에 올리고!"

김태오는 움직이지 않았다.

"총알은 아홉 발이나 남았어. 경찰은 오고 있고. 그동안 어깨, 종아리, 팔, 치명상이 될 수 없는 곳에 하나씩 박아주리? 그럼 탄두의 금속이 몸속에서 산산이 부서지고 조각나겠지. 근육이며, 뼈며, 혈관이며, 모든 게 칼에 베이는 듯 강한 통증을 느끼게 될 거다. 하지만 우린 지혈해서 널 살려낼 거야. 너 같은 새끼한테 '이른 죽음'이라는 행운을 선물로 줄 순 없으니까. 그 과정은 차라리 총을 한 발 더 맞고 싶을 정도로 끔찍할 거다. 넌 그토록 좋아하는 살인을 다시 하지 못한 채 빈 껍데기로 여생을 살다가, 늙고 아무런 힘이 없을 때 발가벗겨진 채로 들판에 던져지겠지. 구경꾼들은 그걸 렌즈로 생생히 기록할 거고."

김태오는 천천히 무릎을 꿇었다. 노아는 가쁘게 숨을 몰아쉬는 그의 등을 발로 짓밟았다. 상체가 차가운 눈에 닿자마자 김태오가 다시 웃음보를 터뜨렸다. 입이며 코며 열려 있는 구멍 안으로 눈이 마구 들어와 헐떡거리는 와중에도 몸을 들썩이며 웃는 김태오의 등을 발로 강하게 짓누른 노아는 끝내 수갑을 채웠다.

"뱃속에서 폭죽이 터지는 것 같아요."

로한이 입을 떼자 입 밖으로 피가 꿀렁꿀렁 흘러나왔다.

"지원 불렀어. 힘 빼고 정신 똑바로 차려. 좀만 참아."

노아는 로한이 하늘을 볼 수 있도록 돌려 뉘었다. 그가 로한의 외투를 열었을 때 튀어나온 장기가 보였다.

"문 형사라고 했던가? 저게 아마 장인가 싶어. 한번 만져보지. 저래서 살 수 있겠어? 저놈까지 가면 이노아, 이수키, 정우주, 정고요, 백이든, 김태오, 그리고 일곱인가? 그나마 양손을 사용해 셀 수 있겠군."

김태오는 얼굴이 로한 쪽을 향하도록 지네처럼 몸을 꿈틀거렸다.

"헬기 오고 있어. 좀만 참아."

노아는 고어텍스의 지퍼를 내리고 내의를 찢은 뒤 로한이 피격당한 부위의 위쪽 배 부분을 묶어 강하게 압박했다. 로한은 엄청난 고통을 호소했다.

"아픈 게 낫다. 정신 잃지 마. 내가 여기 있으니까."

"하지만 팀장님 머리에…"

"알아."

노아는 얼굴에 흐르는 피를 손으로 대충 닦으며 답했다.

"수키 씨는요?"

"아무 걱정 하지 마. 행복했던 순간에 집중해. 학교에서 친구들과 갔던 소풍이나 크리스마스 선물로 받은 자동차 장난감, 혹은 경찰이 처음 됐을 때 부모님이 기뻐하던 모습. 그런 걸 떠올리려고 해보는 거야. 할 수 있겠어?"

로한이 고개를 끄덕였다.

"눈물이 앞을 가리는군. 수키가 과연 괜찮을지는 모르겠네. 들어가 봐야 하는 거 아냐?"

노아는 김태오의 입을 찢어발기고 싶었지만, 로한의 의식이 점점 희미해져 가고 있었다.

"팀장님, 믿으세요. 수키 씨 괜찮을 거예요. 팀장님도요."

로한이 어렵사리 문장을 마쳤다.

"그럼. 내가 너랑 이수키 말고 믿을 사람이 어디 있겠냐?"

헬기 소리를 들은 노아가 신호탄을 쏘아 올리자, 로한은 몸을 서서히 늘어뜨렸다.

49

거스 성당 2층 왼쪽 끝 복도에 있는 김태오 사택의 방문을 열자 보이는 건 어항 속 흐린 물 안에서 유랑하는 두 눈알이었다. 렌즈를 생선포 뜨듯 얇게 떼어내고 싶었으나 마음처럼 되지 않았던 듯 잘못 깎은 과일처럼 눈알 표면이 울퉁불퉁했다.

"영원히 감길 수 없는 눈이라."

머리에 붕대를 칭칭 감은 채 중얼거린 노아는 정면 벽면을 가득 채운 이루지 실종 사건과 남일록 뺑소니 사건 기사로 눈길을 돌렸다. 그중 하나는 작년 12월에 난 것으로, 전국의 미제 사건을 잊지 말자는 취지로 생겨난 "과거 속 오늘" 코너의 기사였다.

실종 21주년을 되돌아보고 루지의 영혼을 달래기 위해 모리

마을에 다녀왔다는 기자는 기사에 열정을 쏟을 시간이 없었던 듯 보였다. 3년째 우려먹고 있는 '칠문에 갇혀 떠도는 이루지의 억울한 영혼'이라는 진부한 제목이 그 추측을 증명해 주고 있었다.

나무 십자가가 걸린 왼쪽 벽면에는 정우주에 대한 기사가 붙어 있었다. '[속보] 정우주 약혼녀 임신 중 음주 운전 뺑소니에 중상, 병원으로 옮겨졌지만 끝내 사망', '신가엘 장례식 사진 몰래 팔아넘긴 그놈… 정우주 15년 지기', '칩거 중인 정우주, 우울증과 대인기피증 심해져…', '다시 올라온 정우주의 기량, 피어오르는 약물 의혹' 등의 자극적인 제목이 즐비했다. 2035년 8월 22일에 쓰인 스테로이드 중독 의심에 대한 칼럼에는 빨간색으로 밑줄을 몇 번이나 쳤는지 신문지가 아예 뚫려 있었다.

수호는 책상 서랍 안에 있는 공책을 꺼내 열었다. 범행을 위한 김태오의 생활 계획표였다. 4쪽에 "순결했던 천하무적이 오염됐다."라고 적은 2035년 3월 10일 이후 김태오는 생활을 다듬어 갔고 결전의 날을 준비했다. 예상대로 1년 가까이 주기적으로 베루스산을 오르면서 달리기와 암벽 등반 등 체력 훈련을 했고 동물들을 사냥하면서 눈알을 파는 연습을 지속했다.

"김태오는 정우주를 동경하고 그의 경험에 강하게 중독됐다. 하지만 그가 금지 약물을 했다는 걸 알아내고 배신감에 치를 떨었다. 정우주를 죽이는 게 그를 구원하는 길이라고 생각했다. 정우주 살인 동기를 정리하자면 이거잖아."

수호가 말하자 노아가 고개를 끄덕였다.

"컨테이너에서 이송될 때 김태오가 알려준 사실이 몇 가지 있습니다. 정고요의 알코올중독 시설 스폰서가 거스 성당의 독실한 신자였대요. 그를 통해 정고요가 김태오와 친해졌다고 합니다. 김태오는 정고요의 정신적 지주였다고 하더라고요."

"그래서 자네 어린 시절 이야기나 정우주 호텔 비밀번호 같은 걸 알 수 있었구나. 키 카드는 도대체 어떻게 얻은 거야?"

"7개월 전에 훔친 거라고 합니다. 젬마에서 정우주가 묵는 곳은 치프 호텔 28층 스위트룸이 유일하니까요. 복귀전이 젬마에서 열리는 게 확정된 다음이었대요. 직접 투숙하면서 카드를 잃어버린 척하고 빼돌린 게."

"7개월 전? 그게 계획범죄의 증거밖에 더 돼? 어리석은 놈."

수호가 신경질적으로 말했다.

"여간 특이한 게 아닙니다. 김태오는 잘못된 정보가 언론에 새어 나가서 자신의 이미지가 변질되는 걸 극도로 싫어해요. 오히려 그게 더 불안합니다. 콤플렉스도 심한데, 자기 과시욕도 지나치고, 살인에도 중독 되어버렸잖아요. 완전 범죄를 꿈꿨던 자인데 범죄도 들통났으니…"

"자살함으로써 모든 것에 마침표를 찍지 않을지 걱정된다는 거지?"

"네. 컨테이너에서 김태오를 맞닥뜨렸을 때 그러더라고요. 문로한 형사를 가리키면서 '저놈까지 가면 이노아, 이수키, 정우주, 정고요, 백이든, 김태오, 그리고 일곱인가?'라고요. 본인 이름까지 나열했다는 거죠. 사형을 염두에 둔 말인 건지는 모르겠습니다."

"그렇지 않아도 교도관에게 감시를 철저하게 해달라고 부탁은 해놨어. 터럼이 세워지고 나서 이런 유형의 사이코패스는 김태오가 처음 아닌가 싶다. 분명 연구할 가치는 있어 보여."

"이놈을 연구해야 앞으로 더한 범죄를 예방할 수 있습니다. 물론 김태오 삶의 끝은 사형이어야 하겠지만요."

"그런데 왜 아무도 김태오를 못 알아봤을까? CCTV 속에서도 그렇고 말이야."

"평소에는 깔창과 어깨 패드를 착용하고 다녔으니까요. 사제복 때문에 잘 몰랐죠. 형인 김지오마저 속였으니까요. 사람들은 훤칠한 김지오를 보고 모두 김태오도 그와 비슷할 거로 생각했겠지만 실제로 그는 160cm 초중반에 60kg도 안 돼요. 신발 안에 깔창을 몇 겹이나 끼워 넣었을지 상상이 가십니까? 그 때문에 저도 컨테이너에서 김태오를 봤을 때 혼란스러웠어요. 도플갱어인가 싶었으니까요."

"양진영과는 어떤 관계가 있나? 정고요의 일기에 3월 2일 새벽에 양진영을 만났다고 나와 있잖아."

"양진영이라는 이름은 백이든 기자와 수키가 연락한 비밀 전화기 문자 내용을 보고 파악한 것 같아요. 작년 9월에 있었던 협박 전화는 공중전화에서 김태오가 직접 한 거라고 하고요. 정우주가 약물 투약을 멈출 줄 알았대요. 그런데 류종국과 김지오의 말과는 달리 그 후에도 한동안 투약을 지속했나 봅니다. 그 부분은 사실 확인이 필요해 보입니다."

수호는 노아의 말을 수첩에 받아 적었다.

"정우주의 경험을 다크 웹에서 경매에 올린 것은 김태오가 한 일이 아니라고 했습니다. 본인이 정우주의 경험을 차지했으면 됐지 남들한테까지 왜 공유했겠냐고 하던데, 저는 왠지 그 말에 신빙성이 있다고 봅니다. 슬쩍 양진영이 범행에 가담했을 가능성을 제시해 봤습니다. 격하게 분노하면서 날뛰더라고요. 자신을 어딜 그런 해커 나부랭이에 비교할 수 있냐면서요."

수호는 질린다는 듯 고개를 가로저었다. 노아는 맞은편 옷장을 향해 걸어갔다. 석궁, 검은색 평상복과 모자, 넥워머, 운동화, 그리고 3cm, 5cm의 키 높이 깔창과 어깨 패드 몇 개가 가지런히 놓여 있었다. 검은색 바지 주머니 안에는 전화기 3개가 들어있었다. 첫 번째 것은 백이든의 구형 휴대전화였다. 두 번째 것은 채람 앱이 깔린 정우주의 것, 그리고 마지막은 김태오의 것이었다.

김태오의 전화기에는 네버 시크릿이라는 이름의 비밀 메신저가 깔려 있었다. 모든 대화방에 익명으로 참여할 수 있고 상대방이 읽으면 30초 안에 메시지가 모두 지워지는, 철저한 보안을 자랑하는 유료 앱이었다. 보통은 약물이나 총기, 혹은 노예를 불법으로 거래할 때 많이 쓰는 공간이었다.

"저 앱에서 할로세인과 펜토바르비탈을 거래했나 보군."

"구하늘 집 앞에서 쏜 고스트건도요."

수호의 말에 노아가 맞장구쳤다.

"정우주 현장에 남긴 범행도구도 저 앱에서 거래한 건가?"

"그건 5, 6개월 전에 젬마에 있는 한 캠핑장에서 훔쳤다고 합니다."

"베루스산 사찰은?"

"김태오의 실수가 확실해요. 그 얘기를 할 땐 이를 바득바득 갈더라고요. 1년 동안 바보같이 정우주 이름을 대고 투숙했으니까요. 예상대로 DNA가 많이 묻어 있었나 보더라고요. 수사가 어떻게 진행되는지 보려고 미행하던 중 제가 팀장님이랑 산으로 들어가는 걸 봤다더군요. 죽을 각오를 했다고 합니다. 자칫 큰 산불로 번질 수도 있는 데다가 불을 끄려면 헬기를 띄울 수밖에 없는데 그럼 바로 발각될 수 있었으니까요."

"날씨가 도운 거야. 제기랄! 안개만 안 꼈어도 산을 쥐 잡듯 뒤지는 건데. 그때 바로 잡았으면 백이든 기자도, 자네도, 수키도, 문 형사도…"

수호는 말을 끝맺지 않고 노아를 바라보았다.

"백이든을 죽일 때는 김지오 신발을 신고 갔다고 합니다. 그렇기 때문에 현장에 김지오 족적이 남았던 거고요. 김지오 DNA가 묻은 물건은 담배꽁초였는데 그걸 구하는 건 일도 아니죠. 김지오는 흡연을 하니까요. 그렇게 김지오를 용의선상에 올려놓았던 겁니다. 자기 형을요!"

노아는 수호의 눈길을 모른 척하며 덧붙였다.

"지독한 놈일세. 이 모든 걸 다 사실대로 말했다고? 틀린 사실이 있으면 친히 정정해 주고?"

노아는 고개를 끄덕였다.

"유죄 입증은 어렵지 않을 것 같아요. 그런데 아무리 곱씹어 봐도 김지오의 행동이 이해되지 않습니다. 도넘 게스트하우스에서 김태오가 등장하니까 김지오는 바로 항복했잖아요. 그때 저희가 본 김지오의 감정은 체념이었단 말이죠. 모든 것을 순식간에 포기해 버린 것 같았으니까요. 살인에 가담하지 않았다면 도대체 왜 그랬을까요?"

"이걸 들어봐. 아마 김지오도 김태오의 이런 면모를 오래전부터 알고 있지 않았을까 싶다."

수호는 김태오의 공책을 다시 집어 들고는 마지막 장에 쓰인 내용을 읽어 내려갔다.

할머니는 종종 묻곤 했지. '넌 어디서부터 잘못된 거야?' 하지만 아무리 생각해도 난 그냥 이렇게 태어난 것 같아. 내게도 간지럼을 타고 웃던 시절이 있었을까? 이런 질문을 하면 모든 게 아득해져. 나는 말도 늦게 시작했고, 웃거나 울지도 않았으니까. 할머니도 나를 보고 웃어주던 적 없었고.

날 발견한 건 7살이었어. 조그만 새 덕분이었지. 채람 렌즈를 끼고 있었다면 나를 더 일찍 이해할 수 있었을지 모르겠어. 어느 날 아기 새 한 마리가 깨끗한 내 방 창문으로 돌진하더라. 배에 있는 하얀 솜털을 부들거리면서 핏자국을 남기고 2층 아래로 떨어졌지. 엄마인지 아빠인지 모를 어른 새는 주위를 정신없이 돌더니 내가 문을 열자 황급히 날아가 버리더군.

머리에서 피를 철철 흘리는 조그마한 게 주둥이를 벌려 소리를 질러대는데 무언가를 넋 잃고 한참 들여다보던 건 처음이었어. 날개를 파닥거리며 제 딴에는 살아보겠다고 바동거리는 것이 어찌나 웃기던지… 창문에 묻은 피를 손가락에 찍어 맛보았는데 나쁘지 않더라고. 그 뒤로 나는 창문을 더 열심히 닦았지.

순록은 덩치가 크니 더 실감 났어. 왜, 차가 멀리서 쌩 하니 다가오는데 안 피하고 멀뚱멀뚱 바라보고 있는 바보 같은 애들 있잖아. 사지를 부르르 떨고 숨을 헐떡거리는 걸 보는 게 어찌나 짜릿하던지. 다음은 설원의 토끼들이었어. 목을 졸라 기절시키고 옆구리에 칼집을 낸 다음 다시 깨어나면 라이터로 눈알을 지졌지. 설원에 피로 새빨간 지도를 그렸을 때는 한 폭의 그림처럼 아름다웠어. 종종 눈이 불에 그슬린 토끼의 귀를 잡고 집에 가져오곤 했는데 할머니는 담뱃재를 삼킨 표정으로 나를 바라보더라. 신이 났지.

결국 할머니는 나를 도넘 북쪽 작은 섬에 있는 신학대 기숙사로 보냈어. 그곳으로의 유배는 나에 대한 경외, 그리고 일종의 허락과 인정이었지. 학교에서 내준 미션에 성공할 때마다 의식처럼 토끼를 한 마리씩 해치웠거든. 묵언 수행 50일 뒤에 토끼 한 마리, 성경 한 챕터 필사 뒤 토끼 한 마리, 금식기도 10일 뒤에 토끼 한 마리…

어느 날 할머니에게 물었어. 설마 나를 바로잡거나 내 안의 무언가를 고치기 위해 신학 학교에 보낸 거냐고. 망할 노친네는 금방 겁에 질린 표정이 됐지. 그날 밤, 할머니를 계단으로 불러냈어. 나를 공포의 눈으로 바라보던 그 여자는 데굴데굴, 퍽퍽 굴러떨어지더라.

곧바로 형한테 말했어. 그때 김지오가 잘했다고 내게 칭찬이라도 해줬다면… 김지오가 못한 일을 내가 했잖아. 내 어깨라도 토닥여 줬다면 날 버린 그 새끼를 용서했을 거야. 어찌 됐든 그래도 내 형이니까.

미사에서 '사랑과 평화'를 들먹일 때마다 콧구멍 속이 간지러워져서 견딜 수가 없어. 어리석은 이들 같으니라고. 아직도 유치한 사랑 노래 타령이라니. 하지만 누군가가 나를 멈춰주면 좋겠기도 해. 사실 알고 있지만 말이야. 그럴 수 있는 존재는 없다는걸. 나는 악 그 자체거든.

누구 한 명이라도 내 존재를 고마워해 줬으면 좋겠어. 내 손이 닿으면 그 자리에서 모든 살아 있는 것들의 시간이 멈춰버리니 어딘가에 있을 동족들에게 나란 악마는 충분히 숭상받을 가치가 있는 것 아니겠냔 말이야.

"더는 못 읽겠다, 젠장."

수호가 공책을 덮으며 말했다.

"할머니도 죽였다고요? 첫 살인이 그럼 17살, 18살이었던 거 잖습니까?"

"김지오는 직감적으로 알아차리지 않았나 싶어. 사건의 배후에 자기 동생이 있었다는 걸, 그리고 김태오가 모든 걸 자신과 정고요한테 뒤집어씌우려 한다는 걸."

수호가 혀를 차며 말했다.

"김태오는 자기 기준에 부합한 챔피언을 찾고 싶었죠. 렌즈를 착용해 환상 속에 살고 그 사람에게 동일시하려고요. 백이든을 죽인 것도 백 기자가 채람과 구하늘에 대해 부정적인 기사를 썼기 때문이고요. 만약 다음 챔피언도 영웅이 될 자격이 없다고 판단하면 정우주처럼 렌즈를 빼앗고 살해할 계획이었을까요?"

"그걸 알아내기 전에 잡았으니 천만다행인 거 아니겠냐?"

수호는 노아의 어깨를 두드린 후 지나갔다. 노아는 증거들을 박스에 차곡차곡 담았다. 사택을 나서는 길에 사제들과 수녀들이 입구에 서 있는 것이 보였다. 간절하게 기도하는 그들을 보자 노아의 마음속에 동요가 일었다. **신은 김태오를 용서할까? 아니, 그보다 김태오는 신에게 용서받을 자격이 있나?**

닫힌 방문에 폴리스라인이 붙었다. 그 앞을 지켜야 하는 임무를 부여받은 두 제복 경관들은 이미 빈방인데도 완전히 밀

봉해 버리려는 듯 방문이 잘 잠겼는지 몇 번이고 확인했다. 그리고 영원히 떠나지 않을 것처럼 그 앞에 우두커니 서 있었다.

50

노아는 백발이 한 올도 남아 있지 않게 머리를 밀어버렸다. 덕분에 이마와 머리의 경계선에 난 상처가 투명한 피부 위에서 도드라져 보였지만, 가발이나 모자로 가리고 싶지는 않았다. 고향마을에서는 더더욱.

정고요와 정우주의 합동 장례식이 시작되기 한참 전, 그들은 마을회관에 들어섰다. 인부들이 부지런히 꽃을 나르는 중이었다. 노아는 뚜벅뚜벅 걸어 나가 곱게 화장한 시신 두 구를 들여다보았다. 남도진은 평화롭게 눈을 감은 채였다.

정고요라고 불러야 할까, 남도진이라고 불러야 할까? 이 아이한테도 행복했던 시절이 있었을까? 그러고 보면 노아는 그의 이야기를 김태오가 쓴 거짓 일기를 통해 접할 수밖에 없었다.

이 아이의 진실은 무엇이었을까? 삶을 포기하는 마지막 순간이 주는 찰나의 평온함만이 일생에 누릴 수 있었던 진정한 자유였을까? 고통과 후회, 아쉬움과 공포, 두려움과 그리움은 죽음이라는 방정식에서 사랑, 환희, 기쁨, 즐거움, 행복의 해와 같은 값을 띠는 걸까?

노아는 21년 동안 남도진이 겪었을 죄책감에 일말의 동정심이 일었다. 옆에 누워 있는 정우주의 얼굴 부분에는 관 뚜껑이 내려와 있었다. 그나마 다행인 것은 눈알이 원래의 자리를 찾았다는 것이다.

백이든의 구형 전화기 속 메시지를 통해 수키가 정보원이란 것을 알아냈던 김태오는 그날 수키에게 백이든이 죽어가는 영상을 보낸 뒤, 루지와 실종된 다른 여자아이들이 묻혀 있는 장소를 미끼로 그녀를 불러냈다고 했다. 불행 중 다행으로 김태오가 도넘에 올라가 김지오와 정고요에게 죄를 뒤집어씌우는 사이, 수키는 할로세인에 취해 잠만 잤고 멀쩡한 상태로 병실에서 눈을 뜰 수 있었다.

로한은 자작나무 숲에서 헬기를 타고 젬마에 있는 국립대 병원 응급실로 옮겨졌다. 경찰차와 구급차가 올 때까지 머리에 갈고리를 꽂고도 현장을 지키고 있겠다고 고집을 피웠던 노아가 김태오를 인계하고 젬마대병원 병실에서 눈을 떴을 때, 소장과 위가 손상되고 피를 2l 가까이 흘렸다는 로한은 긴급 수술을 마치고 경과를 지켜보는 중이었다. 의사는 다른 장기의

374

손상이나 합병증이 없다면 2주 안에 재수술 없이 퇴원할 수 있을 거라고 했다. 로한은 2계급 특진보다 곧 렌즈 보안과로 복귀할 수 있다는 소식에 뛸 듯이 기뻐했다.

그날 노아는 전두동에 금이 간 채 발견됐다. 쇠갈고리를 머리에 박고 김태오를 상대했으니 그럴 수밖에. 의사들은 병원으로 들어오는 노아의 몰골을 보자마자 전두엽의 극심한 손상을 예상하고 경찰들에게 마음의 준비를 하라고 했으나, 이상하게도 노아는 살짝 금이 간 것 외에는 뇌출혈도, 성격이나 인지 능력, 신체 능력의 급격한 변화도 없었다. 하지만 전두엽 손상이 전혀 없었던 것은 아닌 모양이었다. 삶에 대한 노아의 태도가 분명 달라졌기 때문이다. 노아는 그것을 확연히 느낄 수 있었다.

홍도웅은 조민수와 양진영을 빼돌린 대가로 경찰청장직에서 파면됐다. 외국으로 도피한 조민수와 양진영은 성 경험 불법 유통 사건과 불법 해킹, 사유지 무단침입 등의 죄목으로 수배가 내려진 지 이틀 만에 자진 입국했다. 로한이 조민수와 양진영을 채람 코퍼레이션에서 검거할 당시의 렌즈 아카이브를 공개하자마자 인터폴에 수배가 내려졌기 때문이다. 페이지 매겨진 잡지사 기자들이 끊임없이 사건을 기사화하고, 그것을 외국 기자들이 나른 것이 한몫했다.

서버 강화의 임무를 소홀히 한 구하늘의 청문회는 다음 주에 열릴 예정이었다. 어렵사리 방청권을 구매한 수키는 무슨 일이 있어도 참석하겠다는 의지를 내비쳤다.

"바람을 좀 쐬어야 할 것 같아."

노아의 말에 남도진을 빤히 바라보던 수키도 따라나섰다.

"너 혹시 그거 알아? 루지가 사라진 날 있잖아. 사실 내가 루지를 구할 수도 있었어."

갑자기 튀어나온 말이었다. 수키는 고개를 천천히 들어 노아를 바라보았다.

"학교 건물에서 막 나왔을 때 어떤 남자가 루지를 데리고 가고 있었어. 남일록이었겠지. 둘이 파란 트럭에 타는 것도 봤어. 근데 난 아무것도 하지 못했어. 루지야, 하고 한번 부르기라도 했어야 했는데 난 그냥 망부석처럼 가만히 서 있었어. 루지가 나 대신 사라지는 게 다행이라고 여겼거든. 기억나? 우린 백색증 괴물 세쌍둥이였잖아."

오랜 비밀을 털어놓는 노아는 차분하려고 했지만 목소리가 떨리고 있었다. 침묵이 오래 지속됐다.

"그런데?"

수키가 마침내 입을 뗐다.

"그런데라니?"

"넌 9살이었어. 네가 설마 정말로 루지가 너 대신 사라지길 원했겠어? 그렇지 않아. 그리고 넌 그 이후로 루지를 찾는 일을 멈추지 않았잖아. 그 때문에 형사가 되었고⋯ 내가 위험에 처했다는 걸 알고 용감하게 날 구하러 와줬고."

"용감해? 동생이 사라진 걸 방관한, 아니 일조한 내가? 총도 없는 주제에 감히 동료를 데리고 가 죽다 살아나게 한 내가? 항상 뒷북만 치잖아. 루지를 잃어버리고 나서 찾으려고 하면 뭐해?"

노아가 자조 섞인 어조로 물었다.

"그 어떤 것도 네가 온전한 원인이 될 수 없어. 그날 나도 학교에 안 갔고, 선생님도 자리를 지키지 않았고, 아버지도 일찍 학교에 도착하지 않았잖아. 무엇이든 우리가 그 일부일 수는 있어도 전부는 아니라고. 모든 짐을 너 혼자 짊어지고 가지 마. 문 형사님도 결국 살아났잖아."

"아냐, 수키야. 모든 건 나 때문이야. 내 잘못 때문이지."

전망대에 올라선 노아는 수키가 발견됐던, 루지를 포함하여 8구의 어린이 유골이 모습을 드러낸 컨테이너 주변으로 시선을 옮겼다. 아이들의 곡소리가 들렸을 악마의 소굴은 이미 해체된 후였다. 21년이 넘는 시간 동안 그 아래에 눌려 있던 풀들은 새싹을 틔울 준비를 하고 있었다.

"난 용서해. 모든 걸 말이야. 루지도 아마 그럴 테지."

수키의 말에 노아는 왼 손목에 난 칼자국을 만졌다. 17년이나 지났지만, 아직도 남아 있는 상처. 자신이 내린 선택과 그로 인해 고통받았던 수키를 떠올려야 했던, 악몽 같은 지난 삶의 증표.

"정말 루지도 날 용서했을까?"

"걔가 늘 했던 말 기억 안 나? 우린 연결되어 있다는. 삼총사니까 말이야. 네가 아직도 이렇게 슬퍼하면 루지는 어떻겠어?

그 아이를 이제 그만 보내줘. 자신을 용서하고 너의 삶을 살아."

나의 삶? 도대체 삶이 어떤 모양으로 그려지고 있는지, 앞으로는 어떤 모양일지 생각해 본 적 없는 노아였다.

*14살 때 새로 시작한 삶은 시한부였어. 루지를 찾았지만 약속대로 머리통을 날리지 않았지. 이 지겨운 삶을 계속 살아가고 싶어 하는 걸까? 무엇 때문에? 죽음이 두려워서? 분명 그건 아냐. 총알 하나면 아픔을 느끼지도 못하고 갈 수 있는걸. 수키가 걱정돼서? 이미 17년 전, 수키 걱정은 뒤로하고 커터 칼로 손목을 그은 적 있잖아. **도대체 왜 지금 여기에 와 있는 거지? 왜 예전만큼 죽음을 갈망하지 않는 걸까?** 머리에 갈고리가 박히고도 식물인간이 되지 않은 건 그저 기적일까? 아니면 대자연이 나에게 주는 또 다른 기회일까?*

눈의 옷을 벗어 던진 벌판이 눈앞에 펼쳐졌다. 당분간 블루아워도 끝이었다. 낮과 밤, 밝음과 어두움이 분명한 때가 한동안 지속될 것이었다. 모든 것이 흐리고 불투명하고 선명하지 않은 때가 다시 오기 전까지는. 계절은 그렇게 원을 그리며 조금씩 변화할 것이다. 사람들이 지닌 버거운 욕망을 옆구리에 낀 채.

과연 이 나라에 얼마나 많은 루지가 있을까? 남일록 같은 악마는 또 얼마나 많고? 채람 프로젝트3540이 통과돼서 신생아들도 태어나자마자 눈에 렌즈 삽입을 해야 하면 어쩌지? 이 나라는 이든이 원한 대로 '안전한' 나라가 될 수 있을까?

이 모든 고민을 해결해 나갈 수 있을까?

해내야지. 수키와 로한, 그리고 나수호 팀장이 있잖아. 그러니까 반드시 해결해야 해. 기필코.

어쩌면 이 대답이 내가 삶을 계속 살아갈 이유가 될 수도 있지 않겠어?

노아의 머릿속은 금세 분주하게 날갯짓하는 생각들로 가득 찼다. 그러나 그는 잠시 모든 것을 멈추고 남도진을 비롯해 루지와 부모님, 정우주에게 일어난 비극을 슬퍼하기로 했다.

루지는 죽었어. 그래, 결국 죽어버렸다고. 하지만 난 이제 더 이상 사형수가 아냐.

수키가 노아를 빤히 바라보았다. 그의 생각을 읽고 있는 것이 분명했다. 우리 둘은 말도 안 되는 확률로 태어난 백색증 쌍둥이지. 지옥을 두 손 맞잡고 건너온 전쟁 동지이자 세상에 남겨진 하나밖에 없는 피붙이, 이노아와 이수키.

푸른 봄비가 내리기 시작했다. 그 땅에서 일어난 악몽의 끝과 새 삶의 시작, 그 과정 속 모든 변화를 두 팔 벌려 축하하듯.

노아는 한동안 그 비를 맞으며 수키와 나란히 서 있었다. 숱한 승리의 경험들이 데려다 줄 수 없는 현실의 소용돌이 속에, 그리고 남의 특별한 경험을 입고도 회피할 수 없는 삶의 진실에 몸을 내던질 준비를 하며. 모든 준비를 끝마쳤을 때 마침내 그는 마을회관 안으로 다시 들어섰다.

비는 그 후로도 한참 모리마을의 땅을 균등하게, 그리고 촉촉하게 적셔주었다. 온 세상이 파란 유리알 속에 있는 것 같은 블루아워가 터텀에 다시 찾아올 때까지. 이 순간에도 사람들은 각자의 시간을 보내는 중일 것이다. 어디에선가 채람 렌즈 역시 보잘것없으면서도 특별한, 사람들의 경험들을 분주히 기록하고 있을 테고.

에필로그

3 하 05. 젬마 611 수인 번호를 가슴에 단 김태오는 노아와 수호 앞에 앉는다. 그의 눈에 파란 섬광이 번쩍인다.

"이름."

"..."

"나이."

"..."

"직업."

"경험을 훔치는 자."

수호는 손을 들어 심문을 중단한다.

"그러니까 경험을 훔친 이야기 좀 자세히 해보자고."

"어둠이 내려앉아야 숨을 쉰다. 영원을 소유한 자는 시간 위를 걸고. 그것이 삶을 향한 나의 노래."

노아와 수호는 서로를 바라본다. 3 하 05. 젬마 611는 영혼
이 도망쳐 나가버리기라도 한 듯, 몸을 움츠린다.

"가족관계."

한숨처럼 내쉬는 노아의 말을 끝으로 3 하 05. 젬마 611는
다시 기나긴 침묵에 잠긴다.

렌
즈

초판 1쇄 발행 2025. 4. 25.

지은이 이담
펴낸이 김병호
펴낸곳 주식회사 바른북스

편집진행 황금주
디자인 김민지

등록 2019년 4월 3일 제2019-000040호
주소 서울시 성동구 연무장5길 9-16, 301호 (성수동2가, 블루스톤타워)
대표전화 070-7857-9719 | **경영지원** 02-3409-9719 | **팩스** 070-7610-9820

•바른북스는 여러분의 다양한 아이디어와 원고 투고를 설레는 마음으로 기다리고 있습니다.

이메일 barunbooks21@naver.com | **원고투고** barunbooks21@naver.com
홈페이지 www.barunbooks.com | **공식 블로그** blog.naver.com/barunbooks7
공식 포스트 post.naver.com/barunbooks7 | **페이스북** facebook.com/barunbooks7